# 祸起大河东

## 安史之乱之河东元素

冯建国 著

山西出版传媒集团
山西人民出版社

图书在版编目（CIP）数据

祸起大河东："安史之乱"之河东元素／冯建国著．—太原：山西人民出版社，2014.8
ISBN 978-7-203-08592-8

Ⅰ．①祸… Ⅱ．①冯… Ⅲ．①长篇小说—中国—当代 Ⅳ．①I247.5

中国版本图书馆 CIP 数据核字（2014）第 168042 号

## 祸起大河东："安史之乱"之河东元素

| | |
|---|---|
| 著　　者： | 冯建国 |
| 责任编辑： | 翟丽娟 |
| 装帧设计： | 陈　婷 |
| 出 版 者： | 山西出版传媒集团·山西人民出版社 |
| 地　　址： | 太原市建设南路 21 号 |
| 邮　　编： | 030012 |
| 发行营销： | 0351-4922220　4955996　4956039 |
| | 0351-4922127（传真）　4956038（邮购） |
| E - mail： | sxskcb@163.com　发行部 |
| | sxskcb@126.com　总编室 |
| 网　　址： | www.sxskcb.com |
| 经 销 者： | 山西出版传媒集团·山西人民出版社 |
| 承 印 厂： | 山西出版传媒集团·山西人民印刷有限责任公司 |
| 开　　本： | 720mm×1010mm　1/16 |
| 印　　张： | 16.75 |
| 字　　数： | 200 千字 |
| 印　　数： | 1—3000 册 |
| 版　　次： | 2014 年 8 月　第 1 版 |
| 印　　次： | 2014 年 8 月　第 1 次印刷 |
| 书　　号： | ISBN 978-7-203-08592-8 |
| 定　　价： | 30.00 元 |

如有印装质量问题请与本社联系调换

# 目 录

**楔 子** .................................................. /001

  河东曾代指山西,因黄河流经山西省的西南境,而山西地处黄河以东,故称河东。秦汉时期指河东郡地,在今山西运城、临汾一带,唐代以后泛指山西。顾炎武的《日知录》称:"河东,山西一地也,唐之京师在关中,而其东则河,故谓之河东。元之京师在蓟门,而其西则山,故谓之山西,各自其畿甸之所近而言之也。"

**养痈遗患 之张守珪** .................................................. /011

  张守珪(684年~740年),陕州河北(今山西平陆)人,唐朝名将。生来姿干瑰壮,慷慨尚义,善于骑射,与汉末为关公牵马执刀的周仓为同乡。张守珪智勇双全,战功卓著,官至节度使,然而正是他的怜悯同情,改变了安禄山的命运,也给历史酿造了"安史之乱"。

### 姑息养奸  之杨玉环、李隆基 ………………………………… /044

杨玉环(719年~756年),号太真,祖籍蒲州永乐(今山西永济),为中国历史上四大美人之一,"羞花"一语即指杨玉环。她姿质丰艳,善歌舞,通音律,为唐玄宗之贵妃,礼数实同皇后。有人说,正是因为她的姑息养奸,才使得安禄山成为"天宝之乱"的罪魁祸首。

李隆基(685年~762年),亦称唐明皇,其前半生英明,后半生昏庸,导致了安史之乱的发生。大唐起源于太原,其祖母武则天为山西文水人,流淌着四分之一的河东血统。他亦是河东美女杨玉环的老公,依据"女婿顶半子"的说法,也应该算作是我们河东人了。

### 助纣为虐  之李林甫 ……………………………………… /079

李林甫(683年~752年),陕西华阴人,小字哥奴。通音律,会机变,善钻营,著名奸相,史称"口蜜腹剑"。在其政治生涯里,李林甫借河东贵妇为梯,贬河东臣僚为荣,树河东奸相为敌……一生以河东人为铺垫,居相位19年,专政自恣,杜绝言路,促成"安史之乱"。

### 祸起萧墙  之杨国忠 ……………………………………… /111

杨国忠(?~756年),本名杨钊,蒲州永乐(今山西永济)人,为杨玉环族兄。杨玉环得宠后,他亦升任宰相,身兼40余职,因其与安禄山的矛盾,最终引发了"安史之乱",死于"马嵬驿兵变"。有野史传闻,他是张易之(武则天面首)的儿子,果如此,还应长玄宗一辈。

## 乱世枭雄　之安禄山 …………………………………………… /147

安禄山(703年~757年),名阿荦山,即战斗的意思,营州柳城(今辽宁朝阳)胡人。自小顽劣,曾因事逃匿于岚州(今山西岢岚)。历数他的一生,可谓因河东人兴,受河东人宠,占河东地利,以讨伐河东奸相为名,攻占河东北都(太原)始乱,最终走向灭亡之途。

## 风起云涌　之封常清、张巡 ………………………………… /181

封常清(?~756年),蒲州猗氏(今山西临猗)人,唐朝名将,战功赫赫。安史之乱后,受杨国忠推介,被玄宗视为"救命稻草",临时募兵6万,赴东都洛阳抗击叛军,英勇杀敌,壮怀激烈。但终因寡不敌众,导致洛阳兵败,受宦官奸党谗言,被玄宗赐饮鸩酒,悲壮身亡。

张巡(708年~757年),字子巡,蒲州河东(今山西芮城)人。在抗击安史乱军的战争中,他组织了著名的"睢阳之战",以少胜多,杀敌数万。至城中粮绝,杀爱妾以饲将士,城破后被叛贼腰斩三段,朝廷追封为"通真三太子",后归葬乡里,墓在今芮城县南张村。

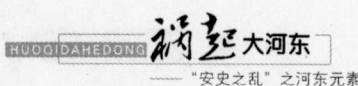
——"安史之乱"之河东元素

**力挽狂澜 之郭子仪、李光弼** ………………………………… /221

郭子仪(697年~781年),祖籍山西太原,唐代政治家、军事家。他早年在太原从军,传说因犯事理当问斩,但被李白刑场解救。后任河东节度使,平叛时驰骋河东大地,立下赫赫战功,史称"再造唐朝"。他出道于河东,成名于河东,归宿于河东,被肃宗封为汾阳郡王(今山西汾阳)。

李光弼(708年~764年),与安禄山同乡,曾任河东(今山西太原)节度使,兼云中(今山西大同)太守。肃宗时为北都太原留守,组织了著名的"太原之战",成为平息"安史之乱"的重大转折点,为收复两京取得战争全面胜利,奠定了坚实的基础,史称"战功推为中兴第一"。

楔 子

# 楔 子

将安史之乱与河东地域联系在一起,这是中国历史上不曾涉猎过的一个课题。开宗明义,当我们开始读这本书时,首先应该熟络一下河东这个名字的含义。河东,为华夏民族发祥地之一,最早为古地区名称;战国、秦、汉时期,指今山西西南部(即今运城、临汾一带);唐朝以后,泛指今山西省的全境。因为黄河在经过此处作北南流向,本地域位于黄河以东,故而得名。顾炎武在其《日知录》第三十一卷写道:"河东,山西一地也,唐之京师在关中,而其东则河,故谓之河东。元之京师在蓟门,而其西则山,故谓之山西,各自其畿甸之所近而言之也。"河东在历史上曾多次承担着拱卫京师的地理重任,自古以来扼关据险,为历代兵家必争之地。

河东历史久矣,它作为郡名,战国时期由魏设置,后被秦国所辖,治所在安邑(今山西夏县西北)。汉代时辖今山西阳城、沁水、浮山以西,永和、隰县、霍州以南地区。北魏移至蒲坂(今山西永济市蒲州镇),辖境缩小至山西西南部汾河下游至王屋山以西。隋开皇初年被废除,分蒲坂为县置,历代为河东郡、蒲州及河中府的治所。这里物产富饶,矿藏丰富,盛产粮棉禽畜油,金银铜铁煤,更有生命之源——池盐,所以历代被朝廷视作"肱股之地",也是军事上控制关

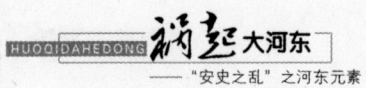
——"安史之乱"之河东元素

中与中原的关隘门户。

一片神奇的土地，见证着中国历史的变迁。隋大业及唐天宝、至德年间，蒲州曾改为河东郡。同时也相应作过道名，是唐贞观十道、开元十五道之一。开元以后治所蒲州，辖今山西及河北西北部内外长城之间大片地域，乾元元年（758年）被废除。河东在唐时还是方镇名，开元十八年（730年），改太原以北诸军州节度为河东节度使，治所在太原（今太原市西南晋源镇），领有太原府及石、岚、汾、沁、仪、忻、代等州，辖今山西内长城以南，中阳、灵石、沁源、榆社、左权以北的地区。

地域有时候也是社会特色的符号，就譬如今天说到北京，就象征着政治文化中心，说到上海，便想到金融经济，说到沿海地区，自然就是改革开放。如果说到河东（山西）呢，除被称作"华夏民族的摇篮"之外，还有谁会认为它是古往今来的军事要地与国家屏障呢？那么就让我们回首一下灿烂的战争文明吧。中国传说中历史上第一次大战——黄帝与蚩尤之战，就发生在河东一带，蚩尤被杀，血流成卤水盐池。春秋时代的晋国，因水淹太原，肢解为魏、赵、韩，即历史上的"三家分晋"，从此战国时代开始。中国历史上最大的一次坑杀——长平之战，秦军统帅白起一次坑杀赵军40万俘虏，也是发生于此。就说现代史上的抗日战争，八路军总部与三大主力，皆驻扎于河东境内，且不说平型关大捷、袭击阳明堡机场的著名战斗，就是抗战时期最著名的两首歌曲——《黄河大合唱》、《太行山上》，也都与河东地域息息相关。

每个人的出生地由不得自己选择，但是我很庆幸，庆幸自己生

## 楔 子

长在河东这片黄土地上。我庆幸的原因是,这里是一片神奇而美丽富饶的黄土地。在这片神奇的土地里面,到底隐藏着多少神秘的事情,我们谁也不知道,而且是根本无法弄清楚的。不过,我们每个人都有恋乡的情结,这种情结与生俱来,而且终生都将难以抹去。李白有一首诗歌,很短,却非常著名,三岁稚童都以会背诵此诗为荣。这就是《静夜思》:"床前明月光,疑是地上霜。举头望明月,低头思故乡。"将月亮与故乡联系在一起,只要看到天上的月亮,就会想到自己的故乡,是多么富有诗情和画意的趣事。

一条苍茫的天降之河,以其"奔流到海不复回"的悲壮,穿透了广袤浑厚的黄土高原,汹涌北来,澎湃东去,在中国地理的心脏部位,造就了一片令人神往的土地。它阴阳相适,棱角分明,躺下来像母亲的怀抱,站起来像父亲的脊梁。在这片充满了伟大与神奇的黄土地上,留下了光辉灿烂的五千年文明,也印记着华夏民族浩如烟海的历史记忆。河东地区是中华民族的发源地,是华夏文明的摇篮,也是最早被称为"中国"的地方。传说中"尧都平阳,舜都蒲坂,禹都安邑",以及中国历史上第一个封建王朝"夏",也都是诞生在它的怀抱里。上古时代关于盘古氏开天辟地、女娲氏抟土造人、神农氏亲尝百草的传说,以及后稷稼穑、嫘祖养蚕、愚公移山、精卫填海、舜耕历山、大禹治水、风后造车等典故,也均发生在这片土地上。

斗转星移,几度春秋,历史风尘仆仆地走来。华夏文明的传世,不是一首徒有其名的赞歌,仅仅看看黄河以东、太行山西这片黄土地上的人文表述吧。由于史海烟波浩渺,在这里,我们还是繁文简述。史前及历朝历代都暂且略去,单说唐朝时期的人物吧,就诗人而言,便是层出不穷,灿烂若晴空星云:王勃、王翰、王维、王之涣、王昌龄、卢纶、宋之问、温庭筠、柳宗元、白居易、司空图……还有唐时的那些名臣良将:裴寂、温彦博、尉迟恭、裴行俭、薛仁贵、裴炎、狄仁杰、裴耀卿、裴度,等等,且问哪一位不是彪炳史册,光彩夺目呢?

这仅仅只是一个简单的列举,或许还是挂一漏万的。而且从深层次讲来,灿烂的河东文明,也扎扎实实地孕育了大唐王朝。所以在说到唐朝的历史时,不能不让我们想到河东,想到蒲州,想到太原,想到唐朝的开基之地。更不能不让我们想到唐高祖、唐太宗、裴寂、尉迟恭等这些开国元勋。他们曾在这片神奇的土地上纵横驰骋,转战南北,建立起中国历史上一个伟大的王朝,也给我们留下了诸多的历史借鉴。唐太宗就曾经讲过几句名言:"以铜为鉴,可以正衣冠;以人为鉴,可以明得失;以史为鉴,可以知兴替。"其意境简洁深远,很是值得我们玩味。只可惜这位堪与秦皇汉武相提并论的明君,却未能将如此智慧传递给后代子嗣,大约就在百年过后的玄宗手里,差一点儿葬送了他的帝王基业。

正确地解读历史,需要人类的智慧与勇气,需要客观公正的眼光与胸怀。因为历史会让我们记住过去,也能够让我们憧憬着明天,更重要的是我们可以从中感悟,从中思索,从中分辨出精华与糟粕,从中给我们以借鉴与选择。对于国家,对于民族,对于世界来说,历史就是留给我们的一面毫无掩饰的镜子,用以正衣冠,明得失,知兴替。那么历史到底是什么呢?所谓历史,是泛指一切事物的发展过程,或者说是自然界和人类社会的发展过程。这样的诠释,当然是显得繁复了一点,其实简单地说,历史就是过去发生过事情的记载,就

## 楔 子

……是由无数个似曾相识的片段构成,有的得以传承下来,有的则在前行的路上被不断地遗弃,甚至永远成为一种消失了、不再重现的记忆符号。

海德格尔也曾有过一句名言,叫作:"读史,使人诗意地栖居。"西方人的性格,多在于精明,但是历史却从来不可能像他描述的那般"诗意"。在这所谓的诗意背后,我们是否可以从世界历史中看出封建王朝的历代更替,原来是由这么七个字组合而成的:"胜者王侯败者寇。"这是中国式的名言,而这句名言的产生,并非仅仅是哲学家的推演和史学家的论断……而且在有的历史片段中,一个帝王、一个后妃,甚至一个草莽、一个武夫,都会成为朝代的王侯,或者是落草的贼寇,用他们的行为改变整个历史的进程。用如此观点去审视封建王朝的历史,是否可以说,帝王们的金銮宝殿,就是用老百姓的鲜血与尸骨浇铸而成,而也正是这些帝王将相与草莽英雄们,导演和操纵了中国长达五千年的风云大剧?

五千年的中国文明史,是先祖留给我们的巨大财富,也是我们民族骄傲的资本,面对这旷世未有的财富,我们将做怎样的抉择?培根说过:"读史使人明智。"同样是西方的哲学家,由于选择的角度不同,传递给人们的感受是截然两样。让史学走近国人,贴近我们的生活,使其得到充分的借鉴与利用,这无疑是正确的选择,不然我们还要不停地摸索,所以说这是最有说服力的资源。而且,只要我们认真阅读这些历史典故,就会发现其中的许多历史事件,居然就发生在我们的身边,譬如一千多年前的一场风云战争,就与我们河东息息相关。而且也正是那场旷日持久的战争,唱衰了大唐王朝的百年帝

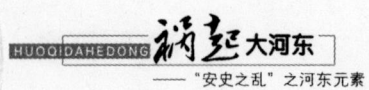
——"安史之乱"之河东元素

业,从此让"开元之治"梦断长安。这便是影响深远的"安史之乱",因为发生在唐天宝年间,所以也称之为"天宝之乱"。

历史必将永远地留在时代的记录册里,很难像过眼云烟那样销声匿迹,悄无声息淡然地离去。屈指数来,安史之乱从天宝十四年(755年)十一月爆发,至宝应二年(763年)正月平息,历时七年零两个月。虽然乱事最终得以平定,然而对中国后世政治、经济、文化、对外关系的发展,均产生了极为深远而重大的影响。平心而论,这是一场伤筋动骨的灾难,从此唐王朝元气大伤,一蹶不振,进入到藩镇割据的局面,直至退出历史舞台,被其他王朝取而代之。司马光在其《资治通鉴》中写道:"由是祸乱继起,兵革不息,民坠涂炭,无所控诉,凡二百余年。"总结可谓是言简意赅,经典到位,给后人留下清晰的反思。

司马先生是宋代人,做过宰相,籍贯河东夏县人,或许对唐王朝的历史情有独钟,他的说法很有说服力。需要说明的是,"安史之乱"整个事件的根源、缘起、发展、高潮,甚至结局,以及对后世的巨大影响,都与河东这块地域有着密不可分的联系,这恐怕是世人都不曾想到的。为了厘清这场战争的脉络,我们不妨听听如下的名字,也许就会对这个事件的来龙去脉,有一个重新的概略认识与定位:张守珪、杨玉环、李隆基、杨国忠、封常清、张巡、郭子仪、李光弼,等等。这些或许是河东籍,或许是在河东之地建功立业者的名字,将河东与安史之乱紧紧地捆绑在一起,构成了河东历史上一段挥之不去的记忆。

对于过去的历史,我们没有必要过分地去苛求,去追究。事实

## 楔　子

上,任何事物都不会是一个孤立的、片面的、静止的现象。因为河东是中国肌体的心脏,华夏民族的脊梁,有着母亲般黄河的滋补,有着父亲般太行山的护卫,在中国五千年的历史风云中,默默地承担着举足轻重的地位,所以诸多的历史事件,都与之有着千丝万缕的联系。我们认真搜索安史之乱遗落的碎片,从中不难发现,正是河东人埋下了这次祸乱的种子,促发了这次祸乱的生长,丧失了扑灭祸乱的良机;不过也正是河东人,或是坚守在河东这片土地上的战将们,最终力挽狂澜,起死回生,奠定了平叛胜利的基础,终结了这场旷日持久的"国之大殇",产生出一种相生相克的生态效应。

我们回望历史,并非仅仅将历史条析如缕地剖析与申辩,而是希望以史为镜,在解析历史的过程中,总结出历史嬗变兴替的内在规律,得出一些对后世略有教益的真谛来。可以说,安史之乱是由腐败堕落酿成的苦酒,是由荒淫与阴谋编织成的一件褴褛,所有造成这次祸乱的当事者们:李隆基、李林甫、杨贵妃、杨国忠等,安禄山、史思明之流,以及他们的儿子与帮凶,每个人都是只有善始而没有善终,其结局都是害人害己害众生。有句俗话说得好,搬起石头砸自己的脚。也许这就是历史留给后人的忠告。那么,就让我们走进那段历史中去吧——

"一篇读罢头飞雪,但记得斑斑点点,几行陈迹。五帝三皇神圣事,骗了天涯过客。有多少风流人物?"(毛泽东《贺新郎》)安史之乱的始与终,让我们记住了大唐王朝的盛与衰。无疑,安史之乱是大唐帝国由盛而衰的转折点。尽管书中的历史是非、人物纵横都已成为过去,但是前事不忘,后事之师,在这部平叛史中,让我们看到了昏

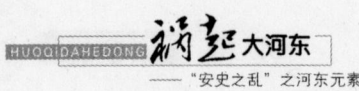
——"安史之乱"之河东元素

君、奸相、叛将、宠妃、佞宦、良臣、谋帅、猛将等一系列的人物影像，我们从中将会得到些什么吗……历史的指针，定格在唐朝盛世的开元、天宝年间。

唐 韩干牧马图（局部） 现藏台北"故宫博物院"

# 养痈遗患 之张守珪

## 1

在中国历史上，大唐王朝占有举足轻重的地位，没有几个朝代能与之相媲美。毋庸置疑的是，大唐王朝的建立与发展，与河东地域（今山西）息息相关，近日在全国举办的"中国各省（市、区）形象大型民意调查"中，让大家推选各自家乡的"代言人"时，唐太宗李世民和武则天两人双双在山西当选，足以见得是民心所向，众望所归，至少是在山西人民心目中如此。追溯大唐王朝的基业，即起源于河东地区的蒲州与太原两地。其缔造者是李渊（566年~635年）。

李渊，字叔德，天和元年生于长安，是杰出的政治家和军事家，史称唐高祖。李渊祖籍陇西狄道（今甘肃临洮），是西凉武昭王李暠的七世孙，其祖父李虎，随北周建立者宇文泰入主关中。西魏时，李虎为左仆射，封陇西郡公，赐姓大野氏，官至太尉，与宇文泰、李弼等八人同受佐命，成为著名的八柱国之一，位极尊贵，号称"八柱国家"，死后被追封为唐国公。依风水家言，祖上功德，常可以荫庇后人。也许如此，到了李渊的父亲李昞时，虽然国号已改为北周，不过依循旧制，李昞仍官至御史大夫，授安州总管、柱国大将军，袭封唐国公。在李渊七岁之时，父亲李昞去世，李渊承袭唐国公，或许这便是大唐王朝之名的最初印记。

每一个朝代的建立，都有其深远的历史渊源。青年时期的李渊，倜傥豁达，任性率真，宽仁容众，在当时人们的心目中，享有很高的威望。他的母亲独孤氏，是河东人氏，与隋文帝独孤皇后是同胞姊妹，属于朝廷的宗室亲戚。他因此也算是裙带连襟，当然也就享受着皇亲国戚的优越地位，进出皇宫大院，就如同走亲戚串门般的便捷随意，在朝廷中十分受宠。李渊的妻子窦氏，出身也非同一般，她是京兆平陵人。窦氏的父亲窦毅，在北周时期也是上柱国，母亲是北周武帝的姐姐襄阳长公主，所以说起来，窦氏就是武帝的外甥女了。

用现在的时髦话来说，李渊与窦氏的结合，可谓是强强联合了。窦氏不仅身世不凡，而且从小就非常聪明伶俐，深受武帝的喜爱，所以被留在宫中抚养。武帝当时的皇后是突厥女，其时突厥犯境，武帝不得已而与之成婚，婚后始终耿耿于怀。窦氏却劝说舅舅一定要隐忍，保持与突厥的婚姻关系，以消除来自北方的威胁，全力对付南陈和北齐。在杨坚取代北周时，窦氏就曾说道："我只恨自己不是男子汉，无法为舅舅家扫除祸患。"吓得父亲赶紧捂住她的嘴巴，压低声音说道："千万不要胡说！这可是灭门之罪！"

随着窦氏的成年及笄，窦毅越发认为自己的女儿将来不是等闲之辈，在选女婿时就别出心裁：他让家人在门屏上画了两只孔雀，凡是两箭各射中一只孔雀眼睛的，就招他为婿。像这样的地位家族，想当女婿的比肩接踵，蜂拥而来。虽然前边不乏逞强好胜的，有几十个人争先恐后，却偏偏没有一个射中的。轮到李渊时，他不慌不忙手起

## 养痈遗患 之 张守珪

弓张，两箭都射中了孔雀的眼睛。窦毅十分高兴，当下就决定把女儿嫁给了李渊。当然李渊也绝非平庸之辈，优越的家庭地位，并没有消磨掉他建功立业的锐气与意志；皇宫大院的富丽堂皇，只是促进他更加奋发图强的一剂强心针而已，而且机遇也向来青睐有志向有抱负有准备的人。

若论起人才，在中国的历史上的每朝每代，可谓汗牛充栋，不胜枚举。但若是论起能被历史检验而称之为人才的，恐怕就是凤毛麟角，门可罗雀了。李渊当然是历史人才，就在他渴望功名、希望出人头地的时候，命运之神向他伸出了橄榄枝，而且那些作为姻亲的"导演们"，也给他提供着充分发挥才能的历史舞台。由于母亲与独孤皇后的关系，李渊是隋炀帝名副其实的姨表兄弟，因此深得隋炀帝的重用。在隋炀帝即位不久后，他就相继出任了荥阳（今河南郑州）、楼烦（今山西静乐）二郡的太守。隋大业九年（613年），李渊更是时来运转，由文转武，被召为殿内少监，很快又升迁为卫尉少卿，可以说是重操起武将的祖业来。从此他更是如鱼得水，地位也随之不断地升迁。

社会动荡时期，对于人才的酿造与检验，不外乎是文治武功，而作为武将，只有赫赫战功才能够成为炫耀的资本。上苍也似乎格外垂青李渊，冥冥之中给他创造着施展英雄的用武之地。这一年，杨广发动了第二次征讨高丽的战争，李渊受命在怀远镇负责督运粮草。也就是在这个时候，由于隋炀帝的骄奢淫逸，穷兵黩武，使生民不堪苦，怨声载道，社会急剧动荡起来。大贵族杨玄感瞅准机会，利用人民的不满情绪，遂另立山头，起兵反隋。暴动一旦触发，就像干柴遇上烈火,迅速熊熊燃烧起来,仅山东、河南、河北、宁夏等地的农民,很快就拉起了20多支起义的队伍。

远处亲戚家乡,历来是封建帝王使用人才的储备库。天下危难之时,隋炀帝想到了他这个姨表兄弟。实事求是地讲,李渊早有反心,炀帝也早已注意,只是掩饰的好,且李姓贵族太多,李渊并不出众。为扑灭反抗烈火,他四处奔波,转战南北,其将帅才能,在残酷的战争风浪中逐渐显现出来,并且是日渐光芒四射灿若星云。当然看待事物,应该一分为二,隋炀帝肯定压根儿不会想到,正是自己的一时冲动,给自己培植下了掘墓之人。并且是在李渊的铁马金戈里,和自己的一声肠断绣帘中,一步步滑向了灭亡的深渊,栽倒在姨表的天罗地网之中。

隋大业初年,农民起义如雨后春笋,到处风起云涌,一些隋军将领也趁机占城掠地,割据一方。于是乎天下沸腾,群雄争锋,农民军的狼烟此起彼伏,镇压的巨浪此消彼长,也就是在这镇压义军的过程中,李渊因军功一再升迁。至大业十一年(614年)时,他奉诏来到河东,先是在蒲州任职,后又担任了太原道抚慰大使一职。三年后,他再次受命,升任太原留守,成为权倾一方的封疆大吏。机遇的青睐,让李渊又一次站在了命运的微笑里。此时的太原城,是"控带山河,踞天下之肩背,为河东之根本"的军事重镇,不仅兵源充沛,而且粮饷丰厚,其军粮可供10年之用。因此李渊在兴奋之余,也就逐渐产生了发展自己势力,以图宏业大举的拳拳欲念。

李渊初到太原之时,正值一支"历山飞"的农民起义军,结营于太原之南,使上党、西河、京都的道路都被断绝。李渊可不怎么客气,下车伊始,开门见山,就顺手牵羊,成功地镇压了"历山飞",用义军的鲜血染红头顶的乌纱帽,很快就巩固了在太原的统治地位。真可谓是一夜一战成名,晋阳一带的官僚、地主、豪绅们纷纷向他靠拢。李渊心有预谋,也就借机授命次子李世民,在晋阳周围倾财赈施,密招豪杰,广纳贤才。而命令其长子李建成,在蒲州(今山西运城)暗中交结英俊,发展势力。此时远在江都的杨广沉湎酒色,也可说是鞭长莫及。于是李氏父子在河东韬光养晦,借助历史的台阶铺垫,权限日大,羽翼渐丰,成为可以左右朝政的一方诸侯。

有些时候,历史真的很容易让人蒙蔽受骗,明明看上去是很正当的事情里面,实际上却暗藏着"君子"们玩弄权术的把戏。如果我们能够把历史看透,就会发现在这些貌似公允的现象后面,却原来是包裹在美丽外衣下面的阴谋与祸心。李渊的权势日渐炙手可热,隋炀帝也似乎隐约感觉到了芒刺在背,然而他的后悔似乎来得晚了一点。后来的发展证明,隋炀帝种下的苦果,只能够由自己含恨咽下,因为此时的李渊,在晋阳经过养精蓄锐,起兵造反已是箭架弦上,势在必行而不可逆转了。

堡垒最容易从内部攻破,这是经过实践证明了的格言。再看看当时的形势,在反隋斗争的浪潮中,起义军逐渐形成了李密、翟让领导的瓦岗军,杜伏威领导的江淮起义军,窦建德领导的河北起义军这三支主要力量。而更要命的是,此时隋朝内部的局面,也是尔虞我诈,分崩离析,隋炀帝杨广的统治岌岌可危,已是摇摇欲坠、风雨飘摇了。李渊静观其变,目睹着动荡不安的乱局,从中窥测到了浑水摸鱼、举兵起事的时机。而恰逢此时,地处河东的马邑人刘武周,杀死

## 祸起大河东
—— "安史之乱" 之河东元素

太守王仁恭，自称是皇帝，国号定阳，在晋北一代插起了反隋的旗帜。

李渊闻声起舞，连呼"天助我也"，遂借坡上驴，唤来次子李世民密谋，又秘密从蒲州召回长子李建成和四子李元吉，于大业十三年（617年）初，以讨伐刘武周为名，率军3万在晋阳（今山西太原）设坛起誓，大张旗鼓地举起平叛的大旗，并为之建立起自己的军事机构，公开设置了大将军府。李渊自任大将军，长子李建成为陇西公、左领军大都督，统领左三军；李世民为敦煌公、右领军大都督，统领右三军，并任命裴寂和刘文静为长史司马，太原令温太有参谋军事，一同率兵进攻晋北马邑。

有道是，打仗要靠亲兄弟，上阵全凭父子兵，这是中国人形成的传统习惯。血气方刚的兄弟二人，在老谋深算父亲的指挥下，他们身先士卒，一马当先，与参战将士们同甘共苦，所过之地秋毫无犯，被百姓视为义师而高接远送。加之隋炀帝残暴无道，民怨成沸，因此李家军刀剑指处，所向披靡，刘武周很快就溃不成军，落荒而逃。李渊并未因胜利而收兵，而是马不停蹄，沿着如今山西境内的同蒲之线，战霍州（今山西霍州），破平阳（今山西临汾），杀至河东（今山西运城）一带。由于河东官军顽强抵抗，久攻不下，李渊听从次子李世民"直接入关中"的建议，由汾阴（今山西万荣）一带渡过黄河，高歌猛进地踏上了进攻长安，夺取帝位的征程。隋大业十三年（617年）十一月，李渊拥立隋代王杨侑为恭帝，改元义宁，遥尊江都（今江苏扬州）的隋炀帝为太上皇，自己则为大丞相，加封唐王，以武德殿为丞相府，所以后来李渊便以"武德"为在位时的年号。

养痈遗患 之张守珪

也许是正应了那句古语：吉人自有天相。李渊正在为当皇帝朝思暮想，却苦于寻找不出正当借口而感到束手无策之时，隋朝右屯卫将军宇文化及在江都发动兵变，缢弑了隋炀帝，立秦王杨浩为帝，自己做起了大丞相。随后宇文化及领兵十万北上，被李密打败后退踞魏县，毒弑杨浩，自己登基称帝，建立起所谓的郑国。这时，李渊眼看傀儡皇帝隋恭帝已没有了利用价值，于是原形毕露，迫不及待地将其一脚踢开，撕碎了脸上那块遮羞布。大业十四年（武德元年，618年），李渊选了一个黄道吉日，龙伞罩顶，黄袍加身，风风光光地篡隋称帝，建立了唐朝，改年号为武德，定都在长安。从此，中国大地上诞生了一个新的王朝——唐。

## 2

时代也往往如一曲交响乐那样，有高潮，有低域，有旋转，有起伏。尽管李渊在夺取姨表隋炀帝的江山时气壮如虎，然而历史前行的步伐，确实是不以人的意志为尺度的。且不说他登基之初手忙脚乱，没有能够处理好继承人的问题，导致儿子间争权夺利，反目为仇，眼见皇太子李建成与各嫡子之间明争暗斗，他却优柔寡断，没有采取果断措施加以制止，最终促使了"玄武门之变"。太子李建成、四子李元吉被杀，自己也被迫将帝位内禅给次子秦王，无奈地当了一个太上皇，直到贞观九年（635年）病逝，谥号为太武皇帝，庙号太祖，葬于献陵。高宗上元元年（674年）八月，改太祖尊号为神尧皇帝，玄宗天宝十三年（754年）二月，又上尊号神尧大圣大光孝皇帝，留给世界一曲残缺的音符。

# 祸起大河东
## ——"安史之乱"之河东元素

正统也罢,篡位也罢,反正从铁血里诞生的大唐王朝,在风雨中走过了一个多世纪。在这一百多年的岁月里,它一路风风雨雨,坎坎坷坷,留下了辉煌,也留下了暗淡:经历了太宗"贞观之治"、高宗"永徽之治"、武则天"治宏贞观,政启开元",然后摇摇晃晃地来到了玄宗李隆基的时代。客观地评价唐玄宗,他是一位功过都很突出的历史人物:他前期重用贤臣,励精图治,因此社会安定,生产发展,经济繁荣,使唐朝进入了一个全盛时期,史称"开元盛世"。但是在他的统治后期,由于过于沉湎酒色,荒淫无度,重用奸臣,以至于政治腐败,朝纲混乱,藩镇割据,最终酿成"安史之乱",唐朝由此转衰,也给唐朝人民带来了巨大的灾难。

演出"安史之乱"闹剧的主角,无疑是安禄山。他是唐代藩镇割据势力的最初建立者,也是发动安史之乱的罪魁祸首。安禄山(703年~757年),名阿荦山(一作轧荦山),即战斗的意思,营州柳城(今辽宁朝阳)人,《旧唐书》这样描述道:"安禄山,营州柳城杂种胡人也。本无姓氏,名轧荦山。母阿史德氏,亦突厥巫师,以卜卦为业。突厥呼战神为轧荦山,遂以名之。"《新唐书》则记载道:"安禄山,营州柳城胡人也,本姓康。母阿史德,为觋,居突厥中,祷子于轧荦山,虏所谓战神者。既而妊,及生,有光照穹庐,野兽尽鸣,望气者言其祥。范阳节度使张仁愿遣搜庐帐,欲尽杀之,匿而免。母以神所命,遂字轧荦山。"

史料对历代帝王的记载,往往都是选择一种老套而固定的手法,即使是像安禄山这样遗臭万年的人,也要先给他的出生与身世蒙上一层神秘的色彩。依照上面的记载,安禄山在娘胎里就是多灾多难,来到这个世界上,也因其生父寿短早逝,做女巫的母亲阿史德氏又守不住

## 养痈遗患 之张守珪

妇道,很快就改嫁给突厥将军安波至的哥哥安延偃。当时康轧荦山刚刚十几岁,于是随继父而改姓安,起名禄山。时值开元初年,安延偃所在的部落因为变故,导致内部四分五裂,突厥将军安道买的儿子安孝节和安波注的儿子安思顺、安文贞等人,遂与康扎荦山结为异姓兄弟,一道流落到岚州(今山西岚县),从此他们便注入了一缕河东之缘。

大千世界的变数,是任谁也难以预料清楚的,而且并不是所有的机遇,都是上天恩赐的,恰恰有许多机会,是凭借自己创造出来的。诸如将人生作为一场赌博,就是历史上许多投机政客们的处世哲学。他们无时无刻不在窥视着时代风云,用近乎歇斯底里的冒险心态,把自己的前途命运作为生死的赌注,投进社会运转的赌盘之中,然后选择时机去捞取政治资本。大奸若愚的安禄山将这种赌博游戏玩得淋漓尽致。他在30岁前,一直混迹在边疆汉胡混杂地区,是一个很不安分的商人。但是30岁那年他步入军旅后却时来运转,在不到4年的时间就做到平卢将军,难道仅仅是一个机遇所能概括得了的?

安禄山的出道及以后的幸运发达,从另一个侧面讲,可以说是由河东人给他提供了这个机遇。提出这个论点的时候,可能诸多人都不会想到,因为对安禄山养痈遗患者,应当首推河东人张守珪。提起张守珪来,也许人们并不是很熟悉,即使在他的家乡运城一带,也是很少有人知道他的名字与事迹的。然而历史上,正是由于张守珪的居功自傲,放纵部下,才使得安禄山能够苟延残喘,捡得了一条小命,然后粉墨登场,招摇过市,成为祸害大唐江山的一匹豺狼。

张守珪(684年~740年),陕州河北(今山西平陆)人。隋唐时期,陕州治所在今夏县,平陆被称作河北县,大约是因为坐落黄河之北的缘故。这里是一片山脉纵横的地方,自古有着"平陆不平沟三千"的描述,它紧邻黄河,与河南灵宝函谷关相望,曾诞生过中国历史上第一个圣人——傅说。也许是地域之故,张守珪生来身材魁伟,性情慷慨,崇尚节义,善于骑射,富有正义感,与汉末为关公牵马执刀的周仓同乡,可谓是一方水土养一方人。

时势造就英雄,这是没有多少人怀疑的格言。可以说张守珪是生逢其时,当时正是唐朝走向强盛峰巅的前夜,与周边地区的摩擦日渐加剧,尤其是吐蕃、突厥、契丹等部族,屡屡侵犯北庭、瓜州一带,边境形势极其复杂混乱。实践证明,乱世是社会的灾难,却也是人才发展的机遇。吐蕃部落的不断侵扰,正好使张守珪成长为旷世之才,为他提供了用武之地。韩愈对人才有过一段很漂亮的评论:"世有伯乐,然后有千里马,千里马常在,而伯乐不常有……"可见人才能否突显,是和历史有很大关系的。可喜这段话说的就是在张守珪的家乡,那里有一条运盐古道,叫作虞坂坡,伯乐相马就发生于此。

千里马是在时势中凸显出来的。唐中宗末年,张守珪已是镇守边关的一员猛士,因其天资聪敏,骁勇善骑,颇受当地州府官吏的重视,被任命为瓜州平乐府(今甘肃省安西县)的别将。后来由于他在战场上冲锋陷阵,勇当一面,得到北庭都护郭虔瓘的赏识,屡立战功而被收为部下,驻防北庭(今新疆吐鲁番)西北边塞。从此在郭虔瓘的指挥下,他率领军队驰骋疆场,南征北战,充分显示了独立作战的组织与指挥才能。在后来长达半年的讨伐战争中,他每战必胜,每攻必克,让敌军望风而逃。

突厥族人生性善斗,常常是落荒而逃却并不甘心失败。他们在经

## 养痈遗患 之张守珪

过一段收编休整后,将其残部重新纠合起来,成立了后突厥汗国,又不断频频出兵,侵犯北庭的西边门户——轮台(今新疆米泉市),戍边军民纷纷告急。郭虔瓘闻报后,随即派出张守珪率兵前往救援,不料却与突厥大队人马不期相遇,敌众我寡,形势非常危急。但是张守珪毫无惧色,急中生智,未等敌方弄明白怎么回事,他就一马当先冲上前去,显示出了大无畏的英雄气概。在他的带领下,将士们个个奋勇争先,就地与突厥军展开搏杀,直杀得刀光剑影,暗无天日。在这次战斗中,他们共斩敌首级千余,生擒敌将颉斤,后突厥军大败逃去。张守珪穷追猛打,乘胜追击,直至轮台城下,方才鸣金收兵。

边境战场的不断扩展,再一次给张守珪搭建了建功立业的舞台。开元二年(714年),后突厥默啜可汗贼心不死,遣其子移涅及大将同俄特勤,率数万精骑前来围逼北庭都护府。面对不可一世的强敌,郭虔瓘一面组织军队固守,伺机反击敌人;一面派张守珪到朝廷去求援。张守珪受命后,单枪匹马潜出敌围,日夜兼程奔赴长安上书玄宗,陈说北庭战区危急形势,并请求玄宗允许他率援军自蒲昌(今新疆鄯善县)、轮台两地同时出击,对后突厥形成夹击之势,得到了玄宗的准奏。就在张守珪调集军队准备进攻时,郭虔瓘已经设计斩杀了同俄特勤,因此后突厥军闻风丧胆,惶惶然作鸟兽散了。

其时的玄宗还不昏聩,尽管张守珪军马未到时,突厥军队已经战败投降,但是由于张守珪在这次战斗中,做出了积极的努力,战后依然因功被加封为游击将军。不久后,张守珪因英勇善战,战功出众,被迁转幽州(今北京蓟县西南)任良社府果毅。幽州地处唐地北边,是防御契丹、奚的重要军事重镇,张守珪到任后,积极出谋划策,尽职尽责,深

——"安史之乱"之河东元素

受时任刺史卢齐卿的器重,很快升至左金吾员外将军,为建康军使,成为边疆有名的铁军将领。《旧唐书》是这样描述的:"守珪仪形瑰壮,善骑,必节度幽、凉,为国之良将,方以子孙相托,岂得以僚属常礼相期耶!"其栋梁之材的气度,亦日渐显现出来。

韩愈"伯乐相马"的典故,对于张守珪而言,可以说是量体裁衣,使得他是英雄常有用武之地。其时唐朝与吐蕃关系交恶,在边界一线战事不断,开元十五年(727年)九月,吐蕃赞普率军亲征,绕道河西地区(今甘肃河西走廊)的西部,兵扰瓜州(今甘肃安西东南)、长乐(今甘肃安西)一带,企图切断唐王朝与西域的贸易交通。这年闰九月,吐蕃军又与突骑苏禄围攻安西城(今新疆库车),唐军由于寡不敌众,最终全军覆没,导致河陇震动,人心惶惶不安。为了扭转战局,抵御吐蕃肆无忌惮的入侵,玄宗几经斟酌,决定选调得力战将张守珪为瓜州刺史,兼墨离军使,以镇守河陇(即甘肃陇山、六盘山以西,含河西走廊与湟水流域)一线战略要地。

有备无患,时不我待,这是战时统帅必备的素质。这一次临危受命,使得张守珪深感肩上责任重大,因此来不及多想,随即带着少数亲兵前往赴任。瓜州地处边陲地带,长期处于敌我双方交战之下,人民流离失所,土地荒废凋零。时值吐蕃军队刚撤离不久,张守珪一路疾驰而来,到处是沙漠戈壁。狂风过后,只见野蒿摇曳,砂石呜咽,一派战后残败的景象。走进瓜州城里,更是劫后余生,满目凄凉,瓜州城残破不堪地坐落在落日余晖里。不仅如此,吐蕃军还随时有可能卷土重来,战斗就将在这样的环境里展开。张守珪不由得伫立城头,意识到形势是非常严峻的,所以他废寝忘食,不敢有一丁点儿的懈怠。

## 养痈遗患 之张守珪

张守珪到任后,顾不得整修府第,立即察看地形,筹集粮草,夜以继日地组织军民们修筑城池。果不其然,刚刚进入农历十月,城池周围的护城河还没有修整好,却见辽阔的原野上万马奔腾,尘土飞扬,喊杀声不绝于耳,顷刻间吐蕃军就兵临城下。城中军民饱经战争创伤,心灵阴影还不曾消散,如今临阵换帅,又是仓促应战,军民们难免相顾失色,目光齐刷刷地投向了张守珪。却见张守珪镇定自若,毫无惧色,他在心底里思谋着:"此时彼众我寡,又在疮痍之后,不可以矢石相持之,须以权道而制之也。"于是,他先命令军民们继续固守城池,精锐部队整装待命,然后让将士们分列两行,自己则在城楼上摆酒设宴,请来乐伎们嬉戏歌舞,完全是一副歌舞升平、休闲自乐的样子。

冬日的午后,阳光清冽而刺目,等到蜂拥而至的吐蕃军把瓜州城团团围住后,却见城楼上琴弦悠扬,鼓乐和畅,猎猎战旗下,主帅张守珪手捋短须,斜阳下露出不屑一顾的笑颜。敌将虽为吐蕃人,却也知道三国时期诸葛亮的空城计,一时间摸不着头脑,迟疑了半晌,不敢贸然攻城。眼见日已西斜,城里城外一切如故,只好郁郁而退。张守珪早有准备,当即手擂战鼓,命令军士将关门洞开,骑兵们呼啸着出城追击。城周围顿时飞沙走石,狼烟四起,直杀得吐蕃兵屁滚尿流,抱头鼠窜。此次作战,张守珪在危急时刻胆略过人,毅然以古老兵法"空城计"迷惑吐蕃军,并在他们撤退时,又果断地组织兵力进行追击,使吐蕃军无法判断出唐军的实力,可谓智勇兼备,取得了西北一线空前的胜利。

## 3

空城计在中国战争史上并不多见,史书上有确切记载的也只有十几处,譬如北齐的祖珽、刘宋的萧承之、西魏的王思政、明朝的马芳等人,他们都曾经在战场上摆过空城计。但是张守珪所指挥的这次空城计,无论是综合战前军情、兵力对比,还是临阵指挥、乘胜追击等诸方面因素,与其他的空城计相比,都更胜一筹,堪称智勇双全的典范。

而当时的张守珪,面对着战后余生的情景,他面色凝重,眉头紧蹙,望着眼前的千里沙砾,脑海里思谋着是该如何解百姓于倒悬之中。在后来几年里,张守珪率领军民修城池,筑河堤,建房屋,召集流亡百姓,整治社会秩序,使瓜洲一带人民得以休养生息。开元十六年(728年)七月,吐蕃大将悉末朗再次领兵进攻瓜州,被张守珪所败,仓皇逃遁。次年(729年)三月,张守珪与沙洲(今甘肃敦煌)刺史贾师顺,各率所部的兵马,主动向吐蕃大同军发动袭击。由于兵贵神速,吐蕃军毫无防备,张守珪他们大获全胜,基本上解除了瓜州十几年来所面临的危机。

捷报传到长安,玄宗闻之大喜,为了加强对吐蕃的防御,也是为嘉奖张守珪之功,所以特置瓜州都督府,任张守珪为都督,并且加封银青光禄大夫。瓜州地处西陲,气候恶劣,不宜田禾的生长,而且每年降雨稀少,干旱现象非常严重。当地农民种地,主要靠冬天潴雪,到了春夏时再以雪水灌溉。但是经过连年的战争,潴雪引水用的渠堰大都被毁坏,而当地又缺少木材,修复起来十分困难,致使农业生产遇到了严重

养痈遗患 之张守珪

的困难。张守珪在平息吐蕃后,积极组织军民修复渠堰,导水灌溉,有效地推进了农业的恢复与发展。

据说为了寻得木材,张守珪曾置密室设坛,燃香长跪,乞求神灵赐予。也许是张守珪的诚心真的感动了苍天,突然间狂风漫卷,大雨倾盆,上游发了大水,冲来几千根木头,解了修渠的燃眉之急。众百姓见状,齐刷刷地跪于城下,以头叩地,泪水长流,长期以来饱受天灾人祸的愤懑,终于得到了酣畅淋漓的释放。《旧唐书》说道:"守珪以至诚感神,取材成堰,与夫耿恭拜井,有何异焉。"这种自然界的偶然赐予,虽然难免带有某些迷信色彩,但是却完美地补充了张守珪为民谋利的业绩,从此瓜州人民把他当成活神仙,自发地给他刻石颂扬,传奇故事流传至今。玄宗也是赞赏有加,再一次给了张守珪的用武之地,将其迁任鄯州(今青海乐都,陇右节度使治所)都督,陇右节度使,成了镇守一方的封疆大吏。

现在看来,安史之乱的根源,表面上似乎是边帅节度使的权力过大,导致野心私欲膨胀。实际上在于统治阶级的决策失误,是一个长期积攒下来的恶疾,直至最后病入膏肓,脓包破裂,造成了不堪收拾的后果。所谓节度使,是因为受职之时朝廷赐以旌节,故此称谓,本意为都督带使持节之意,有一定的辖区范围。唐武德初年,为了巩固朝廷的统治,于缘边及襟要地区一些州治设置总管府,以本州刺史兼总管,总揽附近数州军事。武德七年(624年)改称都督府。到了贞观中期,改行军称之总管,驻守称作都督,惟朔方军镇仍称总管,边州分别置经略使,有屯田州置营田使,这是唐王朝开始设立的地方军政长官,也是节度使起初的雏形模式。

随着太宗、高宗在位期间实力的增强,唐王朝不断地向外发动战争,先后平定了辽东、西突厥、吐谷浑等部落,使唐朝成为一个国境极为辽阔的国家。同时,为了加强中央政府对边疆地区的控制,巩固边防和统理其他少数民族,睿宗景云年间,开始在边远地区设置少数有一定辖区的节度使。节度使们"加以旌节","得以军事专杀,行则建节,府树六纛",享有很大的节制权力。司马光在《资治通鉴》里表述道:"唐睿宗景云元年(710年)丁酉,以幽州镇守经略节度大使薛讷为左武卫大将军,兼幽州都督,节度使之名自讷始。景云二年(711年),贺拔延嗣为凉州都督,充河西节度使,节度使开始成为正式的官职。"自此,在唐王朝的军政沿革里,节度使堂而皇之地成为统治边陲的军镇大员。

到了开元十年(722年),唐王朝边烽日警,战事连发,为了镇戍边防,有利于对外作战,加强抚绥周边少数民族的需要,玄宗于边地设立了十个兵镇,由九个节度使和一个经略使实施管理。即范阳节度使、平卢节度使、河东节度使、朔方节度使、河西节度使、安西节度使、北庭节度使、陇右节度使、剑南节度使、岭南五府经略使等,合称十节度使。如此这样,每以数州为一镇的节度使,不单管理军事,而且因为兼领按察使、安抚使、支度使等职,所以也兼管辖区内的行政、财政、户口、土地等事宜,就使得原来为一方之长的州刺史,摇身一变都成了它的部属。据《新唐书·志第四十兵》记载,节度使"既有其土地,又有其人民,又有其甲兵,又有其财赋",因而雄踞一方,成为后来唐王室尾大不掉的隐忧。

当时活动于幽州东北部的契丹、奚势力强大,尤其是契丹牙官可突于骁勇有谋,剽悍强壮,惯善骑射,经常率军队侵犯唐朝边境,在契

## 养痈遗患 之张守珪

丹人中威信很高。然而时任幽州长史赵含章、薛楚玉等人,对可突于的进攻空有满腔怨恨,却都束手无策无能为力,于是玄宗决定选调一位得力的将领来镇守幽州。由于张守珪在陇右屡立战功,政绩突出,深得玄宗赏识,遂于开元十七年(729年)将其迁任幽州长史、河北节度副大使,兼御史中丞、营州(今辽宁省锦州市)都督,负责清除蓟北一带边患事宜,不久又加任为河北采访处置使。看来是金子就要发光这句话,同样也适应于驰骋疆场的战将们。正是由于张守珪的才能日渐凸显,所以历史再一次选择了他,并将他推向了与唐朝共进退的历史舞台上。

对于张守珪的身世生平,《广异记·张守珪》中曾有这样的记述:"幽州节度张守珪,少时为河西主将,守玉门关。其军校皆勤勇善斗,每探候深入,颇以劫掠为事。西城胡僧者,自西京造袈裟二十余驮,还天竺国。其徒二十余人。探骑意是罗锦等物,乃劫掠之。杀其众尽,至胡僧,刀棒乱下而不能伤,探者异焉。既而索驮,唯得袈裟,意甚悔恨,因于僧前追悔,擗踊悲涕。久之,僧乃曰:'此辈前身,皆负守将命,唯趁僧鬼是枉死耳。然汝守将禄位重,后当为节度、大夫等官,此辈亦如君何!可白守将,为修福耳。然后数年,守将合有小厄,亦有所以免之。'"

张守珪的部下返回营地后,将老僧的话告诉了张守珪。张守珪听后很是诧异,就将老僧留下来供养,多年以后老僧方才离去。后来,张守珪带领部将25人,至伊兰山寻找敌军,却不防数千名胡骑突然而至。张守珪寡不敌众,眼看就要被擒获,遂下马脱鞍,装作若无其事的样子。胡骑渐渐逼近,张守珪对左右说道:"为之奈何,若不获已,事理须战。"说罢,忽见山下红旗漫卷,数百骑突然前来助战,张守珪等人紧随其后，很快冲破胡将的重围。只见红旗下站着一位战将，他对张守珪说道："吾是汉之李广，知君有难，故此相救。后富贵，毋相忘也。"言讫遁身不见。后来张守珪真的是至幽州节度、御史大夫，应了老僧的谶言。

这当然是一种传说，不过张守珪也没有辜负玄宗的期望，他到幽州任上后，一改前两任坐守待援的做法，而是对军队加强训练，整顿军纪，提高作战能力，并且伺机主动出击契丹，频频取得胜利。《新唐书》这样赞道："守珪至，每战辄胜，虏遂大败。帝喜，诏有司告九庙。"契丹首领屈剌与可突于等，对于张守珪的到来非常害怕，不敢正面交锋，唐军士气大振，局面有了明显的改变。屈剌觉得在战场上取胜无望，于是就改变策略，决定遣使诈降，以求得到喘息的机会。不过他们这点儿小儿科伎俩，哪里能够蒙蔽住张守珪？因为在张守珪老家村前的官道上，就曾演绎过"假虞伐虢"的故事，留下了唇亡齿寒的笑料。于是张守珪将计就计，派部将王悔去屈剌营帐里，佯装商量受降事宜，以便引君入瓮见机行事。

屈剌本无降意，自以为这次阴谋得逞，所以将军营逐渐移至西北方向，并遣密使勾结突厥部落，准备杀死王悔再行反叛。他哪里会料到王悔早有警惕，而且探知到契丹另一首领李过折，长期与可突于争权夺利水火不容，于是就利用他们之间的矛盾，劝诱李过折借机杀了屈剌和可突于，其余各部不战自乱，纷纷缴械投降。对于这一段历史，《旧唐书》是这样描述的："守珪察知其伪，遣管记右卫骑曹王悔，诣其部落就谋之。悔至屈剌帐，贼徒初无降意，乃移其营帐渐向西北，密遣使引突厥，将杀悔以叛。契丹别帅李过折，与可突于争权不和，悔潜诱之，斩

养痈遗患 之张守珪

屈剌可突于,尽诛其党,率余众以降。守珪因出师次于紫蒙川(今河北卢龙北),大阅军实,宴赏将士,传屈剌、可突于等首于东都,枭于天津桥之南。"

屈指数来,张守珪来到幽州仅仅两年,就采取军事打击和反间相结合的手段,给契丹部落以沉重的打击,极大地稳定了幽州以北边境的局势,使多年来的混乱局面得以安定。玄宗好不得意,常常以慧眼识珠自喻,对张守珪在如此短的时间内消灭了可突于,感到非常满意,于是准备任命他为宰相。但是遭到张九龄的极力反对。玄宗便加以变通,计划"加以其名而不使任其职"。张九龄还是劝阻道:"守珪才破契丹,圣上即以为宰相;若尽灭奚、厥,将以何官赏之?"玄宗想想也对,马儿有时候还不可以喂得太饱了,所以这才作罢。不过,张守珪虽然没有被封为宰相,但是他在朝野之中的地位与威望,是众人皆知,不言而喻了。

## 4

中国文化,随处皆是,俯首即可拾来,就譬如"无巧不成书"这句俗语,虽说是文人们为写作技巧编撰出来的美丽遁词,但是在大千世界里,的确也是充满了诸多的偶然性与戏剧性,有时候惊人相似的历史巧合,也将文人们的遁词诠释得顺理而成章。再说安禄山长大以后,生得膀阔腰圆,满脸胡须,而且狡黠奸诈,凶狠毒辣,十分善揣人意。他长期生活在北方多民族杂居地,与史箪干(即"安史之乱"中的另一代表人物史思明)一同长大,两个人如同亲兄弟,都以凶猛善斗而闻名。也就是在这个时候,这几个小兄弟在岚州地界上偷鸡摸狗,打架斗殴,胡作非为，惹是生非，遭到了官府的捉拿。安禄山眼看势头不对，随即鞋底抹油——远走作为上策，与其继父的哥哥的儿子安思顺等人，一起逃到了幽州（今北京城西南）来。

有道是，光棍不吃眼前亏。还真别小瞧这个安禄山，其人内心奸诈残忍，面相却显得淳朴老实，是那种毒蛇之心菩萨相的主儿。安禄山来到幽州后，为了讨得一线生计，开始在市场上经营个小买卖，凭着其既狡诈却又讲义气的两面派做派，不久就当上了一个诸市牙郎，即在突厥与唐朝之间进行互市贸易的中介人。《旧唐书》中说他是"肥胖肤白"，而且通晓九种民族语言，所以在任诸市牙郎期间，既能够巧妙处理交易中各种纠纷，又敢于同街市上的恶少们争勇斗狠，因此很快就闻名于幽州一带。有野史记载，安禄山在烂醉如泥时，就会现出龙首猪身的原形，被人们称之为既凶残又多变的"猪龙"，可见当是典型的"人面兽心"之辈了。

开元二十年（732年），张守珪就任范阳（治所在今北京）节度使，此时安禄山恶性复发，因盗羊遭到追捕者的围打，并被扭送到范阳节度使府里。张守珪原准备用乱棍将其打死，谁知令签掷下后，却见安禄山当堂大声呼喊道："大夫不欲灭奚、契丹两番耶？而为何独杀壮士！"张守珪不由得一顿，又见其言貌伟奇不同一般，心下便有疼爱之意，就让人把他放了，并且将其与同乡人史思明留在帐下，做了一名捉生将。这一年，安禄山正好三十岁，到了而立之年。安禄山从军后，由于他骁勇善战，而且又熟悉当地山川地貌，对奚、契丹的情况了如指掌，所以每次出击都能以少胜多，擒获不少契丹人，很快就因功和史思明一道，被张守珪擢为偏将。

## 养病遗患 之张守珪

　　正所谓小荷已露尖尖角,只待阳光春风吹拂,便可欣欣向荣。张守珪的怜悯与同情,不仅改变了这个胡人的命运,而且也给唐王朝的长治久安埋下了隐患。安禄山有着过人的军事才能,又有张守珪的超人谋略引导,尤其是他自幼内心深处藏匿着难为人下的野心,所以是好雨知时节,当春乃发生。安禄山便经常带领轻骑兵袭扰契丹人,且多是出其不意攻其不备,趁着契丹人防备松懈时而发动突然袭击,有时仅带三五个骑兵,也能生擒契丹兵士数十人回来。因此是捷报频发,常立战功,深受张守珪的赏识。张守珪觉得安禄山是一位不可多得的人才,就愈加宠信,不久被收为义子,并加员外左骑卫将军,充偏前讨击使。真是山不转水转,从此安禄山时来运转,军阶不断得到提升。

　　任何事物都是相辅相成的,历史也当如是。客观地评价,唐初时的玄宗并非是一位昏庸皇帝。玄宗,名李隆基,垂拱元年(685年)生于东都洛阳,唐睿宗李旦的第三子,母亲为窦德妃。李隆基天性英明果断,多才多艺,知晓音律,擅长书法,而且仪表雄伟俊丽,很有帝王的人缘天资。景云元年(710年)六月,他与姑姑太平公主联手发动"唐隆政变",诛杀了专权的韦后,辅佐睿宗李旦重新即位,李隆基也因功被立为太子。两年后父亲禅位于他,他正式登基当了皇帝,改年号为先天。次年即赐死太平公主,扫除了后顾之忧,终于名副其实号令天下,随之再改年号为开元,表明了自己励精图治,开创唐王朝历史新纪元的坚强决心。

　　李隆基算不算河东人?当然算。且不说他的先祖李渊发迹于河东,也不说他的祖母武则天是正宗的河东文水县人,他的身上肯定流传着四分之一河东人的血脉。单说他娶了儿媳妇杨玉环后,就是正儿八经的河东女婿了,因为按照河东的风俗习惯,女婿应顶半子,这么一说,大家说他算不算呢?李隆基早年励精图治,重用贤臣良将,严惩贪官污吏,社会经济持续发展,国库积蓄甚丰,人们也安居乐业,出现了封建社会前所未有的盛世景象。不过有一句话,叫作"月盈则亏,物极必反"。被胜利冲昏头脑的玄宗,开始沉湎酒色,重用奸臣,陶醉在一片歌舞升平之中,因此导致政治腐败,经济衰退,百姓民不聊生。

如果说早年的玄宗,是重在做一个"有道明君"的话,那么晚年的玄宗,则重在追求做一个荒淫无度的"快活天子"了。我们现在再去看待曾经的历史,说穿了并不显得怎么复杂,无非就是用过去无数的人物与事件,尽量地拼凑和还原出当时发生的事实真相。不过由于各种条件的限制,我们常常得到的资料,并不一定完全是历史的真实与全部。所以凭借现有掌握的史料看,在玄宗的统治时期,张守珪先是驰骋在祖国的大西北戈壁沙漠,然后又活跃于东北一带绵长的边防线上,东征西战,所向披靡,为开创唐王朝繁荣昌盛的"开元之治"立下了赫赫战功,这应该是毫无疑问的。

封建社会虽说有诸多其自身难以克服的痼疾,但是人事方面对其的影响,也是至关重要的,至少它对国家的治乱兴衰,会起到一种延缓或者加速的作用。开元二十三年(735年)二月,张守珪因战功卓著,奉旨赴东都洛阳献捷。时值玄宗籍田礼毕,当即召集文武大臣,举行盛大宴会,对张守珪进行表彰嘉奖。宴席进行间,玄宗赋诗褒美,以示给予张守珪特殊的礼遇,并加封他为辅国大将军,右羽林大将军,兼御史大夫。与此同时,玄宗还赐给张守珪杂彩一千匹,金银器物若干,并给他的两个儿子加官晋爵。还下诏在幽州立碑刻石,志记他的战功及朝廷

养痈遗患 之张守珪

的封赏,真是皇恩浩荡,风光无限。

"古人重守边,今人重高勋。"唐代在最初任命节度使时多用名臣,而且不许久任,也不遥领,不兼统,功名卓著者往往入朝主持政事。但是到了玄宗时期,为了提高大唐王朝的声威,多次蓄意对周边各族发动不义战争,边将权相也为之不惜推波助澜,借机挑起冲突事端。按说朝廷对张守珪的嘉奖,应该是实至名归,这与他足智多谋、胆略过人、英勇善战、治军有方是分不开的。只是张守珪不是圣人,也像封建王朝诸多将相那样,没有能够摆脱身居高位后恃功自傲的恶疾,在荣誉与权势面前,他开始失去了曾经的清醒头脑,放松了对部将们的约束,并且任人唯亲,奖罚不明,从而导致麾下将领骄奢淫逸,部队军心涣散,战斗力严重减弱,造成了辖区边事日趋混乱的局面。

张守珪东都洛阳受到封赏后,虽仍然镇守幽州,但不同的是,此时唐朝的军事实力日渐强大,与契丹、奚的斗争局面,也已由守势变为攻势了。而且由于不断的胜利,张守珪军队的军纪开始松散起来,一些将领也变得骄慢邀功,放纵部下。开元二十四年(736年)三月,已经担任了平卢讨击使、左骁卫将军的安禄山,奉张守珪之令前去讨伐反叛唐王朝的奚与契丹族人。长期以来在张守珪的恣惠下,安禄山的凶残骄横本性日渐显现出来,他骄横暴戾,轻进失律,在不明敌情的情况下,率领部众数百人贸然出击,结果中了奚、契丹人的埋伏,几乎全军覆没,安禄山只身单骑逃回幽州。

安禄山兵败而回,按唐律罪责当诛。张守珪在权衡再三后,决定将安禄山依军法处斩。然而安禄山临危不惧,押赴刑场时昂首挺胸,显得满不在乎的样子,等到临行刑时那一刻却仰天长啸,竟然大声叫道:

# 祸起大河东
## ——"安史之乱"之河东元素

"义父大人,孩儿自知罪不容赦,只是边贼未除,孩儿心有不甘。"不曾想安禄山这一声情真意切的"义父大人",使事情发生了戏剧性的变化。安禄山之所以能够平步青云,以至于后来大权独揽,一个最重要的秘诀,就是他善于媚上邀宠,曲意求全。此时也许是惺惺相惜,或者是张守珪念其旧情,且爱惜他是个难得的将才,便手下留情,想饶他不死了。于是他几经斟酌,写了一纸明述罪责、暗含褒誉的奏折,派心腹将安禄山押往首都长安,交由朝廷进行处置,明显是自个儿放了安禄山一马。

当时担任右丞相的张九龄,在看了张守珪的呈文后,皱了皱眉头批复道:"昔日司马穰苴为严明军纪,不惜杀掉备受齐景公宠爱的监军庄贾;孙武为严明军纪,也曾杀了吴王最宠爱的两个妃子;若张守珪要严明军纪,促使部属统一行动,就不该免除安禄山的死罪。而且安禄山违反军纪,丧师失地,影响恶劣,不杀不足以显示军威。"就是这个安禄山,从前入朝奏事时,张九龄就曾对裴光庭说过:"我看安禄山之人貌似憨厚,却实有反相,如果现在不除掉他,必然会贻害无穷。将来乱幽州的,必定是这个胡人。"张九龄是否就真有如此远见卓识,详情没有后解,但后来事情发展的结果,确实是不幸被张九龄言中了。

"庆父不死,鲁难未已",典出《左传·闵公元年》,大意是不除去庆父,鲁国的灾难是不会终止的。比喻不清除制造内乱的罪魁祸首,国家就得不到安宁。其实真正造成不幸的是臣明君却糊涂。就是这个时候,玄宗拿自己的江山开了一个玩笑,而且这个玩笑开得罪孽深重,几乎使他在劫不复。玄宗贪恋后宫,做事全看个人好恶,看了批文后心生怜意,认为安禄山是个难得的人才,终未准奏张九龄批文,而且还不无揶

揄地说道:"爱卿呀,你不要自认为是西晋的王导,总像他认为石勒有反相一样,可以臆断安卿久后必反?岂知这样最终是陷害忠良,会给朝廷带来不可估量的损失。"于是下诏赦安禄山不死,只是罢去其所兼各职,暂且带兵打仗立功赎罪。生性圆滑的安禄山,更加笑里藏刀,奸诈里再多出了几分虚伪,时过不久,竟赢得朝廷上下的一片赞誉之声。

时值开元二十六年(738年)二月,由于张守珪的放纵,镇将赵堪与白真陀罗假传帅命,逼迫平卢军使乌知义率所部骑兵,在潢水(今内蒙古西拉木伦河)之北袭击奚部,结果被奚军转败为胜。对于这次败绩,张守珪本应吸取教训,引以为戒,重整军威,以利再战。但是此时的张守珪,早已变得刚愎自用,好大喜功,凭借着昔日战功卓著的英名,编造军情隐瞒败绩,拟写奏章上报朝廷,竟然得到了玄宗的嘉奖。谁知欲盖弥彰,好景不长被人告发,玄宗派牛仙童前来查处。张守珪眼见事情败露,遂以重金贿赂使臣,使牛仙童文过饰非,采用瞒天过海的方式,把无法掩饰的问题全部推到白真陀罗身上,逼令他自杀灭口。牛仙童回朝后隐其真情,极力为张守珪开脱罪责,胡乱编造了一个借口,将朝廷搪塞了过去。

## 5

若想人不知,除非己莫为,就是麻雀飞过后,也都会留有影儿,正所谓蛛丝马迹,自古亦然。张守珪没想到第二年,牛仙童就事情败露伏法,结果是拔出萝卜带出泥,自己也随之被朝廷查处。玄宗念及张守珪昔日战功,让其将功折罪,贬他为括州(今浙江丽水)刺史。然而经过这次打击，张守珪心情沮丧，赴任不久后，便因背部生疽而死，一代名将就此命丧黄泉。只是张守珪至死都不会想到，他的新版"农夫与蛇"的寓言故事，会在他辞世若干年后发酵，将他曾效忠保护的大唐江山，搅动得天翻地覆。而且让诸多与他同为河东的乡亲，或是与河东有关联的人牵扯其中，使他们的命运随之跟着发生了不可同日而语的变化，有些人甚至成为刀下之鬼，死无葬身之地。

张守珪作为开元年间的著名边帅，长期戍边，戎马倥偬，多次与突厥、吐蕃、契丹作战，从一名下级军官，成长为威震一方的将领，《旧唐书》上称赞他是"立功边城，为世虎臣"，可谓赞赏有加。梳理他的军事思想，也是极其丰富的，尤其是他的积极防御、待机反扑的战略思想，至今依然有着非常实用的现实意义。张守珪始终如一，无论是在陇右还是幽州，到任后都是首先修缮城池，训练士卒，提高军队的士气，充分做好备战工作，使自己立于不败之地，随后选择适当时机，主动发起进攻，常常是一战破敌。也许正是因为张守珪对唐王朝的重大贡献，尽管他的结局不很光彩，但是他的弟弟张守琦依然官至左骁卫将军、张守瑜官至金吾将军。而他的儿子张献诚、侄子张献恭、张献甫在德宗时期，也都官至节度使。

张守珪的晚节不保，使得他虽坐千尺高台，最终也落得一片荒凉；虽食万石膏粱，最终也只剩一肚糟糠，历史就是这样的奇妙。当然，张守珪已静静地躺在了黄土里，一切都盖棺论定，所有的是非曲直，也皆成为身后的淡淡烟云。回望这段历史，归根究底，应该说是社会使然，时代使然，玄宗自己酿造出来的毒酒，只得由他自己去饮鸩止渴，至于张守珪的所作所为，充其量只能是扮演了一个调酒师的角色。时代不

## 养痈遗患 之张守珪

会因此而停下脚步,依然在沿着自己的轨迹向前走去,只是为历史掘下坟墓的人,最终也要埋葬自己,这是历史的必然规律,任谁也摆脱不了,安禄山亦是如此。

毛泽东在一首词里面写道:"小小寰球,有几个苍蝇碰壁,嗡嗡叫。几声凄厉,几声抽泣。蚂蚁缘槐夸大国,蚍蜉撼树谈何易。正西风落叶下长安,飞鸣镝。"在中国汹涌澎湃、大浪淘沙的历史进程中,一些人物曾经一世英名,在大江大河中劈风斩浪,获得了旷世殊荣,然而却不慎在小阴沟里翻船,晚节不保的事例不胜枚举,张守珪只能算是其中的一朵浪花而已。事实上,张守珪的行为不是一个孤立的、片面的现象,而是代表了当时唐朝社会风气日下的趋势。只是有时候,一种社会丑恶现象,就像人体肿瘤发生了癌变那样,即使你找到原发病灶,甚至在手术切除以后,还进行了药物化疗,但是也很难抑制住它的滋生与扩散。

时代昭然,天不藏奸,此时私欲膨胀的安禄山,已经成为唐王朝肌体上的一个恶性肿瘤,并且极力寻找着适宜的环境,逐渐侵入到大唐王朝这个百岁老人的血液中,无限制、无休止地滋生,蔓延,扩散着,将其体内的营养物质大量地消耗掉,其危害程度是不言而喻的。张守珪的死,并没有改变安禄山命运的运行轨迹,因为现在的安禄山已今非昔比,发展成革除不掉的肿瘤病灶,只能够任其发展,而不受任何药物的控制。而且此时的唐朝社会,也已是群雄争宠,世风日下,逐渐呈现出"主将位益崇,气骄凌上都"的江河日下之势。

唐王朝建立之初,马上出身的高祖与太宗,深知封疆大吏对国家的安全至关重要,尤其担心臣子们仿效前朝夺权篡位,因此实行强干

——"安史之乱"之河东元素

弱枝的策略,选用忠厚名臣坐镇边关,以防拥兵自重。而且边帅也不得久于其事,那些立功者且享有较高声望的,可以入朝担任宰相一职,即所谓的"出将入相"。即使他们官高位显,却因为不能久掌兵权,所以难以形成盘根错节的军事集团。而且这种规定还仅仅限于汉人官吏,至于少数民族的将领们,即使他们具备了这样统兵用将的才能,又有运筹帷幄、决胜千里的谋略,甚至还为朝廷立下过汗马功劳者,也不能独当一面,担任边关大帅。他们的目的非常明确,就是防范少数民族将领坐大后,以重蹈两晋五胡十六国另立江山的覆辙。

　　人们常说打江山不易,守江山更难,这话颇有几分道理。这是因为打江山的时候,大家目标明确,政见统一,敌方处在明处,只要大家众志成城,精诚团结,运用军事手段直捣皇帝巢穴,然后夺取帝位建立政权,就可以大功告成。而守江山的时候,形势恰恰形成了一个轮回。且不说坐了帝位后,首先将自己置身于众矢之的,不得不去提防他们的进攻、暗算和渗透;也不说周围的诸侯群臣、皇子公主们的狼子野心,虎视眈眈窥视着你屁股下面的皇帝宝座;也不说奸佞宦官们甜言蜜语,粉饰太平,让皇帝在不知不觉中麻醉神经,昏昏然葬送江山。单说龙椅坐得时间长了,皇帝本身会不会产生一种统治疲劳感,甚至是厌烦情绪呢?因此就会丧失警觉性与进取力,躺在真龙天子的温床上沾沾自喜,想入非非,自以为天下何事不能为之。现在看来,天宝年间执政近30年的唐玄宗,大约就是处于这种迷糊状态。

　　再从深层次细究根源,还因为开国皇帝时刻保持着高度的警觉,知道屁股下面的宝座来之不易,所以处理朝政如履薄冰,倍加珍惜,时时提防,事事用心,生怕有半点闪失导致前功尽弃。尽管玄宗的宝座也

## 养痈遗患 之张守珪

历经风云变幻,甚至是血与火的较量,才得以坐上并且坐稳的。但是经过几十年的打拼与经营,如今觉得已稳如磐石,看着八方来服,国库充盈,何来亡国之虞?何况还有这么多忠臣良相、骠骑武将,殚思竭虑,忠心报国。于是乎,玄宗数典忘祖,强悍的边帅往往会连任十多年,皇子、宰相等也都遥领边关军队,有的甚至兼统几镇节度使,权势日渐积重,从而形成称霸一方的藩镇割据。

还有更要命的事情是,偏偏就在玄宗犯晕的时候,走出来中国宰相史上"第一号人物"李林甫。用一句说书人的语言,就是屋漏偏逢连阴雨,昏君恰遇奸宰臣。于是唐王朝的历史车轮开始偏离了轨迹,向着另一侧的深渊驶去,到头来几乎是遭到车毁人亡的下场。现在如果借用辩证法来做解释,恐怕我们所谓的历史,或许原本就应当是这样写成的。抑或换个词语描述,正是玄宗深信李林甫的忠诚,李林甫利用玄宗的宠信,君臣两人相辅相成,才构成了那一段让后人唾弃的历史。

在中国的历史上,宰相处于一个十分重要的地位,可谓是一人之下,万人之上,所以往往被人们视为最高的政治理想和道德典范。设若这样去看待宰相的位置,当然是令众多人等垂涎不已,尤其是那些心怀叵测的人,必定是要千方百计去获得,然后又绞尽脑汁去维系。李林甫就是恐怕那些汉臣们出将入相,动摇了自己的权势根基,所以极力向玄宗建言,奏称"儒臣怯弱,不胜武力,而番将雄武,堪当大任",请求改用番将为边帅。

李林甫何许人也?自做了宰相后,不但排挤朝里的文官要员,而且猜忌边境的节度军使,更是极力排挤那些文武兼备的汉相儒将。他知道玄宗最忌讳边境将领谋反,因此才竭力主张重用胡人,所以这言之凿凿的奏章，让玄宗听来如沐春风。当然在这冠冕堂皇的理由背后，还有深层次的原因，那才是他要表达的核心。何也？李林甫未敢说出口。不是说不出，而是不能说：这些番人目不识丁，"既不知书，又不达理"，即使将来功劳再大，充其量也只能是一介莽夫，难以入朝做相，自己的相位就可固若磐石，无人可及了。李林甫的城府如何？由此可见一斑，难怪历史上被称作"口有蜜，而腹藏剑"，他略动心机，便是一举两得的神机妙算。

设若臣奸君明也无所谓，偏偏玄宗极力效仿曾祖唐太宗，正有吞并四夷之志，而且醉心于"兼听者明"的自信，李林甫的奏请正合他的心意。所以他在听了这一番"高谈阔论"后，认为李宰相忠心社稷，尽力朝堂，暗自庆幸自己选对了宰相，足以免除后顾之忧。于是随即决定，改用番人将领担任边关大帅。这天群臣散朝后，玄宗来到御书房内，突然想到了那位戴罪立功的胡将安禄山。后来他还告诉高力士，说是那一瞬间，自己绝对是鬼使神差的，毫无一点故弄玄虚。对于此，到底是历史传奇，还是野史趣闻，我们只能或者信其有，或者信其无，反正是"史"无对证。史实是，此时的安禄山因其骁勇好战，屡立战功，刚刚被擢升为平卢兵马使，进驻营州（今辽宁朝阳）边防府第。

如果说历史上玄宗自任用李林甫作为宰相后，就变得腐化堕落，疏于朝政，也不太符合实际。开元二十八年（740年），就在李林甫提出改用胡将作为节度使的建议后，玄宗还任命御史中丞张利贞为河北采访使，到实地去考察一遍。安禄山探得消息后，"百计谀媚"张利贞，并采用各种手段贿赂朝臣使者，使他们几乎都成了自己的"铁哥儿们"。张利贞回朝后，当然是满嘴甜言蜜语，称赞安禄山超逸绝群，极力玉成

## 养痈遗患 之张守珪

其好事。安禄山因此被授任营州都督、平卢军使、顺化州刺史。安禄山从这件事中尝到了甜头，从此是屋顶滚核桃——一发而不可收，凡过往的使者，都暗中加以贿赂。使者们回朝后，当然是一派赞誉之声，安禄山由此深得玄宗的关注。

对于这一段历史，《旧唐书·李林甫传》曾这样记述道："国家武德、贞观以来，番将如阿史那杜尔、契苾何力，忠孝有才略，亦不专委大将之任，多以重臣领使以制之。开元中，张嘉贞、王晙、张说、萧嵩、杜暹，皆以节度使入知政事。林甫固位，志欲杜绝出将入相之源，尝奏曰：'文士为将，怯当矢石，不如用寒族、番人，番人善战有勇，寒族即无党援。'帝以为然，乃用思顺代林甫领使。自是高仙芝、哥舒翰皆专任大将，林甫利其不识文字，无入相由，然而禄山竟为乱阶，由专得大将之任故也。"天宝元年(742年)，平卢由幽州节度使管辖内分出，需要另立节度使，玄宗遂以安禄山任之，兼柳城太守、押两蕃、渤海、黑水四府经略使。史料显示，从此"帝宠禄山益牢"，于是步步升迁。

有道是塞翁失马，福祸相依而已。安禄山升任一例，证明了玄宗既赏识安禄山，又青睐李林甫，从此后听信李林甫谗言，开始重用胡人作为边帅，结果引火烧身，使得大唐王朝陷入了祸乱的泥沼难以自拔。而安禄山呢，也因曲意逢迎而位高权重，随之野心膨胀，开始恣肆妄为，渐渐地踏上了不归之路。由小疾而酿成大患，是谁之过也？设若以此而论，我们简单地把安史之乱的根源归咎于张守珪，恐怕实在是难服其众。倒是李林甫出于一己私利，运用他的口蜜腹剑，使玄宗利令智昏，从此以胡人为边关将帅，最终导致安史之乱，才应是首席养痈遗患、助纣为虐者也。

南唐 太真上马图 邓拓珍藏

——"安史之乱"之河东元素

# 姑息养奸 之杨贵妃、李隆基

## 1

在一些人看来,对安禄山姑息养奸者,应首推杨玉环杨贵妃也。提出这种论调者的论据是,人体中毒瘤的滋生与成长,是需要肌体里的养分来滋养的,所以当我们憎恨那些奸臣贼子,将他们视为身体上的毒瘤时,可否想到了滋养他们的社会根源?按照这种观点的推论,正是由于杨玉环受宠于玄宗,才会得到安禄山的蓄意奉迎;而正是如此,安禄山才会得到玄宗的百般纵容,由狼子野心而沦为罪魁祸首。依据这样的推论逻辑,似乎是杨玉环以一己之力把盛唐推向了衰弱之途,所以在他们看来,"女人误国"的确是千古不变的真理。

对于杨贵妃在安史之乱中所起的作用,我并不准备为其开脱罪责,因为确实是在有了杨贵妃后,玄宗的奢侈之风益盛,大臣、贵族、宗室为了巴结皇帝，千方百计投贵妃所好，结果有许多人都得到升官发财的机会，于是反过来刺激更多的官僚贵族巴结逢迎，争献美味佳肴、奇珍异宝。我只是认为持这种观点的人，其认识难免有失偏颇，很难让人们信服。这让我想到在中国历史上，对于历次朝代的更迭，习惯于一种"祸水说"，几乎每一个王朝的灭亡，都会与一个红颜祸水的传说有关。在这一方面，最有代表性的论点莫过于说妲己是"红颜祸水第一人"，当然并不意味着妲己就是中国历史上唯一的"红颜祸水"，因为在她之前有夏桀之妃妹喜，紧接其后的还有周幽王之妻褒姒。

认真地思考一下，这实在是让我们做男人蒙羞的一件事情，说到底，是中国男人们一种怕负责、怕担当的具体表现，总是喜欢把亡国灭族的罪责，推托给一个女人来承担。就事论事具体而言，只要李隆基的本性不变，即使不是杨玉环，还会有张玉环、李玉环的出现，这是任何人也改变不了的。归根结底，杨玉环只是唐王朝由盛而衰过程中的一个插曲，既哀艳动人，又包含着深刻的历史教训，足以让我们后人探寻不已。但是有一点，无论古往今来怎么评说，却都承认杨玉环是中国历史上女性美的典型，正像一株富贵艳丽的牡丹，体现着唐人的审美观念，怪不得李隆基不得不去夺子媳而丧人伦也。

有这样一种观念，男人是通过拥有天下而拥有女人，而女人则是通过拥有男人而拥有天下。这话很有水平，肯定是由哲人推演出来的。但是李隆基的所作所为，却也确确实实地印证了这句话，否则杨贵妃就难以"媳妇伴着公公眠"，也就决然不会成为祸国殃民的"红颜祸水"了。不过，这条"男女天下论"的定律，也并非完全正确，因为杨贵妃在拥有贵为天子的男人后，并没有像同是河东女人的武则天那样去干预朝政，觊觎国家社稷。倒是她与唐明皇的爱情故事，成为中国历史上帝妃之间的千古绝唱。

我一直坚持认为，杨贵妃是我们村子里(山西临猗县杨妃村)的人，当然并非凭空臆断空穴来风，因为我们村子里流传关于杨贵妃的故事很多，至今周围的村名，譬如杨家住、扬中、马营、东朝、田村、贵戚坊等等，都有着与杨贵妃相关的动人故事。或者有人会提出说，这些只是传说，并不是历史的真实记载。但是谁又能说得清楚历史的真实是什么呢？即使是将全部所谓杨玉环出生地的历史记录裁剪下来，我们看到的又是什么呢？仅关于杨贵妃的出生地就有山西说、河南说、四川说、广西说、广东说等，到头来绝对是云山雾罩，难辨真伪，扑朔迷离。

而且关于杨贵妃的死亡方式、下落之谜，以及她身后的埋葬之地，更是五花八门，莫衷一是，那么谁又能辨清楚是非真伪，谁又能说出到底哪一个是真实的版本呢？这里需要说明的是，我并不会因为持有这样的观点，就去对曾经的历史做曲意的解读，更不会因之以偏概全。

失之毫厘，谬之千里的成语，绝对不是为反映历史尺度而量身打造的。但是反观历史的进程，的确有时候看似微不足道的细节，却会造成天壤云泥般的差异，产生出不可估量的影响，这也许就是细节决定成败的证据。如此而论，这一出公公娶儿媳妇的趣闻，无可挽回地在中国历史上留下了不可泯灭的印痕，既为盛唐气象增添了斑斓的光彩，也给大唐王朝由盛而衰涂抹下了另样的一笔。不过用我们今天的思维，去评价一千多年前人们的行为，几乎可以说是等同于探讨外星人的思辨标准，所以用我们现在所谓的廉耻道德来衡量李杨的婚姻组合，只能是隔靴搔痒，空余长叹了。

## 姑息养奸 之杨贵妃、李隆基

好色原本是人类的天性,"食色,性也",出自《孟子·告子上》,意思是说食欲和性欲都是人的本性。正如爱美之心人皆有之一样,谁又能说得出它的错误何在呢?即使是所谓的封建礼教的卫道士们,又真有几个是见美色而不动心思,丝毫不会产生出一点点欲念的呢?现在如果谁再提起曾经被国人引以为道德标尺的柳下惠老夫子,肯定就有人会站出来提出这样的质疑:柳夫子的生理功能是否健全,恐怕至少会患有雄性荷尔蒙缺乏症;或者是坐在柳夫子怀里的那位女子,实在是各项美的指数太不达标了,根本就引发不起柳夫子的欲念而已。可是历史上的李隆基并不是柳下惠,而我们村里的女子杨玉环,却是天下难得的绝代佳人。于是美色才情合一,两人的结合自然就是顺理成章的好事了。

美是我们生活中的永恒主题,它是一种概念,更是一种追求的过程与行为。在这一主题面前,所谓的伦理、亲情、权势,无不显示出它的虚伪性与劣根性,这是任谁也逆转不了的一条自然法则,只是其内涵在不同时期、不同场合,有着不同的解释罢了。在中国历史上,杨贵妃与西施、王昭君、貂蝉,是公认的古代四大美女,享有"闭月羞花之貌,沉鱼落雁之容"的赞誉,其中"羞花"一词,说的就是杨贵妃。杜甫有《哀江头》一诗:"明眸皓齿今何在,血污游魂归不得。清渭东流剑阁深,去住彼此无消息。人生有情泪沾臆,江花江草岂终极!"白居易则形容杨贵妃是"天生丽质难自弃,一朝选在君王侧,回眸一笑百媚生,六宫粉黛无颜色"。杨玉环如此美丽,绝对是任哪个男子都抗拒不了的,更何况是好色的李隆基呢。

李隆基登上皇帝宝座后,更是"汉皇重色思倾国,御宇多年求不得"。在他的后宫里,虽可谓是美人覆地,佳丽如云,李隆基却依然是得陇望蜀犹嫌不足。也许这就是他先祖陇西人基因遗传的缘故,所以对女人有一种超乎寻常的渴求,精力旺盛而乐此不疲。然而天有不测风云,开元二十五年(737年)十二月,李隆基最宠爱的武惠妃暴病身亡,20多年日夜厮守的浴水鸳鸯,顷刻间变成了一帘凄凉幽梦。这对于离了女人就难以活下去的李隆基,无疑是抽刀断水釜底抽薪,一下子就苍老空虚了许多。从此他郁郁寡欢,闷闷不乐,只因后宫无当意者,所以是常常孤独地站在寝宫前,神色颓丧萎靡不振,样子十分恓惶可怜。

原来是英雄也常气短,男女更兼情长,由此可见帝王的心理承受能力不一定就能比普通百姓强过多少,尤其是那些继承皇位的龙子龙孙们,未曾经过金戈铁马的战火洗礼,多是养尊处优,充其量只是比百姓多了个皇帝老子的庇荫,从而就贵为天子罢了。当然皇帝的优势也不仅仅于此,因为"普天之下,莫非王土,率土之滨,莫非王臣"。所以当了皇帝就拥有了一切,否则谁还会父子反目,兄弟阋墙地去争夺帝位?当然做了皇帝的优越性,还有许多文臣武将、宦官近侍,会围绕着嘘寒问暖。这不,玄宗落寞潦倒的凄凉,就始终在一个人的眼里游荡,而且他是忧心如焚,如同火烧眉毛般焦急,他就是其时内宫总管高力士。

高力士(684年~762年),本名冯元一,祖籍潘州(今广东省高州)。其曾祖冯盎(北朝海南民族英雄的代表人物),祖父是冯智玳,父亲为冯君衡,曾任潘州刺史。他10岁时,家族因罪遭到株连,他也被阉而入宫,由高延福收为养子,遂改名叫高力士,后被李隆基引为知己,深得宠信,累官至骠骑大将军、开府仪同三司。不过史载高力士是历史上为数不多的贤宦,始终对玄宗忠心耿耿,被誉为"千古贤宦第一人"。《明

皇杂录》记载道:玄宗被囚于闲宫后,"高力士谴于巫州,其后会赦归至武溪,道遇开元中羽林军士,坐事谪岭南,停车访旧,方知上皇已厌世。力士北望号泣,呕血而死",享年73岁。

现在陕西省蒲城县保南乡有一座金粟山,山上坐落着玄宗陵,失去杨贵妃的唐明皇,在此安息了1000余年。在这壮观的玄宗泰陵边有一个黄土堆,虽然杂草丛生也很不起眼,却是玄宗唯一的陪葬墓。而又有谁知道,在这黄土堆下长眠着的,竟然是玄宗最忠实的仆人高力士。或许是玄宗在做太上皇最后几年孤苦时光中,终于看透了人世间的世态炎凉,也看清了所谓君臣父子关系也不过是赤裸裸的利害关系而已。朝廷上下的冷暖切换,人事更迭,那些当初甘愿为他当牛做马的奴婢和大臣们,也只不过是他位尊人极荣华富贵的附带品。他终于明白了,真正能属于自己的,除了和杨玉环的那场倾心之恋,便是与高力士一起打拼天下的主仆甚或兄弟之情了。

大约玄宗是因为美人已不可寻,唯有力士还在遥远的巫州为自己流泪的缘故,所以在临死前,钦点高力士为自己唯一陪葬之人。也许玄宗生前赐给高力士的财富不计其数,但唯有这封遗诏,才真正显示了他对高力士刻骨铭心的给予。也许正是因为这个,高力士不愿让玄宗在九泉下形影相吊才决定尽早地赶了过去,在地下再续这份只有他俩才明白的情谊!其时的高力士,身在千山万水之外的朗州(今湖南常德),当他听到玄宗驾崩,令其死后陪葬的消息后悲痛至极,绝食七日,呕血而死……玄宗人生的功过是非,我们在这里暂且不论,但在他一生中能够有如此可爱的贵妃,可信的侍臣,就足以无悔人世,含笑九泉了。

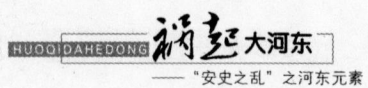
——"安史之乱"之河东元素

据考古发掘证实,高力士身高一米七五左右,文武双全,时行善事,虽为阉人,却有着非凡的政治眼光和决断性格。他"善于骑射,一发而中,三军心服",确实颇有大将的风范。而且因参与谋划有功,深得玄宗的器重,尤以为心腹,常常参与国家大事的决策,并且可以直接向皇帝上奏,可谓权倾朝野。不过据史料记载:虽然玄宗"恩遇特崇,功卿宰臣,因以决事",但高力士则"中立而不倚,得君而不骄,顺而不谀,谏而不犯。(进)王言而有度,持国柄而无权。近无闲言,远无横议。君子曰:此所谓事君之美也"。

如此评价,虽然难免有过誉之嫌,但是能将宦事做到这个份上,也确实表现出了高力士的过人才能,玄宗曾这样赞誉道:"力士上值,吾寝则安。"其地位与作用也有史为证:武惠妃受宠时,太子储位一直空缺,玄宗为便于控制皇权,欲立三子忠王李玙为太子。然而朝臣舆论,尤其是宰相李林甫,更是与惠妃内外勾连,竭力推荐寿王李瑁。对此玄宗犹豫不决,一度竟寝食不安,便与高力士提及此事:"爱卿是朕身边老奴,难道就不揣朕意?"高力士略一犹豫,看似不经意地奏道:"陛下何必如此虚劳圣心。只要推长而立,谁敢复争?"一句话令玄宗下定决心,下旨立忠王李玙为太子,一桩有关江山社稷的大事,竟在高力士的轻描淡写中迎刃而解。

## 2

纵观中国漫长的历史,宦官的地位是奇异而尴尬的,他们在生理上缺失了男人最在乎的部分,所以虽然身处泱泱大国的权力和财富中心，却往往在人格和心理上是扭曲和不完整的。在传统戏剧里，宦官统统扮演着小丑的角色，要么阴险狠毒，要么溜须拍马，他们只要一出场，都是手执拂尘的白脸奸臣样。在当代的影视剧里，宦官往往也没有什么好货色，只要是那些面敷白粉，嘴唇暗红，捏着兰花指，行事娘娘腔的家伙，必是宦官无疑了。但是高力士却并非如此，他与唐玄宗不离不弃、终生不渝的关系，更是超越了君臣，超越了主仆，那是一种生死与共的兄弟、知己情谊。有人这样评价高力士："他有历史局限性，但他也为唐王朝的中兴写下了浓重的一笔。对比唐王朝尔虞我诈、亲情泯灭的残酷斗争，他对玄宗至死不渝的忠诚，无疑是闪烁着人性光辉的一个亮点。"

宦官在中国历史进程中的作用地位如何，这里略见一斑。当然除了忠心赤胆，高力士不同于历代其他知名宦官的地方还有很多，他是历史上首位娶妻的宦官，可见一个人生理的不完善，并不意味着可以剥夺他感情的需要。据传，妻子吕氏是高力士在少年流浪时相认的，后来他虽然身为宦官，吕氏仍然心甘情愿地嫁进高门。这桩首次发生在宦官身上的婚姻，或许便是同类婚姻中最美好而单纯的一例，往后那些权倾一时的太监们，也曾迎娶三妻四妾，但恐怕是真情实意者少，攀权附贵者多。所以当时玄宗丧妃之痛，被高力士洞察得一清二楚，他的当务之急，就是尽心尽力为圣上物色新欢，以解他半百之年的猎艳心境。也就是在这个时候，杨玉环这位绝代佳人进入了高力士的眼帘。

高力士顿时笑逐颜开，直拍着脑袋自嘲真是一叶障目，不见泰山，原来美人远在天边，近在眼前，自己却就是视而不见，空让主子苦熬半年。于是高力士犹抱琵琶半遮面，吞吞吐吐地将这个情况告知玄宗，不曾想又是正中下怀。他在大唐王朝帝王风流史上，又编导出一场父夺子媳的爱情闹剧，从此将河东美人拖进了历史泥潭，为以后卷入安史之乱埋下了伏笔，也使杨玉环沦为"祸水说"的牺牲品。平心而论，玄宗前期不能够算作昏君，但是由于高力士之故，他对宦官的倚重却较前朝尤甚。尽管高力士并未曾越位擅权，把持朝政，但是从历史发展上来看，唐朝后期宦官专宠乱政的局面，却是由这里开始的。

杨玉环（719年~756年），曾出为女冠而号太真，据史载，祖籍蒲州永乐（今山西永济），生于广西容州（今广西容县）。曾祖父杨汪是隋朝的上柱国、吏部尚书，唐初因逸言被太宗李世民所杀。父亲杨玄琰是陕州（今河南三门峡灵宝，与河东一河之隔）人，为蜀州司户，属从七品下，掌管户籍、账册、道路、行旅等事务。杨玉环的童年是在四川度过的，10岁左右因父亲去世，她寄养在洛阳的三叔杨玄璬家。杨玄璬官拜河南府士曹参军，七品下衙吏，掌管津梁、舟车、舍宅、百工众艺等事务。虽说杨家其时不太显赫，但也属名门望族之后，家教甚为严格，礼数中规中矩，颇有大家风范。

杨玉环这个名字，《旧唐书》与《新唐书》里均没有写到，《资治通鉴》里也没有明确记载，《长恨歌传》中只说她是"杨玄琰女"。唐大中九年（855年），也就在是杨贵妃死后大约一百年时，郑处诲编撰的《明皇杂录》里，第一次提及"杨贵妃，小字玉环"，后人沿用至今。对此另有一种不同说法，郑嵎在《津阳门诗注》里写道："玉奴，太真小字也。"郑处诲和郑嵎都是唐代人，生活年代也差不多，且都是进士出身，所以他们的说法都有可信的理由。也许这两个名字都属于杨玉环，也可能一个是真名，一个是昵称。但在电视剧《杨贵妃秘史》中，杨玉环幼时的名字

却叫杨玥儿,是真是假,现在仍是云山雾罩,谁也说不太清楚。

那么我们还是回到当时的现实中去,杨玄璬的职级虽然不高,却是在东都洛阳做官,因此社交范围相当广泛。他对杨玉环以父女相称,给予极为严格的儒家教育,也传授了许多音乐舞蹈方面的知识,这对杨玉环以后气质与性格的形成,都产生了很大的影响。随着年龄的增长,杨玉环越发出脱得与众不同:姿容秀美,体态丰腴,皮肤白皙,明眸皓齿,举手投足,无不显露出青春少女的妩媚与艳丽。尤其是她有着极高的音乐天分,更加增添了她的妩媚靓丽,为出嫁名门望族提供了优越条件。这也使得她在入宫后,能够恪守妇道,循规守矩,基本上不妄谈国事,成为历代后妃中不可多得的音乐家和舞蹈家。

杨玉环天生丽质,加上优越的教育环境,使得她具备有一定的文化修养,性格婉顺,知书达理,而且精通音律,擅歌舞,并善弹琵琶,可以说是一个难得的美人。对于杨玉环的青少年生活,白居易曾用近乎白描式的手法写道:"杨家有女初长成,养在深闺人未识。"而杨玉环的美貌和聪明,杨玄璬深以为自豪,常常带她外出优游,偶尔也介入上流社会,参加一些造访酬答的活动。于是杨家美女才貌双全的艳名,渐渐在洛阳传播开来,很快就被誉为"东都第一美女"。开元二十二年(734年)七月,玄宗的女儿咸宜公主在洛阳举行婚礼,杨玉环有幸被邀做公主的侯从,从而结识了公主的胞弟寿王李瑁。

李瑁是玄宗第十八子,因是武惠妃所生,所谓母贵子荣,故而深得父皇宠爱。寿王初见杨玉环,便被她超凡脱俗的姿色迷住了,过目难忘,一见钟情,从此挥之不去。玄宗在武惠妃的要求下,随即下诏,册立杨玉环为寿王妃。次年十月,玄宗从洛阳返回长安,杨玉环也一同伴驾

——"安史之乱"之河东元素

而归,并于当年十二月被纳为寿王妃,婚礼由宰相李林甫和黄门侍郎陈希烈主持,可谓是豪华隆重,分外排场,成为当时宫里佳话。就是这个瞬间的偶然,或许叫作偶然的瞬间,从此改变了杨玉环一生的命运,也改变了唐代历史的进程。

有人曾经提出过这样一个问题:美是罪恶,还是幸运?别说,这个命题还真是难以简单的方程式破译。说到底,这个问题也只能因人因时因事而异。因为命运的张与弛,常常不会掌握在自己的手中,尤其是封建宗法礼仪下的女人们,在连自己的身体都被依附给他人之后,更没有什么自由可言。按说杨玉环被选为王妃,应是幸运之神的降临,从此她走进了唐皇室的生活圈子,得到了享不尽的荣华富贵。但同时也是从此时起,不论她愿意与否,都开始了与李氏父子长达20多年的感情纠葛,书写了唐朝一段并不光彩的历史。当然,这些都是由于历史所造成,至于对错与否,也都是她自己所无能为力的。

杨玉环最初的婚姻生活是甜蜜的,寿王非常娇惯这个年轻美丽的妻子,两人常常相拥在花园漫步,或并肩携手外出游玩,朝则同出,夕则同寝,沉浸在浪漫的爱情世界之中。而且杨玉环的风姿与温婉,不但赢得了寿王的百般欢宠,也得到了婆母武惠妃的格外青睐,经常被召入内苑与婆母做伴,受赠许多珍宝玉玩。其时武惠妃无皇后之名,而有皇后之实,在她的庇护下,虽然宫中皇储斗争十分尖锐,但小两口却依然能沐浴在安适悠闲的爱巢里,既不去参与那些储君权位的争夺,也不过多地干预宫廷里的政治,或许在那卿卿我我的私密里,两人也曾密约过白头偕老、生死相携的心誓吧!

然而好景不长,五年后的一次风波,将这一切冲击得荡然无存。现

姑息养奸 之杨贵妃、李隆基

在看来,对于杨玉环来说,这一段皇室婚姻到底是命运的捉弄,还是命运的恩赐?反正一千多年的风霜雪雨,早已将当年的酸甜苦辣冲刷得红泥无痕了。若是非要找一点儿理由来搪塞读者,那就只能怪杨玉环长得太美,也怪她在与寿王成亲后始终没有生育,也许正是因为没有子女牵累,她才能保持着优美的身段和姣好的颜容。如果再要进一步去怨恨,那就是武惠妃的早逝,失去母亲的呵护,寿王瑁在宫中地位急剧下降,小家庭也宛如一叶无舵的扁舟,在波涛汹涌的宦海中随风飘摇,茫然不知其所终。果然时隔不久,祸事便从天而降,开元二十五年(737年)十二月,在高力士的引荐下,玄宗把目光投向了儿媳杨玉环。

　　皇帝也是人,这是生理的前提所定,所以他们多与常人无异,也有喜怒哀乐,七情六欲,甚至更加强烈,而且有时候居然是不讲伦常,不顾廉耻。何以见得?不然的话,杨玉环为何能够先为寿王李瑁的王妃,然后又为公爹玄宗李隆基的贵妃呢?若论这次变故的是非曲直,虽然祸起李隆基,根子却在高力士身上,这个优秀的太监最初留意杨玉环,是觉得她有许多地方都与逝去的武惠妃颇为相似,于是委婉地告诉给玄宗。玄宗只觉眼前一亮,干涸的心灵顷刻间如沐甘露:原来窝边就有嫩草吃呀。这个姿色冠绝的儿媳妇仪态万方,沉鱼落雁,倾国倾城,亭亭玉立时,宛若芙蓉出水;款款而行时,又恰似弱柳扶风;嫣然一笑,唇红齿白,一头黑发卷髻高高隆起,两个酒窝妩媚动人。

　　玄宗的记忆一旦打开闸门,便如波涛汹涌般不可遏制。他想起了当初杨玉环被册立为王妃时,自己曾以父皇的身份接受过小两口的叩拜,还曾在婚诏中称赞她是"含章秀出"呢。接着玄宗还记起了与武惠妃率皇族驾幸骊山温泉时,杨玉环恰好独自骑马出游,他曾召入暖阁共同进餐。那一次小范围的觐见，似乎隐隐在他心底留下点什么，是惆怅，是遗憾，是嫉妒，或者是其他什么？现在已难描述出来！总之杨玉环的姿容仪态、风度举止，都深深地烙印在他这个公公的心上，只是当时武惠妃恃宠在侧，自己也不便他顾。现在一经高力士提起，玄宗的心湖如春风乍起，一下子就荡漾开来。

帝王最本质的特征，就在于能够随心所欲，为所欲为。在他们的身上，一旦美被邪恶所攫取后，甚至沉瀣一气时，其后果就会不堪设想。玄宗已按捺不住心底的萌动，于是阴谋与爱情在同一步骤中完成。开元二十八年（740年）十月，玄宗照例去到骊山温泉宫行幸，不过此时心境已大所不同，因为在他的脑海里，已经初步勾画出一幅色彩斑斓的"夺媳为妻"的图画来。这一夜他翻来覆去，长夜难眠，次日上午，便迫不及待地派御妹玉真公主前往寿王府邸，诏令寿王妃杨玉环前来骊山侍驾。

寿王府里顿时如煮沸了水的大铁锅，李瑁也如五雷轰顶，他心里十分清楚这个诏令对自己意味着什么。自从母亲武惠妃去世后，自己就被父皇逐渐冷落，不过他也心地坦然，少露锋芒，安安稳稳地过好自己的小日子。他曾经想过许多许多，却从来没有想到过自己的爱妻会被父亲夺走。棒打鸳鸯，生拆连理，五年的举案齐眉，顷刻间就要化作流水落花，自己虽贵为郡王，却是一筹莫展，而且丝毫不敢悖逆。因为在至高无上的皇权面前，即使夺妻之恨，也只能忍气吞声，否则因小失大，只会招惹杀身之祸。对此，唐代诗人李商隐曾在《骊山有感·咏杨妃》中写道："骊岫飞泉泛暖香，九龙呵护玉莲房，平明每幸长生殿，不从金舆惟寿王。"说明当时玄宗抢走儿媳妇后，寿王李瑁的郁闷和玄宗的尴尬。

此时的寿王恨呀,恨天恨地,恨自己亲生的父亲。然而当他冷静下来面对诏令时,却只能是心有余恨而无能为力,只好仰望苍天,怒吼着发出一声长长的哀怨:为什么你对我李瑁是如此的残酷!哀叹声中,他知道从此后,自己与爱妃虽近在咫尺,却已成为镜花水月,只能是望穿秋水,暗自泪湿青巾了。而此时的杨玉环,却不知今后的路是福是祸,只得眼含泪花辞别寿王,随玉真公主来到华清宫,陪侍公公度过了18个日日夜夜。对于华清池侍驾,杨玉环的感受如何?正史、野史说法不同,真伪难得分辨。

## 3

己所不欲,勿施于人,这是中国儒家最高的处世哲学,然而在帝王面前也不过形同儿戏,生生地将自己的快乐建在了儿子的痛苦上。在唐朝,父子兄弟争妃的事情不乏其例,威名显赫的太宗李世民在夺取江山后,曾纳弟弟齐王李元吉的妃子杨氏为妃;高宗李治所立的皇后武则天,本是父亲太宗李世民的才人。所以到了玄宗李隆基手里,也是心生欲火,不甘寂寞,上演了父夺子媳的闹剧,为唐帝王乱伦的百丑图上,增添了一幅形象逼真的淫乱写意,可谓是长江后浪推前浪,青出于蓝而胜于蓝了。

有证据显示,当欲望成为人们心中唯一的追求时,那么他浑身所有的神经,便都处于吸食鸦片后的一种亢奋。玄宗见了儿媳妇杨玉环,就像一个被重新点燃青春之火的年轻人,开始陷入一种近乎疯狂与痴迷的热恋之中。据说在骊山温泉初次召幸杨玉环后,玄宗如获至宝,欲满情怀,其举动不亚于情窦初开的浪荡公子。特别是出浴后的杨玉环,风情万种,更加娇艳妖冶,看上去就如弱不禁风的沾水芙蓉,撩得玄宗欲火焚身,当夜便赠予金钗花钿,拿出磨金步摇,亲自为杨玉环戴上,遂如饿狼般揽在怀中,颠鸾倒凤,无所顾忌,一夜宫灯都没有熄灭。

骊山相会,老夫少妻,对于22岁的杨玉环和56岁的李隆基来说,各自生活都揭开了崭新的一页,从此"承欢侍宴无闲暇,春从春游夜专夜",老树不禁萌生新芽,而且是枝挺叶茂,生机勃发。玄宗将朝中大事,皆委与宰相李林甫处置,自己则深居简出,"金屋妆成娇侍夜,玉楼宴罢醉如春",后宫三千佳丽,皆被抛之九霄云外,全成了冷宫落雁。他与杨玉环春夜漫漫,仍苦其短,日上三竿,犹恋床笫,两人耳鬓厮磨,形影不离,为中国历史谱写了一曲老夫娇妻的爱情喜剧。不过有道是物极必反,乐极生悲,玄宗乱伦夺媳的代价是天怒人怨,神鬼共愤,尤其是那凄惨的悲剧结局,最后为李杨之恋的绝唱,画上了一个令人难以赞美的句号。

历史的记忆,并不是在雕刻成形的模具里面产生,而是在毫无规则的运行中留下的痕迹,然后由后人书写编纂而成的记录。在这些书写的封建社会记录里,后妃宫女们要想得到皇上的宠幸,没有天生丽质是不行的(那些开国皇帝的糟糠之妻另当别论),但是她们仅仅有娇艳的美貌还远远不够。试想后宫三千美人,佳丽云集,又能有几个是丑如东施的?况且这美与丑的标准也无定规,每个人的审美感觉不同,对于美的评判角度也就不同,若不是如此,何来"环肥燕瘦"之说呢?所以美貌只是前提条件,关键要美而有态,色而有致,美出一种韵味来。如果骨子里能呈现出一种独特的神韵,那才是一种无可替代的真美。

姑息养奸 之杨贵妃、李隆基

　　杨玉环是唐代第一美人，当然是具备了这么一种神韵，因此才能够得到玄宗如胶似漆的爱恋，也才会演绎出父夺子妻的千古闹剧。而且自古以来，年轻是女人最有力的武器，也是最吊男人胃口的美味，所以说玄宗对杨玉环的宠爱，最初应当是受其容貌的吸引。其时的杨玉环正值青春年华，更兼天生丽质体态丰韵，又有着良好的家庭教育，还有曾为王妃的经历，举止娴雅雍容华贵，举手投足恰到好处，确如白居易《长恨歌》所描摹的那样："回眸一笑百媚生，六宫粉黛无颜色。"所以说李隆基是"骊宫高处入青云，仙乐风飘处处闻。缓歌曼舞凝丝竹，尽日君王看不足"，一点儿也不为过分。

　　在我国少数民族中，曾有子纳父妻、弟纳兄妇的习俗。不过李唐家虽然流淌着西域民族的血液，表现出民风开化的风尚，但是依然受着传统儒家的封建礼教束缚，而且朝堂里卫道士们居多，所以即使是天骄皇帝，也不敢公然违背亘古传递的伦理纲常，总得找一点即使自己也说不过去的理由，用来搪塞一下天下众人。而且太宗夺嫂也罢，高宗娶娘也罢，都得是绕着弯儿办成的，所以在朝野官吏看来，玄宗的举动颇有"乱伦"之嫌。或许连当事者也觉得理屈，因此做起来也缩手缩脚，他既想达到目的，又不能不遮人耳目，所以也就不能明媒正娶，张灯结彩地将杨玉环迎入宫中。

　　这种先做公公再做新郎的事情，设若放在民间也就是一桩趣谈而已，然而放在当朝皇帝的身上，却是要成为历史的笑柄了，所以玄宗也不可能没有顾忌。只可惜当时没有人去做历史的考量，而此时此刻的李隆基呢，自从与儿媳妇同床共枕、云雨初度后，已将陈年枯塘里的欲水溢得忒满，灵魂迷离早已出窍，何况绿帽子已给儿子套牢了，岂能就此善罢甘休,偃旗息鼓?再说世之常情,越是得不到的东西,就越是令人心驰神往。玄宗是天子,而且是一位性格坚毅的天之骄子,曾经弑过太后,缢过姑母,做事情当然不可能半途而废。不过玄宗也知道,小不忍则要乱大谋,即使自己身为天子也不能例外,于是就千方百计扯来一块遮羞布,采取了一个迂回的办法。

玄宗做这种事儿,当然少不得高力士,按照玄宗的旨意,高力士紧锣密鼓地忙碌起来。当初玄宗10岁时,他的生母窦氏被武则天秘密杀死于神都(洛阳)内宫,玄宗继位后,随即将生母奉为皇太后,并把每年正月初二这个日子定为母后的忌日,例行祭祀悼念。如今玄宗为使杨玉环能够尽早脱离寿王府,有一个看上去名正言顺的身份,便让她自度为女道士,并赐道号太真,入住太真宫,去为母亲窦太后荐福。而且此时的玄宗,也没有忘记自己做父皇的职责,又煞费苦心地找来御妹,册命左卫中郎韦昭训的女儿为寿王妃,以求安内先得攘外,慰藉儿子李瑁心头的夺妻之恨。

可怜的寿王李瑁,先是失去母后再失爱妃,这会儿却是又得母妃又得爱妃,只是曾经的爱妃已经成了母妃,对此自己到底是该喜还是恨呢?他的心里直像是吃了五味果子,酸甜苦辣咸,也不知道是什么滋味。而且宫里的明眼人都知道,玄宗明修栈道暗度陈仓,是掩耳盗铃而已。太真殿位于大明宫中,通过复道可达玄宗居住的兴庆宫,往来十分方便。杨玉环名为太真道人,实际上已得到异乎常人的宠幸,在宫中穿红披绿,尽兴梳妆,与玄宗高唐云雨,朝夕不离,可谓是"游穷巫峡情难已,搅碎温柔不肯休"。宫中嫔妃对其无不毕恭毕敬,史书称她是"礼遇如惠妃",恩宠与日俱增,并于天宝四年(745年)册封为贵妃。而且宫

中长期没有皇后,所以宫人皆呼杨贵妃为"娘子",威仪更胜皇后。

玄宗一生好色,尤其到了老年以后,放弃了金戈铁马的追求,精神更加空虚,女人似乎就成了他唯一的嗜好。而杨玉环容貌妖冶,言辞敏捷,举手投足,万千杨柳,有着年轻女子的美貌,少妇的妖娆,乐伎的清柔,其柔媚中透着纯真、直率、泼辣甚至带着一点放纵,尤其是她不像宫中后妃那样循规蹈矩,时而表现出平民女子的野性和美人的娇嗔,很讨玄宗欢心。在她身上,既有四川妹子的麻辣味,又有山西女子的醋酸劲,一笑一颦之间,不仅能给玄宗带来更多生理上的快慰,而且能使他精神上获得极大的愉悦,仿佛是一剂优质的强心针,足以使玄宗濒于死寂的心脏复活,并且毫无节制地狂跳起来,内心得到了从未有的满足,玄宗兴高采烈地对高力士说道:"朕得玉环,如获至宝,实是平生第一快事。"并且亲自谱写了新曲《得宝子》。

其实以生理与心理来考量,别以为男人们外表看起来叱咤风云,横行天下,实际上脆弱得像个孩子。所以聪明女人拿手的招数,就是自己既要来做他的孩子,给他以自尊和快乐;又要去做他的母亲,给他以呵护与支撑。为他喜而喜,为他忧而忧,和他融为一体,同病相怜,和衷共济。如此在男人们的眼里面,女人的狐媚与色相只是暂时的,只有真诚的爱才是长久的。杨玉环是否就是这样做的,不得而知,但是共同的爱好,使她与玄宗已超越了通常帝王与后妃联姻的政治纽带,更超越了利益结盟的利用关系,而成为一对志趣相投、琴瑟相和的情爱夫妻。也许正是如此,玄宗与贵妃高山流水,比翼齐飞,相见恨晚,结为难得的艺术知音。由此可以得出一个结论:年龄的悬殊,地位的高低,并非是阻隔婚姻爱情的天堑鸿沟,帝王与百姓同样如此。

从李杨的爱情看来,同床并非有异梦,知音才能常快乐。对于玄宗来说,杨玉环可谓是一位奇女子,她除了有美若天仙的容貌,善解人意的慧心,还善歌舞,通音律,具有超常的艺术修养。而玄宗呢,他的父亲睿宗曾以喜音律而著名,所以他自小耳濡目染,长大后尤知音律。特别是在作曲方面,他可以说是信手拈来,即事谱曲,达到炉火纯青的境地,甚至比乐工还要技高一筹。并且他能够弹奏好多种乐器,尤其是精通羯鼓,曾多次在宴会上击鼓尽欢,成为当时宫廷音乐界的一大盛景。不久后,玄宗亲谱《霓裳羽衣曲》,随即召见杨贵妃,叫侍女铺上红毡,令乐工奏此新乐,自己亲自击鼓,指挥乐伎们演奏起来。

杨玉环手捧曲,心领神会,当即脱下鞋子,穿着一双白袜子,慢慢走上红毡,按着乐声的节奏翩然起舞。只见她轻舒广袖,娇折纤腰,轻轻如彩蝶穿花,款款似蜻蜓点水,袖带过处暗香浮动,粉足轻点罗袜生尘。初开始时,她还是乍翱乍翔,不快不慢,后来随着乐声渐急她便盘旋不停,大垂手,小垂手,忽而疾若流星,忽而缓若浮云。霎时红遮绿掩,如一片彩云在红毡上翻滚,看得人眼花缭乱目不暇接。白居易曾写诗形容道:"飘然转旋回雪轻,嫣然纵送游龙惊。小垂手后柳无力,斜曳裾时云欲生。"

杨玉环载歌载舞,对乐曲领悟之深,表现力之强,令玄宗始料不及,兴奋不已,两人顷刻间都沉浸于灵犀贯通的音乐意境之中。杨玉环对《霓裳羽衣曲》的配舞,既注意吸收了传统舞蹈的表现手法,又融合了西域舞蹈的回旋动作,因而使整个舞蹈飘忽轻柔,绰约多姿,乐声婉转若凤鸣鸟啼,舞姿翩跹如天女散花。乐曲与舞姿的协调,几乎达到了美轮美奂的完美境地,让观赏者宛若身临众仙齐舞缥缈神奇的瑶池之

会。随着音乐的玉盘落地,杨玉环缓缓地停了下来,轻移莲步来到席前,向玄宗深深地道了个万福。直乐得玄宗目瞪口呆,神魂颠倒,仿佛如梦初醒,如痴如醉道:"千古一美人,群芳何所及,朕这《霓裳曲》,可喜传万世。"遂赐杨贵妃以金钗钿合,并亲自插在她的鬓发上。

从此以后,玄宗对杨贵妃依恋里更多了一缕敬重。一次杨贵妃随玄宗游幸绣岭宫,看到侍儿云容当场献舞,轻舒罗袖,曼转娇躯,不由得兴致勃发,即席填写了一首七言绝句《赠张云容舞》,后被收录于《全唐诗》里:"罗袖动香香不已,红蕖袅袅秋烟里。轻云岭上乍摇风,嫩柳池边初拂水。"这是以女人写女人的舞姿,比之秋烟芙蓉,若隐若现;复比之岭上风云,飘忽无定;更比之柳丝拂水,婀娜轻柔,衬以罗袖动香,可谓是出神入化,令在场的玄宗瞠目结舌,更为杨贵妃擅歌舞与诗赋的才气倾倒不已。由于两人对音乐的共同爱好,不但使他们找到了精神寄托,而且还吸收了外来文化,培养了音乐人才,对各民族的音乐舞蹈艺术持开放交流态度,使边地乐舞得以在中原地区流传,从而推动了盛唐时期宫廷音乐和民间音乐的发展,促进了我国文化艺术的繁荣,成为这场爱情悲剧的亮色之一。

## 4

历史依旧远行,在马不停蹄地向前驱使着,并不会因为李杨的老夫少妻故事而停留片刻。或许岁月的流水,可以冲淡某些人物的感情纠葛;或许岁月的醇酒,可以散发出生活的若干芬芳来,但是决然不会影响到社会发展的进程。在宫廷生活的风浪起伏中,不知杨玉环是天性使然，还是出于什么目的考虑，反正是她的表现智巧过人，仅仅以缠绵之情取悦着玄宗，尽量远离政治的漩涡。在历史档案的记载中，她只是一个足不出后宫的女人，宫外世界的事情，大都是从书籍奏章上看到的。她也不想学武则天、韦太后、太平公主那些前辈们企图干政治理天下，因此她从来不干涉朝政，恃宠弄权，这或许从一定程度上，也增加了玄宗对她的宠爱。

晚年的玄宗，对于女性美的渴望，已由少年天子那种单纯迷恋肉体情欲，逐步进化到了对审美情趣的追求，更加看重的是彼此间感情志趣的投合。两人也逐渐由最初的一厢情愿，演变为相互依赖、相互眷恋的恩爱伴侣，甚至成为如胶似漆、水乳交融的一对交颈鸳鸯。"道不同，不相为谋。"（语出先秦孔子的《论语·卫灵公》）指的是走在不同道路上的人，就不可能在一起谋划共事情。由此可见，玄宗与杨贵妃之间的情爱，主要还是志趣相谐，情意相投，对此本应无可厚非。但是作为一国之君，玄宗过度地沉湎于美色，荒诞了政事，对于国家安全埋下了不可饶恕的隐患，这不能不说是这场爱情经典中一个致命的缺憾。

这里有必要提及骊山，因为它是李杨之恋一个不可或缺的见证。骊山位于古长安东北临潼县，重峦叠嶂，景色秀美，为历代定都长安皇朝的度假胜地。尤其是骊山脚下的华清池，碧波荡漾，明澈清莹，浴后通体舒畅，有着疗病养颜的诸多功效，被称作"天下第一汤"。当年杨玉环在温泉奉诏沐浴时，把牡丹皮、桑叶、荨麻等浸入水中，然后用手轻拍全身，尤其是面部皮肤，出浴后光彩柔媚，不胜罗绮，《长恨歌》写道："春寒赐浴华清池，温泉水滑洗凝脂。侍儿扶起娇无力，始是新承恩泽时。"开元二十九年（741年），两人再次故地重游，流连于青山绿水之间,纵情于歌舞欢宴之后,更有超越封建礼法,回归人间真爱的趣韵,曾被无数文人墨客着力渲染,引得后世竞相传诵的"长生殿七夕密誓"就是这种深挚感情的佐证。

"明月几时有,把酒问青天,不知天上宫阙,今夕是何年?"三百年后的宋代文豪苏轼夫子这曲《水调歌头》,是否也可作为当年玄宗贵妃长生殿七夕密誓的脚注?骊山晴空万里,柔和的月光,遍照华美的楼阁,又低低地透进雕花的门窗里。玄宗和杨玉环华清池浴后,携手来到长生殿前,共同欣赏这美丽的月色。只见牛郎、织女星格外含情,醉眼蒙眬闪烁着,撩不散人心扉。杨贵妃静对星空,合掌祈祷道:"妾见牛郎织女,鹊桥初度,想必夫妻恩爱相逢,银河虽阔也难阻隔。妾对二星盟誓,愿与陛下天长地久。"对于这一段情景,李白后来曾作《清平乐》赞道:"云想衣裳花想容,春风拂槛露华浓。若非群玉山头见,会向瑶台月下逢?"

玄宗很喜欢赏月,尤其是月色中的静雅、幽情、浪漫与神秘,而且在人文世界中,月亮还代表着阴性,象征着女人,所以喜文的人喜欢月亮,贪色的人也贪婪月亮。玄宗是既喜文又贪色,当然就更加偏爱月亮了。此时他听罢杨玉环的誓词,不由得激荡起无限情思,遂拉起杨玉环的手跪倒在地,合十当胸,信誓旦旦地说道:"皇天在上,后土为基,朕与贵妃心心相印,在天做比翼鸟,在地为连理枝,此生此世,永不分离!"月光下,他亲手燃起三炷长香,深情地看那香烟慢慢缭绕散去。白居易在《长恨歌》如此描述道:"但令心似金钿坚,天上人间令相见。临别殷勤重寄词,词中有誓两相知。在天愿作比翼鸟,在地愿为连理枝。天长地久有尽时,此恨绵绵无绝期。"

# 祸起大河东
——"安史之乱"之河东元素

美的内涵,归根结底是一种个性,一种成为其独有的个性。峨峨高山是美,滔滔流水是美,女人之所以成其为女人,只有得到男人们由衷的赏识,才能够称之为"美"。正是由于玄宗的宠爱,杨玉环的"美"才真正地显示出来。当然人体美除了天生丽质外,还需要后天的保养,杨贵妃也不例外。唐代时期的美容物品以铅、汞为主要原料,长期使用会导致慢性中毒,皮肤老化,脸部留下褐斑。所以杨玉环摒弃传统的浓妆艳抹,讲究蛾眉轻扫的淡妆,从而显示出自然美来。当玄宗听说荔枝性甘平无毒,内含丰富营养,久吃能够益心脾,养肝血,美肌肤后,每逢荔枝成熟的季节,总要派专人通过五里一站、十里一驿的快速传递,从南方运送带露的新鲜荔枝,供杨玉环专用。杜牧为此有诗道:"长安回望绣成堆,山顶千门次第开。一骑红尘妃子笑,无人知是荔枝来。"从而留下了历史上又一"妃子笑"的典故。

据说当时有一种美酒,是用高山上的清晨甘露酿造而成,因而美酒醇香芬芳,清而不淡。有人作诗云:"华清笙歌霓裳醉,贵妃把酒露浓笑。"为此被玄宗封为御酒,取名为"露浓笑"。贵妃每次饮此酒后乘马时,都是由高力士亲自执鞭,可见杨贵妃其时的承运之深。不过至今人们都在猜想一个谜团,玄宗虽然极其宠爱杨贵妃,将其所有的恩惠都施加到她的身上,连其亲戚朋友都提拔为重要官员,甚至让民间产生了"遂令天下父母心,不重生男重生女"的风气,但却一直不肯加封她为皇后。

事出当然是有因的,大约在玄宗看来,一是自己从儿子手中抢来的贵妃,毕竟有违伦理,虽然其时风俗开化,但宗法伦理常情的主体依旧存在,如此这样的皇后,恐怕无法"母仪天下"。二是如果封杨玉环为

皇后,势必引起寿王李瑁的嫉恨,难免会产生不必要的朝廷内讧。三是杨贵妃得宠后鸡犬升天,逐渐发展成庞大的政治力量,必然要遭到大臣的极力反对。而且还有一个重要的原因,使得玄宗不能封她为皇后,这就是杨贵妃跟随玄宗后,一直没有子嗣。至于杨贵妃为什么没有生育,我们无从得知,但没有儿子肯定是封她为皇后的一大障碍。因为古代册立皇后是要君臣参与,诏示天下,必须是懿德懿容,能起到垂范万众的作用,她所生的儿子也将被立为太子,日后是要继承大统的。因此皇后与太子一般应当是母以子贵,子以母荣,一而二,二而一的。而当时的太子已立多年,杨贵妃又迟迟没有能生个儿子,所以就没有理由封她为皇后。

　　当然,如果玄宗非要霸王硬上弓,立杨贵妃为皇后,也并非不是没有可能,但是那样很可能就会引起太子、寿王与朝廷大臣们的反对,甚至还会导致发生宫廷政变,如此就会得不偿失,玄宗是断然不会去冒这个风险的。不过杨贵妃的聪明之处在于,她从来也没有请求玄宗立自己为皇后。想想看,既然已经达到了一个女人所能达到的极致,得到了天子的万千宠爱于一身,何必还去在乎皇后的名号呢?她只需要发挥自己的美艳多才,把玄宗伺候得舒舒服服,便永远都是实际意义上的皇后。但是仅仅凭此,有的人就将唐朝的衰败归罪于杨贵妃以为罪魁祸首,实在是言过其实了。

　　倒是由于杨玉环受宠愈炙,声势愈加煊赫,仅其杨家一门就出了一个贵妃,两个公主,三个郡主,三个夫人,社会上居然流传着"生女勿悲酸,生男勿喜欢"的歌谣。在封建宗法史上,姓氏对于一个家庭来说,绝不仅仅是一个象征的符号,它还代表着门第、家族、荣辱、权势和地位,若不然,赵太爷怎么就不准阿Q姓赵呢?在封建家天下的时代里,一个姓氏甚至是一个国家的代表,皇帝高兴时,会将自己的姓氏赐予他人,以示一种恩宠。反之,姓氏有时候也会与耻辱牵扯在一起,譬如宋代的秦桧,因残害忠良而为后人不齿,所以秦姓后裔多不去祭拜,常常发出这样的感慨:"我到墓前愧姓秦。"

也正是如此,杨玉环被宠得道后,杨家也是满门"鸡犬升天",她的生母被封为凉国夫人,亡父杨玄琰累赠太尉、齐国公,叔父杨玄珪升授光禄卿,兄杨铦为殿中监(后授三品、上柱国)。三个姐姐也都因才色双全得到恩宠,分别被封为韩国夫人、虢国夫人和秦国夫人,玄宗还亲自为杨氏御撰和御书家庙碑,使杨家权势倾覆天下。有例为证:一次杨家中秋夜游,与广平公主的随从在出西市门时相遇,因为前后顺序而发生争执,双方互不相让。杨氏家奴狐假虎威,挥舞马鞭乱甩,将公主惊下马来,驸马薛昌裔也遭到了鞭打。事后,玄宗虽然下令杀了杨氏的那个家奴,但驸马爷却也被免去了官职,杨家的威势可见一斑。

到底是杨贵妃的蓄意所为,还是玄宗的肆意放纵,总之杨家的权势如日中天,势必会受到投机者的觊觎,谁者?奸雄安禄山也。天宝二年(743年)正月,安禄山入朝谢恩,玄宗倍加宠待,"谒见无时"。安禄山狡诈成性,为了讨得玄宗的欢心,他谎奏道:"前不久营州境内出现害虫,蚕食禾苗,臣便亲自焚香祝天说道:'臣若心术不正,事君不忠,愿使虫食臣心;若不负神祇,愿使虫散。'臣话音刚落,就忽然飞来了一大群红头黑鸟,霎时间把虫子吃得精光。"这本是安禄山编排的一派胡言,却因为他讲得绘声绘色,仿佛煞有介事,玄宗听后居然大喜过望,以为安禄山对己忠诚无二,遂于翌年三月,命安禄山代替裴宽,兼任了范阳节度使。

一个篱笆三个桩，作恶多端者也懂得这个道理。其时，礼部尚书席建侯为河北黜陟使，大概也是受了安禄山的贿赂，因此在玄宗面前大力称道安禄山公正无私，能担当重任，而且裴宽与宰相李林甫也随声附和。其时这三个朝中重臣，都是玄宗所信任的人，"由是禄山之宠益，固不摇矣"。在安禄山离京返还范阳时，玄宗特命中书门下三品以下，正员外郎长官、诸司侍郎、御史中丞等群官，于鸿胪寺亭子为安禄山饯行，给以汉将都少有的殊遇。朝中三月，世外十年，安禄山发现杨贵妃宠冠六宫，从而隐隐约约感觉到：要想在玄宗面前长期受宠，必须博得杨贵妃的欢心。这个想法一经确定后，安禄山便使出浑身的解数来。

天宝四年（745年），安禄山欲以边功邀宠，故屡次侵犯北方的奚与契丹部落。以前唐朝廷奉行的和亲政策，分别把公主嫁与奚、契丹，双方关系友好和睦，由于安禄山的恣意妄为，导致奚与契丹纷纷与唐王朝断亲绝交，杀掉公主叛唐。不过，安禄山也凑巧打了几次胜仗，于是回军后上奏道：自己在边境梦见先朝名将李靖、李勣"向臣求食，乃于北郡建祠堂，灵芝又生于祠堂之梁"，以此谎言来取悦玄宗。玄宗听后，不分青红皂白，当即命令修祠建庙，祭祀前朝名将。安禄山见玄宗又听信了自己，就装得更加憨直天真，言谈话语时，常让玄宗觉得可爱又可笑，遂传谕杨贵妃的侄子杨铦、杨锜，与安禄山以兄弟相称。

天宝六年（747年），安禄山再次入朝，在内宴承欢时上奏玄宗道："臣蕃戎贱臣，受主宠荣过甚，臣无异才为陛下用，愿以此身为陛下死。"玄宗听罢心花怒放，觉得安禄山忠心可嘉，不禁龙颜大悦。安禄山见自己的阴谋得逞，于是捏着鼻子偷偷地笑了，原来皇上也是个傻帽，竟然如此轻而易举地上当受骗。别看安禄山外表憨直，内心却极为阴险狡猾，很善于用愚笨的表象，来掩盖自己的内心世界。尽管他的年龄比杨贵妃大整整十八岁，却甘心做她的养儿子。据野史传闻，安禄山侍奉杨贵妃如母后，两人私下关系格外密切，因而得以随意出入禁中，有时与贵妃对面而食，甚至有时候在宫中通宵达旦，常有不雅绯闻传出。

## 5

　　天下无耻之徒们的勾当，常让文人儒士出手写作时候也感到汗颜。安禄山虽然不学无术，却有着厚颜无耻的脸皮和作奸犯科的心计，他百般媚事杨贵妃，对太子却是另眼相看，一副不屑一顾的神态。有一次他去拜见玄宗，见了旁边的太子却不肯下拜，左右指责他目无太子。安禄山却狡黠地说道："臣为番人，不识朝廷礼仪，不知太子是何样官人？"玄宗解释道："太子就是储君，朕百年后将要传位于他。"安禄山这才面带诧异，装腔作势地说道："恕臣愚顽，只知天下有陛下，而不知有太子，罪该万死。"说着偷觑着玄宗的脸色，才勉强跪地做了下拜。

　　安禄山并非无知，而是故意为之，因为太子当时还不怎么受宠。他深知杨贵妃在玄宗心目中的分量，所以每次入见时，常常是先拜贵妃，然后才去拜玄宗。玄宗感到奇怪，就问他何以如此，安禄山回答道："我们胡人从来都是先母而后父。"这让玄宗感到非常欣慰。据史载，安禄山的身体特别肥胖，大腹便便垂过膝盖，自称腹重为三百余斤，所以每次走路都要由左右抬挽其身才能迈步。他在乘驿马入朝时，每个驿中都要筑一个平台，专门为他换马设置，称之为"大夫换马台"，不然驿马

往往要被累死。驿站官吏们,也要专门为他选用骏马,凡驮得五石土袋的马匹才能使用,而且在鞍前要特装一个小鞍,以承装安禄山大腹之用。

为了讨得圣上与贵妃的喜欢,安禄山也是绞尽了脑汁,甚至打起了下三烂的主意。安禄山知道玄宗年事已高,和贵妃年纪相差太多,老夫少妻的私生活难得协调,便千方百计从胡地弄来100粒像粳米大小、色泽殷红的助情花籽。他神秘兮兮地告诉玄宗,说是每晚只需口服一粒,就能强身健体,增强性功能,直乐得玄宗将其当作宝贝珍藏起来,按照安禄山的嘱咐定期服用。他还用牡丹皮、杏仁、滑石、轻粉等制成太真红玉青,私下送给杨贵妃。据说杨贵妃施用十日后,面色如红玉,后来成为历代佳人美容的秘方之一。不久,玄宗就册封安禄山兼任河北道采访处置使。

若要论起偷鸡摸狗这档子事,安禄山自然是驾轻就熟,歪方怪招千变万化。有一天,他向玄宗献上一笼白鹦鹉,这只鹦鹉能模仿人语。玄宗正要问它有何缘故,却见鹦鹉甜甜地叫道:"谢万岁恩典!"原来安禄山在进献之前,先教会了鹦鹉赞美皇上贵妃的话。见玄宗还未开口,鹦鹉又甜甜地叫道:"万岁,万岁,万万岁!"这下子玄宗高兴了,对左右侍臣说道:"贵妃素爱鹦鹉,可宣她出来一同玩赏。"只听见里面环佩叮当,暗香盈室,鹦鹉不失时机又叫道:"娘娘来了,贵妃娘娘来了!"杨贵妃刚刚步出珠帘,却又故意退后几步,似要作回避状。玄宗召唤道:"安卿不是外人,无须回避。"杨贵妃这才轻移莲步,被宫女众星捧月地簇拥着姗姗而来。

玄宗指着鹦鹉对她说道:"此乃安卿所献,爱妃以为如何?"杨玉环

——"安史之乱"之河东元素

仔细地看了一番鹦鹉,说道:"鹦鹉并不罕见,只是白鹦鹉比较难得,何况它又习人言呢!"言下之意十分喜欢,遂将其称之为"雪花女",宫中左右则跟着称作"雪花娘"。玄宗说道:"爱妃既然喜爱,就把它收养在宫里面吧!"安禄山见状,即刻倾覆在地口呼母后,以儿孙之仪拜见贵妃。后来这只"雪花娘"被老鹰啄死,玄宗与杨贵妃十分伤心,将它葬于御苑中,称之为"鹦鹉冢"。后来元朝诗人杨维桢《无题效商隐体诗》云:"金埒近收青海骏,锦笼初放雪衣娘。"就是咏及玄宗与杨贵妃的宠物白鹦鹉的。

杨玉环受安禄山如此之拜,不由得面带红晕,欠身还过礼后,玄宗说道:"安卿镇守边疆,屡立战功,朕念他辛劳,特让他留在京城休养几月。"杨贵妃随口答道:"贱妾常听李宰相与陛下说起安卿,既然如此,何妨留安卿在京待上一二年呢。"玄宗听了点头称是。当晚命高力士设宴于勤政楼,召集诸杨及亲信大臣侍宴。皇帝登临勤政殿,御座的东间特设金鸡幛,中置一锦榻,诏令安禄山坐,来表示对他的恩宠。太子进谏道:"自古以来幄座不是人臣应当享有的,陛下宠爱安禄山过分,必然要骄慢。"玄宗却依旧按部就班,对之置若罔闻。

夜色降临后,玄宗与杨贵妃携手登临,顷刻间勤政楼珠帘高卷,金碧辉煌。安禄山抬眼看时,见杨玉环与三个姐妹各执管笛、琵琶等乐器,玉指轻揉,吹拉弹唱,宫廷里顿时响起悠扬的音乐。那乐声起时犹如昆山玉碎朱霏散,落时犹如清溪细流过平沙,行时犹如月塘风荷滴秋露,终时犹如曲径春雨湿落花……三杨弹奏余韵未止,安禄山已是热血沸腾忘乎所以,不由得走到御席前,深深一躬启奏道:"圣上,蕃臣本愚昧,虽不识音律,却只觉得悠扬悦耳,听起来奇妙无比,真是盛世

元音！然有乐不可无舞,跳胡旋舞乃臣所长。"玄宗笑道:"爱卿如此肥胖,也能跳得胡旋舞么?"

"臣当献丑！"安禄山一面说着,一面就跳起《胡旋舞》来。起初还显得有点笨拙,但是接下来却旋转自如,"其疾如风",以至大家只见一个大肚皮辘轳圆转,灵活自如,在眼前不停地晃动。随着乐声停止,安禄山居然口不喘息,面不改色,毕恭毕敬地向着玄宗跪拜行礼。玄宗看着他的腹部,笑着问道:"爱卿肚中何物,既然如此轻快?"安禄山诙谐地答道:"末将肚中更无余物,唯有一颗赤心耳!"玄宗被他的赤诚所感动,不禁开怀大笑。为了逢迎玄宗的好大喜功,安禄山回到驻地后,又挖空心思想出一条诡计:将奚、契丹族人的头领召到军营宴饮,其时在饭食里放入麻醉药,然后将他们的首级割下,送往长安报功请赏。这样令玄宗感到无比欣慰,连声赞叹道:朕有禄山镇守边关,便可高枕无忧了。

不久,玄宗赏赐安禄山铁券(免死牌),天宝九年(750年)五月,又赐封安禄山为东平郡王,从此开启了唐王朝将帅封王的先河。而且胡人任将帅、领节度使,也都是由安禄山开始的。为了使边关将帅都能取法安禄山,死心塌地成为唐王朝的戍边堡垒,在年终考核地方官员时,玄宗特命安禄山到长安报功领赏。安禄山心有灵犀,随即带着8000名奚、契丹降俘,运着几十车奇珍异宝、金银古玩到达长安。玄宗亲自到望春宫等候,而杨氏兄弟姐妹们,更是率领众多的仆从,驾着无数豪华车轿迎候在戏水边上,以至皇宫到戏水之间冠盖蔽野,从者塞道。

总结玄宗用人的历史,如果把李林甫比作一只老奸巨猾的狐狸,那么杨国忠就是一条凶恶残忍的豺狼,而安禄山则是一头丧心病狂的疯狗。而且比之李林甫、杨国忠之流的阴险狡诈,安禄山更多了一层伪装色。他貌似忠诚,实则险恶,时常借故来到京城献珍禽异兽,以讨得玄宗的欢心,并且对圣上身边的侍臣宦官更是百般献媚。他还使人留驻京师,探听朝廷的动静,所以玄宗每次与之问话,安禄山都能点滴不漏,对答如流,颇顺朝廷圣意。尤其是在对待杨贵妃上,可谓是极尽阿谀奉承之能事,他不时地私赠珍物,以赢得枕头香风。

天宝十年(751年)正月初一,是安禄山的生日,恰逢他在京城长安休息。玄宗与杨贵妃对他们的"胡儿"格外恩宠,赐华美的衣服,赏传世的宝器,赠丰盛的酒馔,其奢华程度甚至胜过亲生。杨贵妃在醉意朦胧之际,笑着对安禄山说道:"按母后家乡风俗,三朝要行洗儿礼哩!"杨贵妃本来随意一言,只不过是逗安禄山的玩笑话。安禄山却故意弄假成真,三日后溜入后宫,非要杨贵妃给他洗礼不行,还故意呱呱学着婴儿啼叫。那只白鹦鹉,也一个劲儿地跟着学叫。这一人、一鸟相互唱和,逗得杨贵妃和宫女们捧腹不止,哄堂大笑。

杨玉环也是借风扬沙,让宫女们找来一条锦绣大被,权且当作一只大襁褓,像裹婴儿一样地将安禄山裹住,然后让宫女们用彩舆抬着在宫里来回走动。柔弱的宫女们抬着肥胖的安禄山,总是摇晃着步态不稳,弄出许多笑话来。宫女们边摇彩舆边唱道:"皇上贵妃多福寿,后宫生下只大肥牛!"安禄山也借机卖弄憨相丑态,故意使劲摇荡彩舆,更如同晃动的婴儿吊床一样,博得宫里满堂喝彩。玄宗听得后宫里一片喧闹声,就走了过来,宫人们对他说道:"贵妃娘娘正在为禄儿洗礼,真的挺有意思哩!"玄宗也抑制不住内心的高兴,就站在一旁拍手助兴。等到洗儿礼结束后,他既赐给贵妃洗儿的金银钱,又赏给安禄山一

个吉利红包,然后和他们一起玩到尽欢而散。

现在看来,其实皇帝也是人,只是被人为地罩上了一道神圣的光环而已。有谁能够想到,仅仅在短短五年后的这一天,这些当事者的命运,竟然会发生天上地下的巨大变故。杨贵妃在马嵬坡下,"六军不发无奈何,宛转蛾眉马前死。花钿委地无人收,翠翘金雀玉搔头"。而玄宗呢,则是"君王掩面救不得,回看血泪相和流。黄埃散漫风萧索,云栈萦纡登剑阁"。他们的"禄儿"则黄袍加身,峨冠博带,巍巍然登上了皇帝的金銮宝殿。

史官有云:"国之礼仪,悉以定尊卑,治国度。设若国君不行为君之道,何以能君监天下?父亲不执为父之仪,何以能端正家风?"玄宗既夺子妻,又失君仪,皇帝做到了这个份子上,还有什么尊严可言呢?时过境迁,现在已无法解释玄宗当时的想法,只知道在那一段日子里,他每日都令诸杨陪侍安禄山,遍观关中名胜风景,遍品长安美味佳肴,天下人几乎都知道安禄山倍受恩宠,权势极大。也许正是因为如此,有后人将玄宗失道,安禄山得宠,统统归罪于杨玉环的阴柔与浪迹。若以公理而言,后世人们让杨玉环一人来承担安史之乱的罪责,实在是让人不能信服,也是极不公平极不道德的一个评判。

在中国历史上,曾经有多少帝王将相,金戈铁马逐鹿中原,也曾有多少贤后明妃,倾国倾城独秀于后宫。但是我们很少站在与男人等同的角度上,以国家社稷得失来评判女人的是非功过。设若男人一怒,生灵涂炭血流成河,尚有人歌功颂德;然而女人回头一笑,令百人妖冶生媚,却要遭人无情讥讽?应该说亡天下者,男人之过失也,是男人自己抵抗不住美色的诱惑,又怎么能反而去怪罪女人的魅力无限呢!把如

——"安史之乱"之河东元素

此重大的责任推到一个女子身上,是让男权社会下的男人们很丢脸的事情,可是这样丢脸的事情,有时候却是男人们津津乐道,最喜欢做的事情……

得道者多助,失道者寡助,设若不以成败论英雄,不以多寡论得失的话,就数千年的中国历史而言,专制皇帝与妃子间的爱情誓言,多半形同闺中戏语,常常是过眼云烟,随风而逝。而李杨之间最后的爱情悲剧,却与他们曾经月下为盟的誓词,形成了格外鲜明的反差,确如一石激起千层浪般,吸引着许多文人骚客引颈相向。他们或是同病相怜,或是抱打不平,纷纷为之大费笔墨,谱写出一篇篇华美感人的诗文,从而在中国文坛史上酿造了震撼人心的艺术感染力,这不能不说是李杨对中国文学史上的一大贡献。正如白居易的《长恨歌》中写道:"天长地久有时尽,此恨绵绵无绝期。"设若将诗中的"恨"字改为"情"字,或许就更为意味深长了。

五代 韩熙载夜宴图(局部) 现藏故宫博物院

# 助纣为虐 之李林甫

## 1

说到"安史之乱",不能不提及李林甫,将其定名为"助纣为虐"的祸根,一点儿也不过分。需要说明的是,虽然李林甫不是河东人,但是纵观其一生投机钻营、飞黄腾达以及落寞失意,直至死后刨棺贱葬的生命轨迹,无不折射出与河东千丝万缕的联系。若套用汉初关于萧何与韩信的那个典故,略作修改后来形容李林甫的起降沉浮:"成也河东人,败也河东人。"言之亦不算太过分。而借其人生来认真地审度历史,也使我们回味无穷。中国封建历史上,每朝每代都有忠臣良相,也都有奸臣佞相,忠臣良将千古流芳万世传名,铸就在人们心中的不朽丰碑,而那些乱臣贼子,到头来无一不遭到万人唾骂,成为遗臭万年的龌龊骂谈。正所谓良相忠臣各有各的丰碑,乱臣贼子人人得而诛之,可以说是社会不变的法则。

　　在中国古代历史中,宰相处于一个十分重要的地位,可谓是国家与朝代盛衰兴亡的枢纽部位。从宰相制度的兴废看,其起源甚早,而且是复杂多变。黄帝至西周时期就已经有了宰相,名称如"相"、"百揆"、"宰"等,而作为官称则是始于春秋的秦国。唐太宗李世民继位后,尚书省的左、右仆射与侍中、中书令均成为宰相,而从贞观元年起,以他官行宰相事更是经常出现。当然,在中国古代封建制度的政治结构中,皇帝永远是中心,这是不可置疑的,但是宰相的良莠参差,对社会的发展与稳定也起着相当重要的关键作用。他们除了稳固皇权统治、国家统一外,还要能处理好与皇帝的关系,如此这样,才能够被称作是一位好的宰相。

　　以这个规律而论,凭着李林甫的才能与智慧,完全可以成为一个盛世的良相,但是他的致命弱点就在于,他是一个奸佞小人,《旧唐书·李林甫传》介绍其"无学术,仅能秉笔",说话"陋鄙,闻者窃笑"。但就是这样一个基本素质极差的人,竟然却能平步青云,久居要津,不得不令世人刮目相看这个中国奸相舞台上的"李一号",佩服其阴谋伎俩、表演技能的炉火纯青。尽管他没有赵高、秦桧等人那样"声名显赫",但却几乎用尽了奸臣们所能想到的卑鄙伎俩,几乎集中了小人们所有的表演手法,因而被历史公认为中国史上"最牛"的阴谋家,也最终成为中国史上最大的无耻奸相之一。

　　李林甫(683年~752年),小字哥奴,玄宗李隆基时期的宰相。史书给其定位是:"通音律,会机变,善钻营。"李林甫出身于李氏宗室,与大唐皇帝们一脉相承,是唐高祖李渊祖父李虎的第五代孙。若论起辈分

## 助纣为虐 之李林甫

来,比玄宗还高出了一辈,如果延续东汉末年刘玄德的习惯称谓,李隆基应称其为"皇叔"了。不过李林甫的家世虽然并不很显赫,但是比起刘皇叔"编篾卖草鞋"的经历,还是要略强一些,因为在朝中他还有可以借之向上爬的梯子,也就是他身为秘书监的舅舅姜皎。然而就是这么一块垫脚石,却被他蹬踏得溜溜转,从一个禁卫军的千牛直长,一直爬到位极人臣的宰相高位,而且一坐就是十九年。这不能不说是李林甫有着超人的"特异"功能。

据史料记载,李林甫是陕西华阴人,与河东隔黄河相望。将其列入安史之乱的河东元素中,是因为在他的官宦生涯里,与河东的人与事有着千丝万缕的历史纠葛。或许就他自己而言,恐怕至死也没有醒悟到,自己会与河东有着如此剪不断也理不清的关系。在这一方面,史学家们似乎也很麻木,并没有就此做出综合解析。然而依照西方哲学家的观点,存在就是历史,所以我在翻阅大唐王朝史料的过程中,却偶然发现河东地理及河东人事,与安史之乱息息相关,而李林甫一生的命运,也没有摆脱与河东元素纵横捭阖的藕断丝连。

那么就让我们走进李林甫的生命轨迹:他在进入宫廷禁卫军时只是个千牛直长,说白了就是宫廷保安中领班管事的角色。到了开元初年"迁太子中允",也就是给太子提个鞋带跑跑腿,干点不着边际的杂事儿。这样的小官,自然不能满足李林甫的勃勃野心,但是又苦于自己"不学无术",不能堂而皇之地走登科入仕之径,何况他也吃不下那悬梁刺股、皓首穷经的苦头,所以在官场上也就没有多少大的起色。李林甫后来之所以能够成为"李一号",就是因为他绝对不是一个甘于寂寞、坐以待毙的人,就在他万般无奈,看似走投无路时,却想到了他的亲舅舅姜皎。

若以我们河东方言来论述李林甫的德行,可谓是闻喜的莲菜——净眼儿,而且他是水银泻地,无孔不入。当时的侍中(同宰相)是源乾曜,和姜皎有着姻亲关系,李林甫知道以后,就削尖了脑袋瓜,千方百计向他的儿子源洁献媚取宠。看到时机成熟后,他又转弯抹角地通过源洁,向其父亲代求做个司门郎中,也就是相府里办事员之类的差事。源乾曜是进士出身,根本看不上李林甫这块材料,但是又抹不开儿子的软磨硬缠,还是安排李林甫做了东宫"谕德",执掌对太子的讽谏,继而迁为"国子司业"(即国子监中的行政事务官),为其最终登上宰相宝座搭了个台阶。

无独有偶,在我们河东的植物里面,有一种叫作猴儿蔓的,生命力很强,经常缠绕在树木或者其他植物上,昆虫们常常沿着它的藤茎儿往上爬。按说李林甫在遭受了源乾耀的讽喻后,假若真要是有自知之明,就会稍微收敛一些,扎扎实实地长点儿本事,再图谋进取也不为迟。可是李林甫却不信这个理,他在登上了政治舞台,攫取一定权力后,岂肯做一个摇旗呐喊跑龙套的,所以更是变本加厉,寻找着新的猴儿蔓继续向上爬去。开元十四年(726年),李林甫又攀上了御史中丞宇文融,于是他又摇身一变,千方百计绞尽脑汁,力求背靠宇文融这棵大树来乘凉,于是使出阿谀奉承的浑身解数,演出了一幕幕为世人所不齿的丑陋闹剧。

当他知道宇文融与右相张说长期不合,为了讨得宇文融的欢心,他就与几个臭味相投的官员联手,以莫须有的罪名弹劾张说。结果李林甫弹劾成功,张说被罢去相位,算是他对宇文融的回报。李林甫也是

助纣为虐 之李林甫

鬼不走干路,因之得到宇文融的提携,迁为御史中丞,至此跻身于李唐政权高层。

李林甫是一只纯正的变色龙转生,就在做成这笔交易后不久,眼见宇文融在玄宗跟前有些失势,从此敬而远之。李林甫的胃口是永远不会满足的,就又如一只觅食的狐狸一样,蹲在路旁的草丛里,贪婪地寻找着能够满足自己食欲的美味。在经过一段摇尾乞怜、攀龙附凤的经历后,李林甫尝到了甜头,也看出了门路,深知光巴结权贵是不够的,对于权贵的夫人们,也应该费尽心机讨得她们欢心,或许会收到事半功倍的效果。李林甫沙里澄金,最终选中了河东人、侍中裴光庭的夫人武氏。李林甫虽说是败絮其内,但却是金玉其表,他年轻美貌,深得贵妇人们的青睐,很有"少妇杀手"的风度。他先是与武氏暗中往来,终于水到渠成勾搭成奸,钻进了贵妇人的石榴裙下,从此走进了与河东人的恩怨情仇之中。李林甫之所以选中武氏,因为她是河东籍女皇武则天的侄儿武三思之女,而当时朝里得宠的宦官高力士,正是出自武三思门下。

裴武氏的温柔之乡,并没有使李林甫饱不思饥,他得陇望蜀,当然更不会去饥不择食。他的目的很明确,就是要攫取权力,攀登高位,居众人之上,而女人则不过是另一种"猴儿蔓"罢了。李林甫这一招"曲线攀贵"果然奏效,在与裴武氏的风流云雨中,不时地吹着枕头香风。也是李林甫命中有缘,不久裴光庭撒手人寰,"武氏衔哀祈于力士,请林甫代其夫位"。高力士虽说对女人是心有余而力不足,却依然有那么一种心理上的渴求,所以也就特别喜欢女人的味儿。他在裴武氏的细声嗲语下,虽然没有直接向玄宗建言,却婉转地把圣上准备选用韩休为相的消息透露出来。这让李林甫又想到了"猴儿蔓",马上向玄宗奏了一本,言辞恳切地推荐韩休为相,并借机将这个消息透露给了韩休。

　　应该说李林甫是一个非常有心计的人,有心计的人干什么就会处处留心,寻找对自己有利的机会,然后借机作为。他在宫中盘旋的日子里,又不失时机地攀缘上了武惠妃,所以做起投机取巧的勾当来更是如鱼得水,伸缩自如。李林甫以这种曲径通幽,以退为进的招数,在不显山露水的运作下,果然收到了意想不到的成效。玄宗原本就准备提拔韩休为相,经李林甫这么一举荐,正是心有灵犀不谋而合。而且通过这件事情,玄宗认为李林甫不求私利,是个为朝廷分忧的难得人才,从此对他刮目相看,史书云"玄宗眷遇益深",就是从这件事情开始的。韩休荣登上了相位后,也是投桃报李,"甚德林甫,因与嵩不和,乃荐林甫堪为宰相,惠妃阴助之,以拜黄门侍郎"。最终双双荣升,皆大欢喜,李林甫这一石二鸟之策,算得上是天衣无缝、神鬼不晓之杰作了。

　　不难看出李林甫的成功登顶,河东人裴武氏功不可没。而且李林甫举一反三,得寸进尺,甚至不惜走了一步险招,冒着得罪太子的危险,向武惠妃表露拥戴寿王的忠心。史料记载,其时武惠妃专宠,李林甫极尽逢迎谄媚之能事。惠妃之子寿王,极得玄宗的钟爱,李林甫托宦官禀告惠妃道,"愿护寿王(李瑁)为万岁计",就是说,他愿意拥护寿王为太子。惠妃闻禀后感激涕零,在玄宗面前经常称颂李林甫有"德政"。正是在这些人们的庇护和荫举下,李林甫很快飞黄腾达,接连升了几级,开元二十二年(734年)五月,玄宗任命裴耀卿为侍中,张九龄为中书令,李林甫为礼部尚书,同中书门下三品,并加银青光禄大夫,成为朝中三宰相之一。

至此，李林甫奸诈狡猾巧言令色的才华显露无遗，史载其"林甫面柔而有狡计，能伺候人主意，故骤历清列，为时委任。而中官妃家，皆厚结托，伺上动静，皆预知之，故出言进奏，动必称旨"。由于他与众宦官、妃嫔交情深厚，故而对皇帝一举一动最先知道，因此他每次都能顺皇帝心态上书，颇得玄宗赏识。也许是李林甫的口蜜腹剑，大逆不道，惹得天怒人怨，就在他入相不久，关中大风拔木，同州尤甚。依天相学而言，朝廷将灾祸四起，社稷不得安宁了。

在我看来，李林甫乱政的真正原因，应该是玄宗骄奢淫逸之举日益严重，史称"在位岁久，渐肆奢欲，怠于政事"，被他委以权柄的李林甫，则是个口蜜腹剑、嫉贤妒能、专擅朝政的小人。如此李林甫权势日炽，朝政的败坏就日甚，导致安禄山辈甚嚣尘上。玄宗不识其奸反以为能，这就埋下唐代由治趋乱，由盛转衰的祸根，也成为"贵妃乱世"的诟病之一。史书载曰，李林甫居相位十九年，专政自恣，杜绝言路，助成"安史之乱"，就很能说明问题。

## 2

对于李林甫，《旧唐书·李林甫传》里表述其："猜忌阴中人，不见于辞色，朝廷受主恩顾，不由其门，则构成其罪；与之善者，虽厮养下士，尽至荣宠。"长期的投机钻营，使李林甫历练得喜欢玩弄权术，表面上甜言蜜语，背后却阴谋暗害，凡被玄宗信任或反对他的人，他总会亲往交结，等他权位在握时，便设计除掉此人，无论德高望重，或者老奸巨猾的人，往往都会败在他的手下。有好古事者，曾总结其"奸术秘诀"，

——"安史之乱"之河东元素

位列首席是伪装术:"面柔令,初若可亲",而内心却是"性阴密,忍诛杀,不见喜怒"。若论其招数,"好似甘言啖人,而阴中伤之,不露辞色"。

李林甫以河东女人做铺垫,却以河东男人的血泪,染红了自己的乌纱帽。而且在他做了宰相后,就如同武大郎开炊饼店一样,凡是才能、声誉、业绩、威望超过他的,或者将要"出人头地",他都会千方百计地置其于死地。不幸的是李林甫的这一连串组合拳,都将目标对准了河东官吏。此时朝中有两位重臣,皆出自河东裴氏家族,一位叫作裴宽,是户部尚书兼御史大夫,时常受到玄宗的恩顾,并亲自为之赋诗褒奖:"德比岱云布,心比晋水清。"另一位叫作裴敦复,担任着兵部尚书。当时海盗吴令光进犯台州(今浙江临海)和明州(宁波)一带,被裴敦复一举歼灭,满朝庆贺,玄宗更是大加赞赏,名声赫然鹊起。

李林甫为政逻辑的要旨,就是卧榻之侧,岂容他人酣睡?这两人位高权重,使李林甫惴惴不安,生怕他们跻身相位,使自己的权势受到威胁。不过他并没有急于求成,因为他向来做事的手法,讲究是要既达到目的,又不能留下话柄,多采取的是神仙过桥之术,即神不知鬼不觉地将对手送上断头台。所以他像一头凶残成性的猎豹,不露声色地潜伏在隐蔽物里,等待着捕获猎物的时机。当他探听到两人虽同为河东裴氏家族,但是之间却存有深刻而不肯愈合的缝隙,便决定趁势借机挑拨,使二裴水火不容,然后再巧用诡计,将这两个潜在的对手"各个击破"。

当然李林甫能够"朝野侧目,惮其威权",得到玄宗自始至终的信任,靠的就是他为人忌刻阴险,表面上甜言蜜语相结,背后却阴谋暗害,时人称他"口有蜜,腹有剑",是地地道道的口是心非,两面三刀,而

## 助纣为虐 之李林甫

且在他的周围,集结着一个错综复杂的关系网。通过这些密如蜘蛛网的渠道,李林甫发现裴敦复还朝报捷时颇张贼势,广叙军功,许多人都利用这个机会向朝廷邀功请赏,其中裴宽也为一名亲故请托过。但是后来裴宽觉得这样夸大海盗贼势,会使朝廷对东南形势产生错觉,影响全国的战略布局,所以准备暗中向玄宗通报此事。

以道德和责任作砝码,去与谲诈和狡猾作较量,而较量的结果,纵然是遇上再开明的皇帝,也将必定会是一场悲剧,何况此时的玄宗已是英雄气短、儿女情长的风流君主了。李林甫得到这个信息后,心里暗自窃喜,随即打起了算盘。也正好就在这时,有河北将士来京上奏,盛言裴宽在范阳主政期间民风清明,政通人和,深得百姓拥戴。玄宗听后赞赏有加,言下之意,准备启用裴宽担任宰相之职。阴谋家的聪明之处,就是善于巧施离间之计,达到两败俱伤的结果。李林甫"嘿嘿"奸笑两声,决计选用"鹬蚌相争,渔人得利"之策,首先让气傲性疏的裴敦复向裴宽下手。

他把裴敦复找来,添油加醋般地把裴宽如何攥着他的小辫子,又如何准备向玄宗弹劾他欺君犯上的话,有鼻子有眼地泄露给裴敦复。临了却再三嘱咐裴敦复,仔细做好向玄宗申述工作,以防遭遇不测。裴敦复心直口快,是个火炮子脾气,果然听后暴跳如雷,经不住"恩人"的循循善诱,便和盘托出裴宽请托之事。李林甫见时机成熟,就煞有介事地说道:"俗话说先下手为强,后下手遭殃。此事宜早不宜晚,小心夜长梦多。"也正是无独有偶,正巧此时,裴敦复手下两名军官因事被人告到御史台,裴宽接案后,就把二人拘押起来准备审理。裴敦复则以为裴宽是在有意寻衅,于是急忙打点500两黄金,贿赂杨贵妃的三姐虢国夫人，求她向玄宗通融一下，告发了裴宽的请托之事。

这一招温柔香风果然奏效。第二天，裴宽就被驱逐出朝，外贬到睢阳做了太守，不久又贬为安陆别驾。与此同时，李林甫又是螳螂捕蝉，黄雀在后以裴敦复善于处理民族事务，任命他为岭南五府经略使。裴敦复不愿意去偏僻地区受苦，迟迟不肯去赴任，结果正中李林甫下怀，顺势将其贬为淄州太守。至此，两个河东名臣就这样在李林甫的挑拨离间中，相继被逐出了朝廷。事后李林甫还怕裴宽东山再起，依然不肯放过，天宝五年（746年），又利用韦坚一案把他牵连进去。这个韦坚，正是李林甫表妹夫，即为他铺路搭桥的亲舅舅姜皎的女婿，原本两人关系很好，常常走动往来。但是他看到韦坚在边关屡建功勋，受到玄宗的恩宠，竟然流露出回朝为相的想法，于是心中妒意横生。

在李林甫看来，这不是在我这个太岁头上动土吗？岂能让你舒舒服服的有好果子吃？这年正月十五日夜晚，韦坚与河西节度使皇甫惟明一起赏月，被李林甫打听个正着，于是就为此移花接木大做文章。韦坚的妹妹是皇太子妃，皇甫惟明是手握兵权的边关大将，嘿嘿，一不做二不休，就告他们个密谋拥立太子，准备篡夺皇位。玄宗此时年岁大了，就怕有人图谋他的皇位，结果就信以为真，立即下令将两人逮捕下狱。李林甫顺手牵羊，趁机以朋党为借口大事株连，裴宽也因为与韦坚相厚而不得幸免。在李林甫的怂恿下，韦坚与皇甫惟明被玄宗赐死，皇太子被迫与妃子离了婚。裴宽虽然得以活命，但是从此心灰意冷遁入空门，后来虽然累迁东海太守、襄州采访使，又入拜礼部尚书，但日常手不离佛家典籍，与僧徒往来频繁，事实上已成为一个身披官服的世外之人，再也没有攀登相位的机会与勇气了。

## 助纣为虐 之李林甫

覆水难收，是一种自然现象，也是一种社会规律。李林甫一手炮制的"韦坚案"，既将自己的表妹夫打入了十八层地狱，又将舅舅推上了家破人亡的凄凉境地，其"口蜜腹剑"的生涯，可谓是风生水起，欣欣向荣。李林甫跋涉在这风霜雪雨的路途上，不久后便感到自己若想为所欲为，"妒贤嫉能，排抑胜己，以保其位"，就必须要蒙住圣上。为了防止群臣中有人参他，就必须坚决地"杜绝言路，掩蔽聪明以成其奸"。所以打蛇打七寸，玄宗怕什么，李林甫就给他送来什么，在对付竞争对手的策略上，他不仅巧设圈套阳奉阴违，而且利用他人之间的矛盾，挑拨离间分化瓦解，以达到自己所要追求的龌龊目的。

当时朝内的三位宰相，张九龄是唐朝有名的大诗人、大学者，学识渊博，威望很高。再一位侍中裴耀卿，也是河东世袭望族，朝廷重臣，很有治国才能。相比之下，李林甫资历尚浅，不学无术，只会迎合拍马，没有什么治国安邦的真本事，所以对他们很是嫉妒。尤其是张九龄，玄宗准备提李林甫为宰相时，曾跟张九龄商量。张九龄直截了当地说道："宰相的地位，关系到国家的安危。陛下如果拜李林甫为相，只怕将来国家要遭到灾难。"这些话传到李林甫那里，李林甫把张九龄恨得咬牙切齿，刻骨铭心。而裴耀卿虽然没有那么锋芒毕露，但是与张九龄十分友善，于是李林甫就把两人一起视为眼中钉。

杀人不见血，是李林甫除去政敌的惯用手法。刚入朝时，李林甫因惧怕张九龄威望，忍气吞声察言观色了一段日子，发现对自己唯一有利的是，此时的玄宗做了20多年的太平天子，想着政事有宰相管理，边防有将帅守护，自己何必那么为国事操心，渐渐地迷恋后宫，怠于政事，滋长出了骄傲怠惰的情绪。而张九龄与裴耀卿心里着急，多次在朝

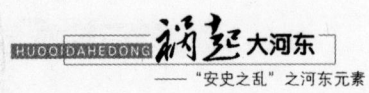

堂上给玄宗提出规谏。玄宗本来很尊重这两位老臣,但是时间长了,觉得两人无异于吹毛求疵,渐渐地就烦了起来。而张、裴两人呢,都是忠心事主的直臣,每逢商议政事时,事无巨细地与皇上据理力争,惹得玄宗很不高兴。李林甫看在眼里,脑袋一歪,诡计滋生,利用各种机会,拿出溜须拍马的本领,揣摩心思,窥伺上意,继而寻端觅衅,找茬儿排挤张、裴二相。

知己知彼,百战不殆,李林甫虽然不善于军事,却常以兵法来营造阴谋诡计。他什么事都不会,就是专学会了一套奉承拍马的本领。自他当上宰相后,附和帝王,顺风承旨,和宫内宦官、妃子勾结得更紧,时常探听宫内的动静。玄宗在宫里说些什么,想些什么,他都事先摸清了底细,等到圣上找他商量事时,必定是对答如流,简直跟玄宗想的一样。渐渐地,玄宗觉得李林甫又能干又听话,比张九龄他们强多了,心里便平添了换相的想法。开元二十四年(736年)十月,玄宗巡游东都洛阳,不料宫中夜间闹鬼。第二天,玄宗召集宰相们上朝议事,说自己想回驾西京。张九龄和裴耀卿劝阻道:"老百姓现在正忙于收割打场,请皇上等到冬闲时再回驾西京吧。"

其时,李林甫也在朝堂之上,体察到玄宗欲回驾长安的心情急切,待到退朝时,他假装脚瘸留在后面。玄宗问道:"卿脚怎么瘸了?"李林甫回答道:"我的脚不瘸。只是想向皇上禀报回驾西京的看法。"接着说道:"洛阳、长安二京,好似皇上的东宫与西宫,皇帝要上哪个宫,难道还用选择日子吗?如果妨碍到百姓收割、打场的话,免去他们的赋税不就可以了吗。请皇上允许我指示有关部门,安排皇上马上回驾西京,圣意如何?"玄宗龙颜大悦,内心思忖道:"体慰朕心者,乃林甫也。"随之

## 助纣为虐 之李林甫

"即命驾而西"。为此,李林甫曾做过一首诗歌:"挂冠知止足,岂独汉疏贤。入道求真侣,辞恩访列仙。睿文含日月,宸翰动云烟。鹤驾吴乡远,遥遥南斗边。"以表达他对圣上的耿耿忠心。这是李林甫这个不学无术的奸相,留在历史上的唯一一首诗歌,也算是给他挽回了一点"真才实学"的颜面。

## 3

玄宗皇帝原本也是雄才大略,为人豁达,用人不疑,"虽资高考深,非才者不取"。在刚即位时的开元初年,玄宗所用的姚崇、宋璟等一些老臣,他们不畏权贵,力割前弊,奉公守法,不徇私情,用以谋得国家太平,百姓康乐。他们知道,国家治理好了,皇上的心也就安了,所以史书载"姚崇、宋璟做相公,劝谏上皇言语切",使唐朝社会吏治不紊,纲纪有条,不到六七年,就使得唐王朝再次出现了"天下大理"的中兴局面。但是好景不长,自从李林甫为相后,玄宗在他的蛊惑下,就开始深居后宫,贪恋声色,恣意享乐,朝中一应事务都责成宰相李林甫打理,原来清明的政治局面,很快就被破坏殆尽。所以说,李林甫在相位十九年里,玄宗朝之所以晚年政治腐败,朝纲不振,他有着推卸不掉的责任。

俗话说得好,不怕贼得手,就怕贼惦着。李林甫一面巧伺上意,一面寻端打压,这个马屁拍得可谓是巧妙之至,让玄宗听得是既响亮又舒服,还顺势戳了张、裴二人一刀子。李林甫见小试牛刀,便赚了个盆满锅溢的,于是自信力膨胀,决心一鼓作气乘胜追击。当时的朔方(治所在今宁夏灵武)节度使牛仙客,目不识丁,但在理财方面还是有一点

办法,玄宗就想提拔他为宰相,但是遭到张九龄的坚决反对。李林甫找了个机会,在玄宗面前说道:"像牛仙客这样的人,才是宰相的人选;张九龄是个书呆子,不识大体。"玄宗又找张九龄商量此事,张九龄依旧不同意。玄宗发火了,厉声说道:"难道什么事都得由臣做主吗!"从此玄宗日益厌倦张九龄。

李林甫对于应对政敌的原则,手段是甜言蜜语,目的是斩草除根,从来没有余地可言。不久在围绕萧炅任免一事上,李林甫无事生非,故弄玄虚,彻底战胜了张、裴二相。萧炅当时任户部侍郎,属于李林甫一党,曾得到过李林甫的极力推荐。只是这个萧炅在学识方面,比之李林甫的不学无术,可谓是青出于蓝而胜于蓝,有过之而无不及。有一次,他在与中书侍郎严挺之"同行庆吊"时,将《礼记》中的"蒸尝伏腊(音"西")"读作"伏猎"。严挺之略有不快,就故意再问了一次,谁知萧炅摇头晃脑,仍旧这样读之,甚至露出洋洋得意的神气。这使严挺之深感遗憾,就对张九龄说道:"朝中竟然有'伏猎侍郎'这等人物。"耿直的张九龄听后,也觉得实在是荒唐,就以此为由弹劾萧炅,将其贬为岐州刺史。

打狗还看主人面,为此,李林甫怨恨上了严挺之,于是暗中寻找机会欲加陷害。正巧严挺之前妻被休后,嫁给了蔚州刺史王元琰,而王元琰因贪赃犯法被关进了大牢,严挺之找到张九龄,准备设法去营救王元琰。李林甫瞅准机会,自己不动声色,却使人暗中奏告玄宗,说是严挺之极力袒护王元琰,按唐律应该连坐。张九龄知道后,准备为严挺之作一些辩解。玄宗却微笑着问道:"严卿是否虽离之,却亦有旧情?"一句话让张九龄不便再言,只好转托裴耀卿代救严挺之。李林甫乘机上

助纣为虐 之李林甫

言道："耀卿、九龄与严挺之皆为朋党。"玄宗嫌张九龄直谏犯颜，早已有意疏薄远之，加上李林甫的肆意诽谤，终于以朋党之嫌，将张、裴两人俱罢免参知政事。"林甫代九龄为中书、集贤殿大学士、修国史；拜牛仙客为工部尚书、同中书门下平章事，知门下省事。"

一箭双雕，借刀杀人，两个眼中钉尽皆拔去，李林甫好不快哉。船过水无痕，是李林甫惯用的阴谋，也是他办事追求的效果，于是，又一个河东宰相在"李一号"的导演下，落魄地离开了政治舞台。李林甫不论心里这样舒服，面子上永远是不露声色的，他在朝堂上满面忧郁地送二人赴任而去，还凑上去嘘寒问暖，表示了同朝为相时的许多歉意。但是转过脸来，两只眼睛却如豺狼般闪着绿光，恶狠狠地盯着朝堂上那些大臣，使众臣们个个毛骨悚然，不寒而栗。李林甫当然知道，对于打翻在地的对手，必置于死地才能后快，斩草须要连根拔除，否则还有复活滋生、东山再起的可能。其时监察御史周子谅谏言道，"牛仙客非宰相器"，结果"玄宗怒而杀之"。李林甫又顺便参了张九龄一本，说"周子谅本为张九龄引用"，属于同党。于是张九龄又被贬为荆州长史。

"会当凌绝顶，一览众山小。"杜甫这首早期作品《望岳》，大约作于玄宗开元二十四年（736年），首先肯定不会是写给李林甫的。但是李林甫身居高位后，却是"竹外桃花三两枝，春江水暖鸭先知"，在把控朝堂方面早有着切身的斩获。他刚当上宰相，为了专权固位，所做的第一件事情，就是竭力阻塞言路，要把百官与玄宗隔绝，不能让大家靠近山头，以免群臣与圣上"浏览"国事风光。史载李林甫上任不久，就对朝中大臣训斥道："明主在上，群臣将顺不暇，亦何所论？君等独不见立仗马（作为仪仗的马）乎，终日无声，而饫三品刍豆；一鸣，则黜之矣。后虽欲

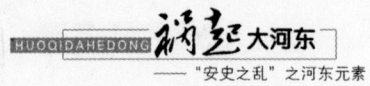
——"安史之乱"之河东元素

不鸣,得乎?"大意是说,做臣下的不要多嘴多舌,不见那些仪仗马吗?它们一言不发,却享受三品的马料,如果不听口令,随意叫上一声,就会被废斥不用,等到后来明白了却还有什么用处呢?这便是李林甫著名的"马料论"。

人们历来都把李林甫的"马料论",当成"官场箴言"来读,殊不知他并不是给众人传授做官保官升官的经验之谈,而是对不顺从官员给予疾言厉色的威胁。李林甫之所以能够独断朝纲,很大程度上就是因为他能想方设法使群臣噤声。谏官杜琎不信李林甫的邪,坚持上疏给玄宗,不料次日就被贬黜为下邽令。自此朝野集体失声,噤若寒蝉,"由是谏诤路绝"。李林甫的阴险狡诈,还表现在他喜怒从来不露声色,总是与你笑脸相待,背地里却是暗箭伤人,正所谓当面流眼泪,背后下毒手,让你根本摸不着壶把儿。兵部侍郎卢绚,跟李林甫关系很好,有一次,玄宗在勤政楼上隔帘眺望,看见卢绚骑马从楼下经过。玄宗见其风度很好,随口赞赏几句。李林甫得知此事后,二话没说,就把卢绚降职为华州刺史。不久又奏了一本,说是他身体不好,难以胜任其职,卢绚再次悄无声息地被降了职。

想想这种事儿,也只有李林甫之辈才能做得出来。就说卢绚吧,他即使盖上十八层被子,恐怕也是做不出这样"好友相残"的梦来。再说那个倒霉的严挺之,当初被李林甫排挤在外地,当了一个刺史,后来玄宗又想起用他,就跟李林甫说道:"不知严挺之还在吗?这个人很有才能,还是可以用呢。"李林甫说道:"陛下既然想念他,我就去打听一下。"退了朝后,李林甫把严挺之的弟弟找来,说道:"你哥哥不是很想回京吗,我倒是有一个办法。"严弟见李林甫这样关心哥哥,当然是非

## 助纣为虐 之李林甫

常感激,连忙请教该怎么办。李林甫说道:"只要叫你哥上上一道奏章,就说是他身体不适,请求回京城里来治病。"严挺之接到弟弟的信,果真上了一道奏章。李林甫就拿着奏章去见玄宗,说道:"真是太可惜,严挺之现在得了重病,不能干大事了。"玄宗惋惜地叹了口气,也就没有再过问此事。

历史上李林甫独揽朝政,在官场上很有两手,一手对上,一手对下,两手都很硬,以致朝野上下钳口,皇太子也为之恐惧。先说对下。李林甫妒贤嫉能,堵塞言路,排除异己,残害忠良。他身为宰相,把持着选干部、用人才的大权,其做法是"非谄附者,一以格令持之"。就是说他在选用臣僚时,不看德能勤绩廉,只看是否对自己忠心耿耿,凡是那些不与自己同流合污的,一概想办法给予铲除。在李林甫的府上设有一个月堂,每当要"排构大臣"时,他就独自钻了进去,然后闭门不出,前思后想,左右平衡。用现在的话来说,大约就是"密谋策划"了,等他眉开眼笑地出来时,肯定就是一些大臣家破人亡的开始。张九龄、裴耀卿、李适之等宰相皆是如此,史称"公卿不由其门而进,必被罪徙;附离者,虽小人且为引重"。这样一来,连谏官也"无敢正言者",一个个乖乖地做起了"持禄养资"的"仪仗马"了。

再说对上。李林甫深知要想一手遮天,必须举好皇上这把大伞,所以他对皇帝是百依百顺,哪里痒痒挠哪里,史称其"善刺上意"、"善养君欲"。其结果是皇上"深居燕适,沈蛊衽席",也就是说玄宗不顾朝政繁忙,关起大门躲进后宫纵情享乐去了。李林甫又将宫中太监、御婢一等皇帝左右的人,悉数收买妥当,就连为皇上掌管烹饪的小吏和做粗活的仆役,也都是笼络收买,一网打尽。因此每有奏请之事,这些"刑余

之人"都会向他透露皇上的态度,皇上的一举一动,尽在其掌控之中。而沉湎于声色犬马之中的玄宗,就更是"悉以政事委以林甫"了。

若论人世间最污秽的东西,莫过于那些奸佞小人。他们虽然身份地位参差,为害程度不同,丑恶面目有别,手段高低不一,但其共同的特点都是心怀鬼胎,阳奉阴违,两面三刀,挑拨离间,唯恐天下不乱,以便浑水摸鱼。据史料载,李林甫为相十九年里,顺我者昌,逆我者亡,凡与他相处过的朝臣,大自宰相,小至臣僚,没有不遭他暗算的。他窃弄权柄,制造祸乱,构陷冤案,屠害忠良,其手段之阴险残忍,可以说是罄竹难书,在中国历史上无以复加。从他的身上,我们是否看到了这样一种现象:当他们地位低下未得发迹时,会千方百计地投机钻营,处心积虑地攀高结贵。而当他们一旦得势后,就会背信弃义,六亲不认,知恩不报,反目为仇,甚至会落井下石置人死地。只是历史却不会"忘恩负义",这些丑陋的势利小人们,最终都会被永远钉在耻辱柱上。

## 4

荒唐的朝廷,必然要创造荒唐的历史。玄宗的开元盛世,使李唐登上了王朝的顶峰,然而接下来的天宝年间,又从顶峰急剧地跌落下来。这一时代的重大转折,自有其深刻的经济与社会根源,但是臭名昭著的奸相李林甫专权,不能不说是一个重大的麻烦制造者。可以说,玄宗晚年的政治腐败,李林甫有着不可推卸的责任。然而玄宗却不以为然,曾言:"现今海内太平,朕欲委国政于林甫。"正是皇帝的昏庸无道,才会使时代浊流泛滥,一般来说,小人得志后的言语行为,都离不开如何

助纣为虐 之李林甫

巩固自己的权势地位,李林甫自然亦不例外。两手搞定皇上和朝臣后的李林甫,斩获了极大的权力空间,自以为在朝里的地位已经得到巩固,便把罪恶之手伸向边陲事宜。可叹的是他既无道德文章,也无经世之才,史称其"发言陋鄙,闻者窃笑",连作个"重要讲话"的能力都没有,却闹出了一个"番将应做边帅"的重大决策来。

本来唐朝对番将的使用是有节制的,功劳再大也都"不为上将",所以都是由汉臣文官担任节度使的,张嘉贞、王晙、张说等人也都是自节度使而入相位。但是李林甫担任宰相后,对这些担当大任的儒臣们却深为忌惮,便进谗言说周边夷狄未灭,原因就是文臣们为将贪生怕死,不如重用番将。当时唐中央的禁军不过20万人,而边疆的10个节度使却拥兵49万,严重的朝野失衡,玄宗在听信李林甫的谏言后,将安禄山、哥舒翰等人擢为大将,无异于把边地兵权拱手送给番将,形成了外重内轻的割据局面,因此给唐朝预埋了一颗重磅定时炸弹,十多年后,终于酿成了几乎使李唐江山易帜的"安史之乱"。唐朝从此由兴旺转向衰败,"开元之治"的繁荣景象也消失殆尽。

安禄山与李林甫相比,是属于那种"憨奸型"的人物,靠的是装憨卖傻来施展阴谋诡计,在他的内心深处有一种永不驯服的野性。此时的安禄山,已不仅仅是一个只会跃马疆场、挥戈驰骋的骄兵悍将,多年来在朝堂内宫摸爬滚打,耳濡目染,使他深知"朝中有人好做官"的道理,所以通过寻找多种渠道,以及干娘杨贵妃的关系结识了李林甫。安禄山在得到出任节度使的消息后,喜出望外,日夜兼程进献战俘、各类杂畜、各色珍禽异兽、珍珠宝物,向玄宗表白对朝廷的赤胆忠心。同时将专一搜集来的旷世珍宝,毕恭毕敬地献于李林甫府上,匍匐在地倾诉着自己只愿做宰相的驻边骁将,不敢给宰相捧书献墨的切切心声。

功夫不负有心人。安禄山的这一番精彩表演,进一步使玄宗感到称心,杨贵妃讨得欢心,李林甫觉得放心,于是各得其所。正如通常所说"时势造英雄"一样,时势也会造就和产生昏君奸相阴谋家。客观地总结历史,正是时势造就了李林甫、杨国忠、安禄山之类的阴谋家,也造成了大唐帝国由盛而衰、由兴而亡的可悲态势。历史虽然远逝,教训犹在眼前,从中我们可以发现这种历史的丑恶,既与安禄山善于逢场作戏,外表憨厚质朴内心却阴险奸诈有关;也与奸相李林甫、杨国忠等自私狭隘、嫉贤妒能、以大唐江山为儿戏的本质分不开;更与玄宗李隆基好大喜功、偏听偏信、失去了励精图治的本色直接相联。

安禄山与李林甫本为一丘之貉,只是文武之道不同而已,都是靠奴颜媚骨、献媚取宠而登上权力宝座的。而且他们内外勾结,遥相呼应,形成了一个朝边勾连的利益集团,蚕食和颠覆着大唐王朝的基业。然而昏庸的玄宗却浑然不觉,依旧在做着开元盛世的黄粱美梦,并不断地为加速自身灭亡添柴加油。难怪史学家们认为:"禄山倾覆天下,皆出于林甫专宠固位之谋也。"天宝九年(750年),在李林甫的操纵运作下,安禄山一路平步青云,直至被赐铁券、封王爵,并为其在诸杨住宅附近重修庄园别墅。新建的安府富丽堂皇,庭院三重,亭阁无数,房廊无不精妙至极。假山、喷泉、桃林、高台、曲池等,更是应有尽有,甚至连厨房、马厩,全部都是采用金银玉石装饰。可谓是桃源仙境洞天福地,其穷极壮丽之程度,不亚于任何御园王府。

安禄山又一次笑了,不过在他貌似忠贞的笑纹里,却隐隐约约包藏着对玄宗的鄙视与嘲讽。安禄山欲壑难填,他觊觎的是皇帝宝座,是

## 助纣为虐 之李林甫

大唐王朝的江山社稷和宫中后妃，是华夏中原的万里疆土和千万臣民，所以玄宗的这些赏赐，何异于给牙缝里塞了丁点儿肉丝？此时他走在宫中，似乎觉得帝位近在咫尺，并且频频在向他招手，故而心下暗生异志，对大唐的锦绣河山已经产生了蠢蠢欲动的念头。在他看来，当时的社会长期太平，人民忘记战争，皇帝春秋已高，并被受宠的美人牵制封固。而李林甫、杨国忠之流呢？他们更替着把持朝政，使得纲纪大乱，所以他每次经过龙尾道时，总是南北侧目，窥察很久才进殿去。只是时机还不成熟，他还得卧薪尝胆，于是又装出一种可怜相，假惺惺地启奏道："儿臣久居边关，多得京中诸臣照应。今蒙父皇赐宅，意欲借机在新邸宴客，报答诸公恩德。但又怕群臣不肯赏脸，还请乞父皇诏命宰相群臣赴宴，以酬儿臣之愿。"

玄宗岂知安禄山的狼子野心，他不仅是为了笼络朝中诸臣，更是为了向百官示威："李林甫虽然执掌着你们生杀予夺的大权，也得拜于我安某的门下。"不过安禄山没有说了出来，而且他还没有料到，自己做贼未成却碰上了一位贼爷爷。比起搏击宦海风云几十年的李林甫，他玩弄阴谋诡计的招数，只能算是小巫见大巫，嫩了一大截子。当初李林甫对于安禄山的推介提拔，只是为巩固自己相位，杜绝像王忠嗣那样文武兼备的边关大帅入朝为相，恐怕夺去皇帝对自己的恩宠而已，说到底是一种利用与铺垫，岂能容你安禄山骑在头上作威作福，兴风作浪？虽然迫于玄宗的诏命，李林甫不得不勉强与安禄山联席饮酒，但在宴会中却冷言冷语，像老妪剥笋一样，将安禄山别有用心的伪装层层剥落，使安禄山如坐针毡，芒刺在背，心惊胆战，哪里还有心思再敢夸耀显摆。

李林甫老谋深算,此举一方面是为了巩固自己的权位,同时也透露出了对番将的轻蔑。他认为胡人愚蠢,根本就不可能举成大事,所以也就从来没有把安禄山之类胡将往菜篮子里拾。而且李林甫与安禄山之间,关系也是相当微妙的,说穿了他并不愿意与安禄山彻底为敌,只是想煞煞他的威风,让他心怀畏惧,对自己俯首听命而已。就在不久后,安禄山在拜见李林甫时,他仗着玄宗的恩宠,态度怠慢,言语放纵。李林甫瞧在眼中,并不动声色,只是托故把御史大夫王鉷叫来。当时王鉷身兼20余职,其恩宠无比,也好专权用事,在朝中与杨国忠齐名。然而王鉷见了李林甫,却是卑辞趋拜,满脸媚笑,对李林甫的每个问对,都十分审慎,百倍恭敬,一副唯唯诺诺的样子。

安禄山没想到自己是在被窝里耍拳,结果耍到了自家的头上,不由得瞪大了眼睛,态度也随之变得恭敬起来。李林甫三角眼乜斜了一下,看见安禄山态度有了转变,这才堆下笑来,胸有成竹地对安禄山说道:"安将军此次来京,深得皇上欢心,可喜可贺呀。不过将军务必好自为之,忠心地效命朝廷。皇上虽春秋已高,但宰相却精明不老哩。"安禄山听后大惊失色,从此不敢轻举妄动。因为李林甫不仅随时都能揣知他的心事,而且动不动就先说出来,使得安禄山非常叹服。他虽然也善于拍马屁,将玄宗哄得服服帖帖,对满朝文武也倨傲无礼,唯独畏惧李林甫一人。

所以李林甫在相位时,安禄山总是如履薄冰,常具戒心,每次去拜见时都冷汗淋漓,即使是隆冬寒天也不例外,将之奉若神明。李林甫也是见好就收,之后他便采用胡萝卜加大棒——软硬兼施的策略,时常把安禄山请到府中书厅里,用好言好语安抚他。有一次,他甚至还脱下身上的披袍,亲手给安禄山披上,使得安禄山受宠若惊,与李林甫的关系也逐渐热络起来,并恭敬地称呼他为"十郎"(李林甫排行第十,在唐时被人称呼排行,是表示亲昵与尊重)。安禄山曾对亲近之人说道:"我安禄山出生入死,天不怕地不怕,当今天子我也不怕,只是害怕李相公。"他对李林甫的忌惮之心可见一斑,也道出了当时玄宗忙于享乐,朝政则尽为李林甫把持的局势,已然形成。

古人言:"一物降一物。"奸相与叛贼之间,亦是如此。从历史上的情况看来,诡计多端的李林甫深藏不露,对其相位的巩固,收到了极佳的效应。边境重用番将的决策,是由他率先提出来的,而且他在长时期把持朝政时,以其狡阴谋与铁腕手段,尚能够控制住全国局势,自然也就能控制像安禄山这样的番将。所以安禄山每次在回镇范阳时,都要特意绕道到李府中辞行,而且回到范阳后,还常令派驻长安的部将刘骆谷打探李林甫的口信。如果刘骆谷禀报李林甫说他好话了,安禄山必然会兴高采烈。反之,如果说是李林甫要他安大夫好自为之,收敛一些。安禄山一定会变脸失色,双手搓个不停,嘴里叹息道:"唉!我命休矣!我命休矣!"从这个角度讲,李林甫的阴险狡诈,可以说已经是炉火纯青,堪为大师级的人物了。

也许是有鉴于此,后世有人认为安禄山之所以起兵谋反,完全是因为杨国忠不能够像李林甫那样,对安禄山既拉又打恩威并用,只是一味鲁莽行事,靠强力相逼而造成的后果。持这种论调的人,可谓是荒唐至极。因为依据哲学家的观点:内因与外因的作用,不能同日而语。设若安禄山忠于唐王朝,力保玄宗,何以不能忍辱负重,忠心赤胆,却非要揭竿而起,篡权称帝呢?正确的结论应该是,即使杨国忠罪责当

诛,但也不足以成为安禄山倒行逆施、祸害国家的谎言借口。好在任何奸臣都是以害人始,以害己终,李林甫、安禄山、杨国忠等人富于戏剧性的政治生涯,也概莫能外。

## 5

子系中山狼,得志更猖狂。这句成语是人们对历史上那些不齿于人类的奸佞之徒真实的写照。实际上李林甫的权谋,只是表面上灭了安禄山的威风,使其在他跟前佯装收敛,暂时不敢过分地飞扬跋扈。但安禄山骨子里不轨之心并没有泯灭,只是隐藏得更深一些而已,一旦有了风吹草动,便会毫不顾忌地膨胀起来。具有讽刺意味的是,历史有时候那么惊人地相似,安禄山在羽翼丰满后照葫芦画瓢,矛头所指的第一个目标,就是他的"恩公"李林甫。采用的招数,也不外乎李林甫惯用的请君入瓮、借刀杀人之类的套路。而替安禄山卖命做打手的,居然是李林甫的亲信、担任户部郎中的吉温。

安禄山担任了河东节度使,李林甫也将手伸向了河东地域,因为他对安禄山心有余悸,所以要百倍提防。历史也许是公平的,善有善报,恶有恶报,便是一个极贴切的总结。他本是依靠巴结李林甫才步入仕途,而且顺蔓爬杆,逐步混迹于权力中枢,此时他眼见安禄山势力日渐扩大,而李林甫年老多病气数渐衰,所以凤凰若要把高枝占,何不如趁早改换门庭。经过权衡再三,吉温便如同苍蝇发现污血一样地叮上了安禄山,背地与之约为兄弟,开始了卖主求荣的勾当。就在安禄山生日那天,他跪伏于其脚下说道:"李右丞相虽与三兄相近,但必不肯以

兄为相;温某虽蒙其驱使,也终不会得到超擢。兄如荐温某于上,温某即奏兄堪大任,共排林甫出之,为相必矣。"

人与人之间的斗争,本来就包含着敌对意图和敌对感情这两种不同的要素,打一方拉一方使对方无法抵抗,才是斗争行为的真正目标。安禄山不露声色,三楞眼一眨巴,计从心头上来。他走上前去将吉温扶起,好言给予鼓励鞭策,从此两人狼狈为奸,结成死党。安禄山知道吉温与他是一个德行,有奶便是娘,所以就借进宫之便,在玄宗和贵妃面前美言吉温如何德才兼备,上奏玄宗让吉温担任河东副使,具体管理河东节度府的事务。玄宗本来就犯浑,不假思索很快允诺。吉温又顺水推舟,保荐大理寺司直张通儒担任了留后判官。安禄山举重若轻,在一场不经意的权力交换中,给自己在战略要地河东组成了一个利益共同体。

安禄山此时所追求的,就是渴望能够起到多米诺骨牌的效应。果然如此,朝中一些投机取巧的官员们纷纷仿效吉温,曲意逢迎安禄山,甚至连时任御史中丞的杨国忠,也是趋炎附势,巴结唯恐不及,常在安禄山上殿时恭敬搀扶。这使得安禄山忘乎所以,不但对公卿大臣傲慢无礼,出言不逊,即使在曾使他望而生畏的李林甫面前,也不时露出倨傲独尊之态。而李林甫的穷途末路还不仅仅于此,让他不寒而栗的是,随着杨国忠政治地位不断提高,自己长期操纵朝政大权受到了严重的挑战,两人之间的矛盾也日益尖锐起来。从本质上讲,他们都是腐朽贵族、官僚统治集团的代表,其差别只在于李林甫代表旧官僚的利益,而杨国忠则代表着新贵族的利益,一个在竭力维护既得的权势财富,另一个则想方设法扩展自己的权势范围。更为要命的是在玩弄权术方

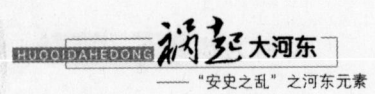

面,杨国忠用的是笑里藏刀,比起李林甫的口蜜腹剑,可谓是有过之而无不及。

杨国忠生长于河东,混迹于四川,外表粗悍,而内心精明。他深知李林甫善于献媚取宠,妒贤嫉能,心毒手狠,阴险专横,从开元二十二年(734年)开始担任宰相起,经营了19年之久,可以说是根深蒂固,盘根错节。面对这样一个政敌,他采取相应的对策是:堡垒最容易从内部突破。与安禄山同出一辙,杨国忠收买的对象也是吉温,并采纳吉温提出的建议,逐步剪除了李林甫羽翼:天宝八年(749年),刑部尚书、京兆尹萧炅因贪赃受贿,被贬为汝阴太守;天宝九年(750年),御史大夫宋浑,也以同样的罪名被流放潮阳……这一切,都是杨国忠与吉温密谋后,向玄宗秘报建议处治的。

李林甫怎么也想不明白,自己一生的政治生涯,绕来绕去总是绕不出一水之隔的河东?江河流水,大势所趋,眼看着自己的亲信一个个被削贬流放,李林甫对杨国忠恨得咬牙切齿,却又无可奈何,并且是一步步地滑向失败的深渊。有道是恶人胆小,做贼心虚,说来很有一些哲理味道。李林甫内心空虚,疑心重重,眼见自己日薄西山,就把兴趣完全寄托到奢靡淫乱的消遣当中。他在长安城内外,建有数座庭院别墅,其内琼楼玉宇,亭台水榭,雕梁画栋,豪华奢侈如仙境一般。而且里面婢妾靓女成群,歌伎女乐俱全,供他淫乐放荡,整日里过着花天酒地、纸醉金迷的生活。然而暮年将至,风光难再,尽管他怀疑嫉妒之心日重,凶狠残暴手段不减,但毕竟已是众叛亲离孤家寡人,到了风烛残年强弩之末了。

李林甫怙宠贪恣,滥施淫威,祸国殃民,一生好事没有做下几件,坏事却几乎做绝,埋下了大唐帝国危机的祸根。他深知树敌太多,结怨太深,欠下近百条人命,因而终日精神恍惚,提心吊胆,非常惧怕有仇人报复,遭遇到刺客的谋害。于是一改历任宰相"驺从不过数人"的旧制,开启了出则"先驱百步,传呼何卫、金吾为清道,公卿避易趋走"的先河。晚上也是"居则重关复壁,以石瓮地,墙中置板,如防大敌。一夕屡徙床,虽家人莫知其处",可见其怯懦已极。有一次,他与儿子李岫在后花园散步,一个役夫拉着车辆走了过来,李林甫竟然胆战心惊。儿子讽喻道:"人久处钧轴,怨仇满天下,一朝祸至,欲比此人得乎?"李林甫虽然很不高兴,却也无从辩驳,脸色异常难看。

天宝十一年(752年)冬十月,玄宗巡幸华清宫,已重病在身的李林甫听信巫医之言,希冀能见圣上一面。玄宗念及其为国家效力20多年,便想满足他的要求,准备亲临李林甫昭应私第。然而此时的李林甫已今非昔比,到了墙倒众人推的地步,玄宗的想法遭到了大臣们的极力反对。玄宗无可奈何,也就顺水推舟,命其家人将李林甫卧床抬到庭院,自己则登上降圣阁,拿着红巾遥向李府摆动,以示亲切慰问,其情其景好生凄凉。此时朔风旋起,落叶覆地,夕阳渐渐隐去,李林甫痛哭流涕,却因不能起身下跪,只好让家人代为拜谢,两人之间几十年的交往,便以这种方式宣告结束。

玄宗知道李林甫病入膏肓,难以复原,遂派使者召还杨国忠。杨国忠得旨喜出望外,马不停蹄赶回长安,次日就幸灾乐祸地赶到昭应私第去探视。李林甫自知杨国忠是狐狸给鸡拜年,然而眼见大势已去,自己将不久于人世,也已无力与之抗争,只得百感交集地对其说道:"老夫行将就木,宰相之位非君莫属,还望好自为之。"俗话说狗咬狗一嘴毛,杨国忠没想到李林甫死到临头,还会念念不忘当面揭底,顿时满脸愧色。三天后,曾不可一世、威风八面的李林甫,终于没有回天之力,在万箭穿心的幽怨中双脚一伸,恋恋不舍地告别了人世。于是一个丑恶的灵魂,沿着一条丑恶的轨迹,为自己丑恶的一生画上了丑恶的句号,在中国历史上,为世人留下了一座丑恶人生的坐标。

赶尽杀绝,落井下石,是无耻之徒的共同惯用伎俩。李林甫没想到自己死后,杨国忠依旧不肯放过他,当即呈奏玄宗,说李林甫生前曾与番将阿布思以父子相称,企图密谋造反。而李林甫的女婿杨齐宣害怕受到牵连,也依葫芦画瓢地说道确有此事。玄宗以为终于认清了李林甫的真实面目,斥责他"外表廉慎,内怀凶险,图谋不轨",实为奸恶之徒。遂下诏削去他全部官爵,并派人打开棺材,挖去口内珠玉,剥下紫金朝服,用小棺材按庶人之仪,草草埋于荒丘之下,所有子孙全部流放岭南及黔中。以现在的眼光来看,李林甫居相位十九年,专政自恣,杜绝言路,导致社会矛盾极其尖锐,助成"安史之乱",不能不说是其人生中的一大污点。但是玄宗没有识人和用人之能,也是封建社会任何皇帝的致命之伤,所以将安史祸乱,仅仅归罪于李林甫、杨国忠或者安禄山之辈,显然是没有揭示出深刻的社会责任。

助纣为虐者,必将是死无葬身之地。恶贯满盈的李林甫一生机关算尽,追求高官厚禄,荣华富贵,尽管风光一时却不能善终,死后还贻害子孙,只留下个扬坟抛尸千古骂名,这应是历史对奸臣的惩罚,也实在是他个人的一大悲剧。纵观李林甫青云直上,直至大权独揽的人生经历,一个最重要的秘诀就是善于媚上邀宠。他不靠操劳国计民生,不靠战功政绩,只凭着一套讨好皇帝的逢迎本领,就轻而易举地功成名就。我们在李林甫的人生字典里，看到的只有逢迎拍马、阿谀奉承、两面三刀、口蜜腹剑。而他正是通过迎合皇帝的欲望，从而达到满足自己私欲的目的。

当然李林甫私欲的急剧膨胀，是和玄宗分不开的。玄宗登基之初励精图治，严惩贪官，通过几十年的努力，开创了开元盛世的大好局面，国库积蓄甚丰，人们安居乐业。而晚年的玄宗，满足于已有的功业，陶醉在一片歌舞升平里，不再兢兢业业克己勤政，而是宽缓纵贪一味享乐，从而导致了悲剧的发生。就在李林甫死去200多年后，宋朝文学家欧阳修主编《新唐书》时，将其列入《奸臣传》中，并且评价道："木将坏，虫实生之；国将亡，妖实产之。故三宰啸凶牝夺辰，林甫将蕃黄屋奔。鬼质败谋兴元蹙，崔柳倒持李宗覆。呜呼，有国家者，不可戒哉！"唐朝由盛而衰，李林甫固然罪不可恕，但是坐拥深宫的玄宗，难道不更应是一个历史的罪人吗？

一个不学无术，只会争权夺势的小人，何以稳坐宰相宝座19年，并且深受皇帝宠信倍受重用呢？史载玄宗幸蜀后，曾与给事中裴士淹品评大臣，论及房琯时说道："此非破贼才也。若姚崇在，贼不足灭。"至宋璟时则说道："彼卖直以取名耳。"所历数评价十余人，都皆心怀满意。而给李林甫的评价是"妒贤嫉能，举无比者"。裴士淹说道："陛下诚知之，何任之久邪？"玄宗默然不答。非玄宗不答，实则是无法回答，上有所好，下必甚焉，这是对封建王朝腐朽堕落的一种原因概括。通俗一点讲，就是所谓的上梁不正下梁歪，如果皇帝自己都是骄奢淫逸，又怎么能指望朝臣们廉洁奉公，精忠报国呢？是啊，明知道眼前站着的是一个小人，却信马由缰，恣意放纵，任其将满朝文武铸造成"仪仗马"。

——"安史之乱"之河东元素

一个"奸"字,表达了后世人们对李林甫的确切评价。不过,或许正是这个奸字,也让他承受着世人难以忍辱的内心纠结。为了这个奸字,他从来就没有自己的做人准则,而是无时无刻不在察言观色,揣摩上意,时常审时度势,言不由衷地阿谀奉承,做出许多违心的决断来,甚至不得不去造谣中伤,落井下石,丧尽天良地将坏事做绝。李林甫身上只要还有一点点人性的话,他就得受到良心的谴责,除非他已被罪恶熏陶修炼得刀枪不入,内心强大到足以抗击住道德的审判与谴责。李林甫这个中国历史上"第一奸相",虽然已经死去1200多年了,但直到今天,依然是一面不可多得的镜子,还能够引起我们太多的思考。河东人司马光在其《资治通鉴》里这样写道:李林甫"凡在相位一十九年,养成天下之乱,而上之不寤也"。

宋 丽人行(局部) 李公麟 绘 现藏台北"故宫博物院"

 祸起萧墙 之杨国忠

# 祸起萧墙  之杨国忠

## 1

古长安周围有两条河流，构成了一个有趣的现象，还为此创造了一个成语，叫作泾渭分明。以此来描述玄宗的人生历程，可谓是恰如其分。对于昏君的定义，钱穆先生在他的《国史大纲》里指出："荒唐不经，其事几乎令人难以置信。"设若如此，那么判断昏君的标准就是，做事时不仅昏聩无能，而且是令常人难以理解和想象的。这么说来，玄宗只可以算是半个昏君，因为他在前期的统治中，尚能够励精图治，任人唯贤，因而政治安定，经济繁荣，人们安居乐业，开创了"开元之治"，是一个名副其实的有道明君。只是后期因太平日久，沉湎后宫，开始滥用奸佞，怠于政事，在告别李林甫的权谋后，又陷入杨国忠的专行时代，从而导致整个社会"朱门酒肉臭，路有冻死骨"，引发了"安史之乱"，沦落

为一个骄奢淫逸的"放荡天子",也将自己送进了昏君的行列。

杨国忠,本名杨钊,唐朝蒲州永乐(今山西永济)人,生年不详,卒于天宝十五载(756年)六月,与杨贵妃是从祖兄妹关系。父亲杨珣,曾任宣州司士参军,母亲张氏,据说是张易之的妹妹,其时家境并不很富裕。也有野史传闻说,杨国忠本来就是张易之的儿子,是说武则天在做皇帝时,对张易之非常宠幸,所以他每天回到家里后,都必须独自住在阁楼上,然后撤掉梯子,并由专人看守,绝对不许有丫鬟侍女靠近。张母恐怕将来绝后,断了张家的香火,便将一位领班侍女藏在阁楼夹墙里,最终怀孕生下了杨国忠。张易之被诛后,侍女便嫁给了杨国忠的父亲,成就了这样一段传奇姻缘。假若果真如此,那么杨国忠的父亲,就是玄宗祖母的情人了,按辈分还应该长玄宗一辈呢。

这种野史传言孰真孰假,现在已不那么重要,而对于"龙生龙,凤生凤,老鼠儿子会打洞"的血统论,唯物论者是持怀疑甚至反对的态度。不过我倒是认为,人类的遗传因子应该是有科学依据的,而且唯物论者也承认,环境与人们的意识之间,存在着一定互相作用的关系,难怪有"近朱者赤,近墨者黑"的格言和"孟母择地而居"的故事。杨国忠的秉性是否与这种理论有关,不得而知。设若他的籍贯,真如史书所载的永乐独头村,那么他就是住在河东的首阳山下,黄河岸边,百年后的德宗时代,官军叛贼孙飞虎就曾躲在这片山林里面。那么杨国忠也一定是上山捕过猎,下河捞过鱼,或许当时也曾混迹于山贼河霸的行列。反正据说他从小品行不端,行为放荡不羁,喜欢喝酒赌博,因此穷困潦倒,经常向别人借钱,甚至干些偷鸡摸狗的勾当,为乡里族人所不齿。

不过,客观地从历史的角度去看,也许正是杨国忠少年时代特有

祸起萧墙 之杨国忠

的生活经历,所以才造就了他精明机灵、凶悍残暴的性格。大约在三十岁时,杨国忠看着在家乡实在混不下去,就流落到蜀地,当了一名屯田兵。杨国忠身体强健,头脑精明,又有过江湖经历,所以从军的环境很适于他的成长。他在训练的过程中,能够吃苦受累,敢于表现,摸爬滚打,擒拿格斗,样样都排在前列,按条例应该给予提职嘉奖。然而时任益州长史张宽却看不惯杨国忠我行我素的行径,也不喜欢他自以为是的做派,于是过了好长时间,借故打了他一顿军棍,然后才任命他当了个小小的都尉官。

杨国忠并没有为此气馁,他长期来耳濡目染,深知混迹于这个世界上,不吃苦中苦,就难为人上人。所以他挨了那一顿军棍后,心里还暗自庆幸,只是原以为当了小头目,就能苦尽甘来,从此发财致富飞黄腾达,摆脱寄人篱下的困境。谁知事与愿违,他在任期满后,并没有得到再一次的提升,这让他心灰意冷,垂头丧气,才知道官场并不是那么回事儿。从此他情绪低落,怨天尤人,不过却很快结交了一批无所事事、气味相投的酒肉朋友。他们虽然模仿桃园三结义,歃血饮酒为盟,却没有像刘关张的目标主张,而是今日有酒今日醉,明天没酒明天睡,寻衅闹事,打架斗殴,不久就被部队除名。于是杨国忠更加穷困潦倒,甚至流落于乞讨行列,而无以栖身之地为之生计。

但凡世界上的事情,复杂微妙而又多具偶然性,就在杨国忠走投无路时,蜀中有个叫鲜于仲通的富豪,看到杨国忠相貌堂堂,言辞机敏,思谋着以后定能够有所出息,或许将来能为自己一用,所以就将杨国忠当作市场上的"潜力股",在经济上给予资助扶持。经过这一系列的变故,善于钻营的杨国忠也没有闲着,时常借机会到堂叔父杨玄琰家里套套近乎,献献殷勤,从而之间有了来往走动。也是命当如此,不久后杨玄琰抱病身亡,杨国忠以侄子身份披麻戴孝,前去帮助料理丧事,谁能料到这一来二往的,竟和从妹(后来的虢国夫人)搅到了一块,发生了不正当的乱伦关系。只是当时杨玉环不在四川,已随叔父去了河南,所以与这位堂兄失之交臂,并没有过多的交往。

如此既有财运当头,又有红鸾罩顶,杨国忠的小日子还算过得不错。只是来得容易去得快,杨国忠有了几个积蓄,就整日里花天酒地,吃喝嫖赌,结果很快就输了个精光,便逃往关中。在关中那段时间,他通过疏通关系,当了几天扶风尉,因为觉得不很称心,就又回到四川成都,照旧依附于鲜于仲通门下。凭着鲜于仲通的资助,杨国忠娶了娼妓裴柔为妻,接连生养了几个儿子,家庭生活又开始举步维艰了。还是那个鲜于仲通,眼看着时机成熟,就把他推荐给了剑南节度使章仇兼琼。章仇兼琼一见杨国忠身材魁梧,气质不凡,又伶牙俐齿,能言善辩,心下非常满意,就引荐为门下宾佐,并且任命他担任采访支使,并赠送了百万资财,两人从此关系密切。

按照市场法则,投资与回报往往会成正比例关系。是时,章仇兼琼虽为军镇节度使,但是朝中没有过硬的关系,整日里担心宰相李林甫专权,恐怕自己禄位难保,就准备让杨国忠以上贡"春娣"为名,前往长安去打点关系,看看能否进入到朝廷作上一名内应。也许是天意所致吧,命运的橄榄枝恰逢其时地伸给了杨国忠,此时他那个未曾见过面的堂妹,已经时来运转,鸿运当头,因其倾国倾城之色被玄宗夺媳为妻,受到百般宠爱,封为贵妃。而且她的三位姐姐,也皆因天姿美貌而应召入宫,封为韩国夫人、虢国夫人、秦国夫人,每月各赠脂粉费就达

十万钱。虢国夫人虽然排行第三,却以不假脂粉,天生丽质而更受欢迎。杜甫《虢国夫人》诗云:"虢国夫人承主恩,平明上马入金门。却嫌脂粉污颜色,淡扫蛾眉朝至尊。"

这个消息传到四川,大家都知道杨国忠和杨贵妃是堂兄妹,所以行情也为之水涨船高,顷刻间杨国忠身价倍增。章仇兼琼做梦也没有想到,当初这一宝居然给押中了,投资当然就会有回报了,而且是高额的回报。他便利用这一裙带关系,派杨国忠到京城向朝廷贡俸蜀锦。就在杨国忠路过郫县时,兼琼的亲信又奉命送给他价值万缗的四川名贵土特产。杨国忠大车小车满载物品,浩浩荡荡地抵达长安后,挨个儿拜访杨氏诸兄妹,分别送上精美的蜀货,并表明"这是章仇公所赠"。于是拿人手短,杨氏诸兄妹便经常在玄宗面前,替杨国忠和章仇兼琼美言,不久回报就来了,章仇兼琼被授为户部尚书兼御史大夫。

运城的《万荣笑话》里有一个段子,叫作"亲戚一碗咱两碗",是说亲戚来家之后做下美食,亲戚吃一碗,自己就吃了两碗,比喻在别人得到的同时,自己得到的实惠更多。杨国忠是蒲州人,青少年生活的地方距万荣不远,据说他当兵前还曾到那个地方偷卖过私盐,倒贩过黄牛,很懂得生意经,所以在推销章仇兼琼的过程中,也顺便把自己推荐给了玄宗。玄宗得知杨国忠是杨贵妃的亲属,也就顺水推舟,把他留在京师任职,允许他可随供奉官出入禁中。不久又任命他做了金吾兵曹参军,算是送给贵妃一个人情。这虽说是个闲职小吏,但杨国忠见风使舵,借梯爬墙,为日后升官发财创造了适宜的条件和机会。

杨国忠当然不是等闲之辈,在长安站稳脚跟后便如鱼得水,凭借着贵妃和杨氏诸姐妹得宠的条件,削尖脑壳巧为钻营。他一方面在宫内经常接近堂妹贵妃,并且由老情人虢国夫人明修栈道,暗度陈仓,频频接近玄宗,然后施展出八面玲珑的本事,小心翼翼地投其所好,讨得圣上心情舒畅。另一方面,他在朝廷里求佛拜庙,广结善缘,千方百计巴结权贵,谄媚宠臣,设身处地为自己铺路搭桥。每逢禁中传宴,杨国忠都来掌管樗蒲文簿(一种娱乐活动的记分簿),为做游戏的众臣负责计数,记录得既详细又精确。玄宗看到后,对杨国忠在运算方面的精明十分赏识,戏称他是个"好度支郎中"。

度支郎中,是户部里负责统计核算财赋收支的官吏。玄宗当时这样说,无非是逢场作戏,借此夸奖杨国忠计算精明,用以取悦贵妃而已。然而是说者无心,听者有意,就如历史上周朝时成王与叔虞的"桐叶封唐"故事一样,玄宗本来是一句开玩笑的话,却被杨氏姐妹抓住不放。传说,她们多次请求让杨国忠担任此职,并且给玄宗讲桐叶封唐的典故,还引申到唐朝的基业源于晋,晋的前身便是唐,唐就源于这个典故。而这个典故呢,也是历史上帝王取信于人的典范,等等。玄宗推辞不过杨氏红粉兵团的连番攻击,再一次顺水推舟送了个人情,任命杨国忠在御史中丞王鉷手下做了判官,从此杨国忠进入朝官的行列。不久后,杨国忠又被任命担任了监察御史,很快又迁升为度支员外郎兼侍御史,在不到一年的时间里,他便身兼15职之多,成为朝廷里的重臣。

贪欲就像瘟疫一样泛滥,一旦爆发甚至连成片时,其危害程度便会成倍扩散,常常导致一发而不可收拾。追根溯源,杨国忠的恃势得宠与杨氏家族有关,也正是在玄宗的恣恿下,杨氏家族很快衍化出一股腐朽势力。他们仗着杨贵妃为天子宠幸,参与朝政滥用特权,穷奢极欲几乎到了登峰造极的地步。而他们在朝廷里最为得势的人物是杨国忠,不但在生活上骄奢淫逸,更重要的是在政治上平步青云,成为杨氏家族政治上的代表,最终左右和影响着整个大唐帝国的忧患命运。

## 2

在中国成语里面,有一个狼狈为奸的故事,源于唐代段成式的《酉阳杂俎》。据说狼和狈是一类动物。狼的前腿长,后腿短;而狈则与之相反,是前腿短,后腿长。狈每次出去都必须依靠狼,把它的前腿搭在狼的后腿上才能行动,否则就会寸步难行。有一次,狼和狈走到了一个羊圈外面,虽然里面关着许多只羊,但是羊圈垒得既高又坚固,让它们根本没有办法叼到。于是它们想出了一个主意:就是让狼骑在狈的脖子上,再由狈用它那两条长的后腿直立起来,把狼驮得很高,然后再由狼用它两条长长的前脚,攀住羊圈把羊叼走。从此人们用"狼狈为奸"来比喻互相勾结,共干坏事的行为。我们若用这个典故来审视杨国忠的发迹之路,就不难发现,也与他曾和李林甫狼狈为奸,有着密不可分的关系。

这个典故是否就是针对李林甫与杨国忠而言,没有翔实资料予以证明,故而不能妄下结论。但是《酉阳杂俎》一书,出自于唐昭宗乾宁年间,距玄宗天宝年间已经过去了150多年,作者以此含沙射影,以古喻今,也并非没有可能。那么让历史再回到唐天宝时期,其时权相李林甫是欺君罔上,专横跋扈,"固宠市权,蔽欺天子耳目,谏官皆持禄养资,无敢正言者"。当初选立太子时,他曾与武惠妃沆瀣一气,妄图篡立寿王李瑁,但是因武惠妃早死而未成为现实。这会儿李林甫害怕李亨继位后,对自己挟嫌报复,就借机千方百计陷害太子,以解除后顾之忧。他看到杨国忠贵为皇亲国戚,得到玄宗格外宠爱,而且能言善辩,在圣上面前敢于畅所欲言,毫不忌讳。再者"林甫薄国忠材屡,无所畏",而且"又以贵妃故善之",所以就绞尽脑汁想将其拉拢到自己麾下。杨国忠也是顺着杆儿投其所好,趁机投靠到李林甫的门下,作为自己升官发财的晋升台阶。

  在玄宗时代,还没有狼狈为奸的故事,也没有口蜜腹剑的典故,但是李林甫和杨国忠臭味相投,都具备狼与狈的本性与特质,都需要借长补短,所以两人是惺惺相惜一拍即合。而且他们是属于"精英组合",还有他们什么做不出来的残暴之事?他们依仗着玄宗的宠爱,太子头上也敢动土,足见其横行霸道程度如何。他们也有着狼狈的狡诈,伏地而卧静观其变,一旦发现目标有隙可乘,就张牙舞爪凶相毕露。在李林甫陷害太子李亨时,杨国忠等人充当党羽,并积极参与其间的活动,在京师另立推院,屡兴大狱,株连太子党羽数百家。由于杨国忠恃宠敢言,所以每次总是由他首先发难,然后李林甫借机上手,所以说两人将狼狈为奸的精妙内涵,演绎得光彩夺目,淋漓尽致。

  中国文化里有一个成语,叫作"物以类聚,人以群分",出自于《战国策·齐策三》上,是由西汉末年刘向编定的。人们常用以来比喻同类的东西常常聚在一起,志同道合的人则相聚成群。以此来洞观历史上狼狈为奸的奸佞们,可以看出他们之间的共同特点,就在于"阴"与"险"。阴是动机,险是手段,具体表现为对上"媚":摇尾乞怜,花言巧语,溜须拍马,曲意逢迎,力求献媚取宠;对下"陷":凭空捏造,无中生有,指鹿为马,信口雌黄,置其陷入泥潭不能自拔。他们之所以能够频频得逞,一般都具备着两个条件,一是施展权术,二是依仗权势。两者相比,"术"固然不可缺少,而"势"却尤为重要,两者环环紧扣,才能够做到珠联璧合,相得益彰。不过正如鲁迅先生所说:捣鬼有术也有效,然而有限。看看他们最终的命运,都没有能够逃脱"搬起石头砸自己脚"的可悲下场。

这也使我想到了人们对于历史上舞台戏剧内容的精辟概括:相公招姑娘,奸贼害忠良(这或许也是中国戏剧的永恒主题)。如果从历史的角度来考证,忠臣与奸臣的最大区别在于,忠臣重做事,奸臣重交人。因此忠臣为国家社稷直言相谏,肝脑涂地在所不惜;奸臣为一己私利巧言令色,攀高结贵不知廉耻。忠臣想做事,所以赤胆忠心,不论帝王轮换但是事情必须持续去做;奸臣为拢人,所有结党营私,只怕君主更迭人事不时在变。然而在封建王朝的时代里,忠臣却多短命,而奸臣常禄寿,这不能不说是社会的悲哀。

不过以历史的最终结局来看,奸臣们的可悲之处在于,由于他们心怀鬼胎,窃弄权柄,构陷冤案,作恶多端,虽然暂时能博得皇帝宠幸,甚至狐假虎威招摇撞骗一阵子。但是他们的阴险卑鄙,包藏祸心,不仅会受到良心的潜质,而且之间钩心斗角,猜疑提防,内心永远得不到安宁。当利益一致时,沆瀣一气狼狈为奸,一旦利害相悖,顷刻间分崩离析分道扬镳,甚至互相攻讦落井下石,惶惶然若丧家之犬。李林甫与杨国忠的下场,就没有摆脱这个历史的定律。起初二人一唱一和,互相利用,杨国忠为了向上爬,竭力讨好李林甫。李林甫呢,因为杨国忠是皇亲国戚,也是尽力拉拢。《旧唐书》载曰:"初,杨国忠登朝,林甫以微才不之忌；及位至中司，权倾朝列，林甫始恶之。"

　　杨国忠的本质，与李林甫并没有多大的区别，他们都不是进士出身，也没有多高深的文化修养，但是论起阴谋诡计来，却是麦芒对针尖，不相上下，各有千秋的主儿。虽然杨国忠没有李林甫的阴险，却有着李林甫没有的精明。他深知混迹于朝堂之上，仅靠堂妹的呵护已远远不能适应，必须有堂妹夫的庇荫，才可能成就自己的事业。而且随着杨氏家族受宠日盛和地位升迁，李林甫的权势已喂不饱杨国忠的狼子野心，所以也就如稻谷那样的植物，杨国忠渐渐分蘖出来，自成体系，逐渐走向与李林甫分庭抗礼的道路。

　　杨国忠不是等闲之辈，如何能够讨得圣上的欢心，他当然是轻车熟路，成竹在胸了。金银珠宝，圣上不缺；美女佳人，谁比堂妹？圣上是物质财富充实，精神财富满足，干脆就来个"语言行贿"吧。他思来想去，为了表示对圣上的赤胆忠心，应该在自己的名字上做足文章。他觉得自己这个"钊"字很有内涵，是由"金"与"刀"组成，既有财富，又有武器，是支撑国家的两大基石。那么如何能够报效国家，为圣上所服务呢？杨国忠夜难成眠，直到天将黎明时才计上心头。次日借上朝之际，杨国忠当着众臣跪伏于金銮殿前，涕零交集地向玄宗陈述自己名字的"深刻"含义，然后请圣上给以赐名。玄宗为杨国忠的精诚所感动，沉思了半天，便赐其名为"国忠"，以示杨国忠德才兼备，忠诚可鉴，当委以国之重任，必将会成为"忠于国家"的栋梁之材。这让当时在场的李林甫怒火中烧，直感到如鲠在喉。

　　此时的大唐王朝，国力最为强盛，全国州县粮食丰盈，布帛满库。为了讨得玄宗欢喜，同时表现自己的聚财能力，杨国忠建议玄宗把各

祸起萧墙 之杨国忠

州县库存的粮食、布帛变卖为轻货,新征的丁租地税也折合成布帛,统统运到京师来。这样以天下赋税而充实国都,使京师仓库财物爆满,丰富程度达到了极致。于是杨国忠经常上奏玄宗,说是托圣上的福祉,"国库充实,古今罕见",恭请圣上察验。玄宗闻奏,当然是眉开眼笑,天宝八载(749年)二月,他亲率百官去参观左藏。当他看到财物满库,堆积如山,高兴之情,溢于言表,于是赏赐杨国忠紫金鱼袋,兼太府卿,专门负责管理钱粮,次年又让其兼任了兵部侍郎,宠幸愈甚。

杨国忠一步步向权力巅峰走去,其运行的惯性,已是很难被李林甫制约与阻挡得住了。在短短几年中,他从一个小小判官,一跃成为仅次于宰相李林甫与御史大夫王鉷的重臣,可谓是春风得意,官运亨通了。诚然,杨国忠是依靠杨贵妃的裙带关系步入仕途的,在某些时候或是某些场合,杨贵妃也可能会替这位族兄美言几句。但究其飞黄腾达的根本原因,还在于天宝时期经济形势发展的需要,和他本人善于敛财聚宝的本领。如果只靠裙带关系,而他没有一定的敛财才能,以及他过人的精明算计,"杨国忠"可能就是杨贵妃的亲兄长,而并非他这个远方堂兄了。

杨贵妃在这个堂兄的升迁之路上,到底扮演了什么样的角色?现在谁也说不清楚。史料显示,杨贵妃本人没有什么政治野心,在玄宗跟前也从不过问政事。或许从客观上讲,正是因为她的存在,助长了以杨国忠为首的腐朽官僚集团势力的兴起;也许是,杨贵妃为了巩固自己在内宫的专宠地位,需要借助外戚势力的支持,而杨国忠又恰恰具备了这一条件,成为他们杨氏家族政治上的靠山。如果单从这个层面上讲,他们应是互为利用,互为依靠,而且杨国忠的权势越大,这种关系

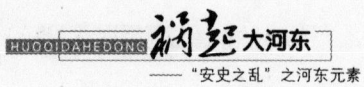

就显得越为重要。

不过辩证地看待历史，玄宗在前半生对外戚的宠遇还是很有分寸的，通常只授予他们闲职或者散官。开元初对王皇后家族，开元中对武惠妃家族，统统都不委以重任。因为他深知外戚专权的危害，这股势力膨胀到一定程度后，连君王都难以控制，最终只能祸国殃民。但对于杨氏外戚一族，玄宗却是毫无节制的恩宠，可见其晚年的昏庸达到何等的地步。就算是出于牵制李林甫专权的目的，也应该把握好尺度和火候，但实际上玄宗根本没有做到这一点。

杨国忠的发迹过程，还得益于宦官高力士。封建王朝内部关系的错综复杂，是我们一般人很难能够梳理清楚的。高力士作为玄宗的大内总管，为了照顾好圣上的爱妃杨玉环，便处心积虑地设法帮衬杨氏一族，因为他知道当时朝廷的形势，内有李林甫专权，外有安禄山恃武，杨氏一门要想在朝中站稳脚跟，非得有人撑起这个门户不可。可是论起杨氏家族的众多人物，杨铦、杨镝等皆是庸碌之辈，难以当此重任。唯有杨国忠胸有城府，而且善于玩弄权术，如果是筷子里面拔旗杆，或许还能成为一根料。高力士大约正是看准了这一点，才极力扶植杨国忠，使其不断得到升迁的机会。

正确分析高力士的这个做法，他并没有暗藏多少私利，其根本目的还是出于对李唐王朝基业的担忧。可以看出安史之乱后，高力士在逃亡途中的马嵬坡，力主诛杀杨国忠、杨贵妃兄妹二人，也是出于同样的政治考量。而且他言事有个特点，叫作"顺而不谀，谏而不犯"，《新唐书》载，高力士平素谨慎，又善于观察时势，所以久受宠任，于朝廷内外亦无太大恶名。此时的高力士，也许看到玄宗逐渐沉迷声色，又昏庸任用奸邪之人，作为皇帝的忠诚心腹，他不仅仅伺候皇帝和贵妃的起居，更重要的是要为李唐的江山社稷着想，所以他曾多次警示忠告玄宗，应提防安禄山拥兵自重，心怀叵测，规劝玄宗收回边事大权。关于这一点，《资治通鉴》有明确的记载：

玄宗逐渐沉迷声色，十几年来无意朝政，宰相李林甫探知其意，遂与牛仙客谋划，增加京畿近道粟赋，又采用和籴之法，以充实关中。不几年京畿蓄积殷富，这更助长了玄宗退隐想法。有一天，玄宗于大同殿养神，扫视左右无人，便悄悄地对高力士说道："朕自住关内向欲十年，俗阜人安，中外无事，高止黄屋，吐故纳新，军国之谋，委以林甫，卿谓如何？"高力士感到玄宗受李林甫迷惑很深，便极口规谏玄宗道："林甫用变造之谋，仙客建和籴之策，足堪救弊，未可长行。恐变正仓尽即义仓尽，正义俱尽，国无旬月之蓄，人怀饥馑之忧，和籴不停，即四方之利不出公门，天下之人尽无私蓄。弃本逐末，其远乎哉？"为此他还进一步指出："军国之柄，未可假人，威权之声，振于中外，得失之议，谁敢兴言？伏惟陛下图之。"玄宗听后，虽然一时感到不快，但还是觉得高力士言之有理，所以就改变了态度，说道："朕与卿休戚共同，何须忧虑。"并命左右马上置酒为乐。

现在诸多史学家评论道，高力士的功绩远远大于他的过失，至少在冲着他对李隆基的一片忠心，就足以推翻太监们"阿谀奉承，见风使舵"的面具化形象。李贽在《史纲评要》中指出："高力士真忠臣也，谁谓阉宦无人！"从而摒弃了传统偏见的中允不二的傥论。我们从史料中也可以看出，在古今宦官中，高力士算是一位忠诚而又有谋略的政治家，他虽然在帮助李隆基继位、平叛太平公主等重大事件中，立下了汗马

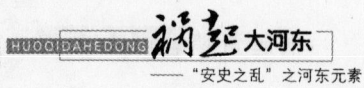

功劳,但是在后来却从没有像赵高一类那样,一心只想着谋权篡位。而是忠心耿耿报效圣上,即使玄宗在马嵬坡兵变的危急时刻,以及身为孤苦伶仃的太上皇时,他仍旧是不离不弃,生死不渝,坚定地站在玄宗的身边,可见他的一片忠心堪对天日。也许在玄宗的心目中,高力士早已不是奴才的身份,而是超越了君臣,超越了主仆关系,是朋友,是兄弟,是唯一可与之交心,与之荣辱与共的人,那是一种生死与共的知己情谊……

## 3

在社会历史行进的过程中,无论做人还是做事,无论是正义的还是反动的,开始的时候谁会以错误自居?而且正如《战争论》所述,每个人的所作所为,都是为了迫使对方服从自己的意志。杨国忠在前行的道路上,正是有杨贵妃的裙带关系,有李林甫的曲意拉拢,又有高力士的鼎力相助,所以才能够如虎添翼。只是杨国忠得到高官显位以后,对上层统治集团内部情况的掌握,也更加的全面深入,狼的本性就日渐显露出来。他发现在边塞,李林甫有安禄山东北方镇军事力量的支持,太子李亨有西北方镇军事力量或明或暗的拥立,而对于这两大军事集团,玄宗有时都讳莫如深。

他还发现,设若没有方镇军事力量作为政治上的后盾,任何人在朝中的权力、地位就会受到很大的限制,特别是发生一些不测事件之时,更需要有自己的军事力量做依托,才可能保证自身的位置安全无虞。因此他急需笼络军事力量,而他选择的目标,就是自己所熟悉的剑

祸起萧墙 之杨国忠

南军镇。不久后机会就悄然而至。当时南诏已归附唐朝,诸王经常领妻携子,前来谒见汉族地方长官。但是太守张虔陀是个淫贼,诸王们每次路过云南,他都要强留人家的妻子,供自己奸宿并进行敲诈勒索。诸王中有个阁罗凤,不肯受此屈辱,从而惹得张虔陀恼羞成怒,就派人向朝廷奏报,诬陷阁罗凤阴谋反唐。

原本万里晴空,却突然间战云密布,这才是无事生非,落井下石,以现在的时髦话来说,张虔陀是否可以算作"钓鱼谋反"呢?阁罗凤出于无奈,干脆来个一不做二不休,就联络了几个酋长,发兵攻陷了云南郡,杀死张虔陀,占领夷州达32个。其时的玄宗虽然贪恋后宫,平日里荒淫无度,但是面对如此生死存亡的重大问题,还是保持着高度清醒的政治头脑,决定下令发兵征讨。时值天宝十载(751年),杨国忠刚升为京兆尹,便极力推荐自己的"恩人"鲜于仲通为蜀郡长史,率兵6万攻打南诏。

杨国忠是在为玄宗分忧吗?其实不然。他的谋略可谓苦心孤诣,是个一举三得的妙招。何以见得?既安插了同党担任要职,又借机树立起军事威望,还培植了西南军镇势力。不料人算不如天算,鲜于仲通终究是个无能之辈,既无政治才干又不懂军事谋略,因而弄巧成拙。就在他分兵两路行至曲州(今四川昭通)和靖州时,阁罗凤见唐军声势浩大,自知难以与之抗衡,就来了个光棍不吃眼前亏,派使者前来要求和谈,表示愿意送还俘掠的人口和物资,修复好云南郡城后原璧归唐。这本是见好就收,且能建功立业的绝佳机会,可是鲜于仲通不自量力,以为大功告捷,胜券在握,于是扣押议和使者,下令继续进兵攻打南诏。

兵法云:置之死地而后生。所以在战场上,赶尽杀绝是兵家的大忌。然而鲜于仲通根本不懂兵法，两军在泸川西洱河再次交战，结果唐军大败，导致6万士卒全部被杀，鲜于仲通狼狈逃生，差一点丢了性命。阁罗凤也怕唐军再来攻击，也带领部下归顺了吐蕃。其时，杨国忠还兼任着兵部侍郎，知道事关重大，就使出浑身的解数，在玄宗面前百般包庇鲜于仲通，还有鼻子有眼的把败仗谎报成战绩显赫，使鲜于仲通不仅没有受到惩罚，反而得到嘉奖通报。大难不死的鲜于仲通，当然要投桃报李，出面奏请杨国忠主持西南军政要务。玄宗便诏拜杨国忠剑南节度、支度、营田副大使，知节度事，从而成为统辖西南方的割据诸侯。

按说如是这般的兵败，本是一件摊上了事、摊上了大事的事情，却在杨国忠的巧妙运作下，轻描淡写地成为绕指柔，不仅化险为夷，而且还坐收渔利，杨国忠的精明狡猾略见一斑。这次轻而易举的成功，使得杨国忠利令智昏，继续打着如意算盘，非但没有接受鲜于仲通的教训，反而再次请求攻打南诏。在他看来，继续对南诏发动进攻，是有百利而无一弊的妙棋。为何？如果这场战争能侥幸取胜，就顺理成章地树立了自己的声威；即使万一失败了，自己还可以继续故技重演，掩败为胜。更重要的是，他可以利用边镇的多事，从此控制剑南地区的军镇集团，把它培植成仅次于东北军事集团、西北军事集团的第三大军事力量。后来虽然因故没有能够成行，但是杨国忠却讨得山南西道采访处置使，"开幕府，引窦华、张渐、宋昱、郑昂、魏仲犀等自佐"，从而增强了在朝廷里的话语权。

随着权势地位的不断升迁，杨国忠在生活上也变得极为奢侈腐化起来。每逢陪玄宗、贵妃游幸华清宫时，都要以杨氏五家为扈从。杨氏

## 祸起萧墙 之杨国忠

诸姐妹们,也总是先在杨国忠家汇集,竞相比赛装饰车马,他们用黄金、翡翠做装饰,用珍珠、美玉做点缀,整个车队五彩缤纷,招摇过市,沿途掉落首饰遍地,闪闪生光,其奢侈程度无以复加。而且每次出行时,杨国忠都是手持剑南节度使的旌节(皇帝授予特使的权力象征),在队伍前面耀武扬威。以现在掌握的史料来看,其实面对当时的政治局面,玄宗有时候也不是真昏庸,他之所以如此信任杨国忠,除了取悦于杨贵妃之外,主要是借以牵制李林甫的专权,同时也是为取代已经衰老了的李林甫做长远准备。

不久后,李林甫与杨国忠由于新旧贵族之间的争权夺利,矛盾积怨几乎达到了不可调和的地步,其主要表现在对待王鉷的问题上。天宝十一年(752年)二月,李林甫鉴于质量差劣的恶钱泛滥成灾,奏请朝廷颁诏禁用。因为当时商业迅速发展,货币需求量大增,官铸铜钱远远不足以应付流通,所以市面上出现了大量成本较低、铸造不精的私钱。尤其是在商业繁荣的江淮地区,私钱铸造业尤为发达,贵戚官僚和巨商们为了牟取暴利,也都携带着良钱到江滩地区,用一比五的兑率换取恶钱,然后运回京城在市场上流通,以致长安恶钱泛滥成灾。李林甫发现后,眉头一皱,计上心来,便向玄宗提了出来以良治恶的建议。

这一次,李林甫按说算是对朝廷负起责任来,当然这个奸相也是心存私欲,因为财政是由杨国忠负责的,如果事成,既灭了杨国忠的威风,自己又能从中得到实惠,一举两得之事何乐而不为呢?所以在得到御旨后,他立即从官府拿出粟帛及库钱,在长安东、西两市回收恶钱。然而李林甫是机关算尽,却就是没有算计到恶钱早已流入市场,而且渗透较深,即刻禁止谈何容易。特别是盘根错节的奸商巨贾们,他们担心自己的利益受到损害,所以官商勾结,结成巨大的经济利益体,对李林甫的举措非常不满,或明或暗地进行抵制。李林甫的举措根本没有进展,更别说是取得什么显著的效果了。

杨国忠隔岸观火,心知肚明,眼见李林甫焦头烂额,在骑虎难下、难以收拾之时,他不失时机地挺身而出,在玄宗面前攻击李林甫。说李林甫是徇私舞弊,贪赃枉法,挟嫌报复,是借机诋毁大唐王朝国富民丰的形象。玄宗在不明原委情况下,听信杨国忠的一面之词,便下令废除禁令,改诏只要不是铅、锡所铸和有穿穴的旧钱,都可继续使用。李林甫怎么也没想到,这一次是猪八戒掉进茅坑里——上下里外都是个臭,只得草草收场。杨国忠当然不会善罢甘休,同年四月又趁机拿王鉷开刀。按说因王鉷的宠遇太深,本是李林甫和杨国忠共同嫉妒的对象,但是为了牵制杨国忠,李林甫则极力提拔王鉷。王鉷时任户部侍郎、御史大夫、京兆尹,深受玄宗宠信,其弟王銲是户部郎中,阴谋参与了一次叛乱。事情败露后,杨国忠让人控告王鉷与这次叛乱有牵连,想借此予以除之。

李林甫已看出杨国忠的别有用心,是用除掉王鉷来挑起事端,下一个目标恐怕就该轮到自己了。他暗自思谋,如果能够保留住王鉷的地位,对杨国忠则是一大牵制,所以当杨国忠陷害王鉷时,李林甫就竭力上奏,千方百计为王鉷开脱罪责。玄宗听了李林甫的奏本,念及王鉷久任要职,理财有功,兄弟两人又是同父异母,之间向来不和,所以打算不加按问审理。不过却提出了一个附加条件,即要王鉷先奏请罪,然后再行赦免。杨国忠领旨后,装作怜悯同情的样子,劝导王鉷万万不可认罪,说是否则性命难保。王鉷信以为真,依其言而行,结果激怒了玄宗，下令由陈希烈与杨国忠严办。杨国忠阴谋得逞，最终兄弟两人均以莫须有的罪名杖死朝堂，凡王鉷担任的要职，全部由杨国忠兼任。从此李林甫与杨国忠反目成仇，两人的矛盾也是水火不容，日益尖锐并逐渐表面化。

也是注定李林甫厄运连连，王鉷被查办不久后，边关又发生了朔方节度副使、奉信王李献忠叛归漠北突厥事件，惹得玄宗大为恼火，决定给予查办追究。朔方军历来是唐王朝的一支劲旅，当时节度使由李林甫兼领，因而他是难逃其责，只好引咎辞职，并推荐安思顺接任。杨国忠岂肯让李林甫轻易得手？于是买通陈希烈和哥舒翰，共同弹劾李林甫。哥舒翰是出自于朔方军的番将，曾为著名将领王忠嗣的部属。当初王忠嗣德高望重，有望回朝莅相，却遭到李林甫无端诬陷，由于哥舒翰的极力辩白，才使得王忠嗣免遭极刑，自此哥舒翰与李林甫结下梁子，始终都没有化解。后来哥舒翰又因英勇善战，接替王忠嗣任陇右节度使，手下拥有数万重兵，这次他是毫不犹豫地站在了杨国忠的一边。

玄宗念其旧情，没有对李林甫指责定罪，而是采取了慎重宽大的态度，但是明显开始疏远李林甫了。天宝十一年（752年）十月，南诏屡次骚扰唐朝边地，蜀人屡屡上表，奏请身兼剑南节度使的杨国忠前往镇压，以安定川滇局面。老奸巨猾的李林甫再次笑逐颜开，奏请玄宗应该顺应民意，派遣杨国忠领兵攻打南诏，其目的是将杨国忠从朝中排挤出去。杨国忠当然知道李林甫的险恶用心，却是哑巴吃黄连——有苦难言，又没有足够的理由推脱掉。临行前他向玄宗辞别，哭诉李林甫如何设计陷害自己，并让堂妹杨贵妃向玄宗枕边求情。爱妃出面，玄宗当然推脱不过，而且心里也隐隐有些不忍，就答应让杨国忠先去打仗，不久再召他回来继续任相,并且亲自赋诗为他送别。这颗定心丸一吃,才使得杨国忠破涕为笑,前呼后拥地去了昭南。

## 4

惨痛的教训告诫着善良的人们,凶残的野兽一旦从笼子里放了出来,长期积蓄的疯狂兽性,就会歇斯底里地发泄,曾经笼子的主人,对此也已经是无能为力了。杨国忠就是如此。他如同一棵长成参天的大树一样,已经是根深蒂固,玄宗也难以撼动了。也就是在天宝十一年(752年)十一月,随着李林甫撒手人寰,杨国忠被召回朝,"遂拜右相,兼文部尚书、集贤院大学士、监修国史、崇贤馆大学士、太清太微宫使,而节度、采访等使、判度支不解也。国忠已得柄,则穷摘林甫奸事,碎其家。帝以为功,封魏国公,固让魏,徙封卫",一下子身兼40余职。从此朝中没有了后顾之忧的杨国忠,眼见权势日炙,更加专横跋扈,也更加骄奢淫逸。

忠臣良相佐君之道,谏诫方式各有不同;奸臣佞相媚君之途,逸陷手段却大都一样。杨国忠登上宰相的宝座后,也算是承前启后,继往开来,所奉行的为政举措,与李林甫大同小异,或者根本就是换汤不换药,只是得寸进尺,更为变本加厉而已。杨国忠原本志大才疏,却自我标榜是"天降大任于斯人",所以在朝廷上恃宠自傲,无所顾忌,公卿以下臣僚随便指使。因此大臣们都如履薄冰,畏之如虎,就连德高望重的老臣左相陈希烈,也是诚惶诚恐,凡事都唯其马首是瞻,不敢有些许异议。

## 祸起萧墙 之杨国忠

顺我者昌,逆我者亡,似乎是昏君暴吏们的祖传权术。陈希烈即使如此乖觉,杨国忠依然觉得他资格甚老,有碍自己的朝政,干脆将其排挤出朝。他同时看准文部侍郎韦见素软弱可欺,易于控制,便提议任命他为宰相。韦见素担任宰相以后,基本上不敢议论朝事,只是明哲保身但求无过,这跟八年前李林甫建议任用陈希烈为相是如出一辙。而且为了巩固自己的相位,杨国忠有计划、分步骤地施行安内攘外的策略,在地方上到处安插亲信党羽,如派司勋员外郎崔圆任剑南留守,行使节度使职权,以协助他管理西南各地;又任命投靠他的魏郡太守吉温为御史大夫,担任京兆尹、关内采访使等职,以控制京都一带,形成了进退可据的势力集团。

杨国忠执政期间,还曾先后两次自作主张,请求发动了征讨南诏的战争。昏庸的玄宗却并未以前车为鉴,反而认为杨国忠是在为朝廷分忧,于是命令他身为统帅,在长安、洛阳、河南、河北各地广泛招兵。杨国忠眼见百姓厌战,壮丁难抽,就派御史们到各地去强行抓人,把他们带上枷锁送到军营里,父母、妻子哭声遍野。天宝十三年(754年)六月,杨国忠再次命令留后、侍御史李宓率兵,第二次攻打南诏,结果又遭到惨败。这两次南诏之战,使唐军损兵折将近20万人,也给少数民族地区造成了前所未有的灾难。由于杨国忠的专权误国,好大喜功,不惜穷兵黩武,导致了边将们的骄横跋扈,动辄对边境少数民族地区用兵,不仅使成千上万的无辜士卒暴尸边境,而且使内地田园荒芜,民不聊生,到处是"朱门酒肉臭,路有冻死骨"的残破景象,为日后社会发生动乱埋下了无穷的祸根。

玄宗的无端纵容,使得杨国忠肆无忌惮,为所欲为。按照大唐朝制,宰相上朝处理军国大事,要自清晨至午后(约下午两点多),方能回家接待四方来客。在李林甫为相时,借口天下太平无事,声言不用按旧例办事,往往是上午巳时(11点)就下朝回家去了。到了杨国忠做了宰相后,更是随心所欲,对处理朝政极端地轻率。尤其在选拔人才方面,他唯我独尊,任人唯亲,为了曲意笼络人心,发展自己的朝野势力,竟然要求文部在选官时,不论德才如何,一律论资排辈,只要是候任时间长的,全部留下来任用。然后按照资历深浅,只要有空位子,通通让他们赴任接官,并且美其名曰是"不拘一格选人才"。杨国忠如此"宽宏大量",真可谓是"人心大快",一批曾因各种原因不能晋升者,都轻松愉快地被选拔启用,因而这一批官吏都死心塌地依附于杨国忠。

在唐初时期,宰相一般都兼任兵部、吏部尚书,为了避免宰相一手遮天的现象,所以在选拔官吏时,要求交给侍郎以下的官员去办理。并且规定的手续也十分严格,须经过三注三唱反复进行,一般从春至夏才能够完成。但是自杨国忠担任宰相后,为了操纵选任,他自我标榜头脑精明,堂而皇之地提出要打破常规,多快好省的选任官吏,并且别出心裁的在家里进行。他先召集令史胥吏,预先定好名单,然后把左相韦见素及给事中、诸司长官,都一并叫到自己的尚书都堂,读一名便定一名,仅用一天时间,就结束了整个选用程序,还振振有词地说道:"左相和给事中都在座,就算经过门下省了!"从此开始,选官大权由他一人独揽,门下省不再审核,文部侍郎也只是走走形式,其中泥沙俱下,鱼龙混杂,谬误与弊端自不待言。

更为令人啼笑皆非的是,在次年春天正式注册之时,杨国忠又把待选人员召至私第,并且让杨氏诸姐妹垂帘偷觑,笑语之声清晰可辨。

祸起萧墙 之杨国忠

左相韦见素和吏部侍郎张倚到此,也是跑前跑后被随意差遣,弄得狼狈不堪。这且不说,由于杨国忠这样选拔官吏,迎合和满足了一些人的权欲,因而还颇得众誉,在京兆尹鲜于仲通、中书舍人窦华,侍御史郑昂等人的授意下,入选的士子们联名奏请圣上,请求为杨国忠在省门前立碑,颂扬他选拔官吏有功。玄宗竟然准奏,下旨由鲜于仲通撰写颂辞,亲自给予审定,并装模作样用御笔修改了几个字。鲜于仲通为了献媚取宠,竟特意将玄宗改动的这几个字用黄金填上,彰显圣上分外恩宠,一时间轰动京城。

天宝十二年(753年)十月,杨国忠的儿子杨暄参加明经考试,结果没有及格。礼部侍郎达奚珣是主考官,因畏惧杨国忠的权势,吩咐儿子昭应尉达奚抚前往杨府提前告知。杨国忠满以为儿子必然中选无疑,因而面带笑容,格外和蔼,将达奚抚迎进客堂。谁知达奚抚小声说道:"家父叫小的报告相公,令郎考试不及格,但他会设法让令郎上榜入围的。"杨国忠登时大怒,翻脸骂道:"我儿子还担心不能富贵乎?叫尔等小子卖相!"遂起身打马扬长而去。达奚抚热脸碰了冷屁股,自知讨了个没趣,灰溜溜地退出杨府,赶忙报告给父亲道:"人家仗着贵势,举止令人恐惧,哪能再和他论道是非!"达奚珣无奈,只好将杨暄列入上等。就是这个无能之辈,不久就被破格提拔,而且很快擢升至户部侍郎。而此时,曾是他主考官的达奚珣,才刚从礼部侍郎转为吏部侍郎。即使这样,杨暄还犹嫌不足,到处埋怨自己没有得到达奚珣的提携。

官场的腐败,必然导致社会的凋零,只是大家不愿意承认现实,依然自我陶醉,都还沉浸在诗圣杜甫《忆昔》一诗所描绘开元盛世的繁荣景象中:"忆昔开元全盛日,小邑犹藏万家室。稻米流脂粟米白,公私仓廪俱丰实。"事实上是树欲动而风不至,诗圣描述的繁荣景象早已"俱往矣"。因为到了天宝时期,曾经的均田制已被瓦解,府兵制也遭到了破坏,虽然经济繁荣的表面现象仍在延续,但是潜伏在幕后的已是横征暴敛,寅吃卯粮,甚至是以预收30年的租赋为基础的日暮途穷了。

玄宗不是一个傻瓜皇帝,也许在他的内心深处,已经察觉到大唐江山的危机,却不愿意或者说根本不敢直接面对。他或许是为了打肿脸充胖子,还心存一缕侥幸;或许是心如死灰,已感觉到无力回天了,反正是面对这个残局,他只能是继续"任人唯贤",而且必须一条路走到黑。早在李林甫专权时代,杨国忠就以聚敛有方而受到玄宗的赏识,因而在担任了宰相后,他仍然兼领度支郎中、两京出纳租庸铸钱使等要职。他在执掌朝政期间,依旧将其精通"钩校"筹算的特长发挥得淋漓尽致,大肆搜刮民脂民膏的行径,也达到了登峰造极的地步,因而更是加快了唐朝衰败的步伐。由此可见,正是由于玄宗太聪明之故,结果才会是聪明反被聪明误,最终拱手让出了卿卿的江山。

杨国忠也不是一个傻瓜宰相,他既然是敛财有道,所以对人民的疾苦就会漠不关心。天宝十二年(753年),关中地区连续发生水灾和严重饥荒,玄宗担心会造成庄稼歉收,导致社会混乱民心不稳。杨国忠知道后,便叫人专门拿来尚好的庄稼,送给玄宗察看,并且说道:"今年雨水虽多,但是并未伤害庄稼。"玄宗信以为真。谁知不识时务的扶风太守房琯,却在此时送来奏报,说是当地水灾严重,请求朝廷给以拨款赈灾。杨国忠看后火冒三丈,即刻叫来监察御史,对房琯进行审查,从此再没有地方官吏敢来汇报实情,以至于关中一带百业凋敝,民怨沸腾,大大加深了社会矛盾和民族之间的矛盾。

## 祸起萧墙 之杨国忠

冰冻三尺,非一日之寒,社会矛盾的积累,也并非是一年半载形成的。久居深宫坐享其成的玄宗却视而不见,依然是挥金如土,赏赐毫无节制。杨氏家族也因靠聚敛和赏赐,成为举国上下著名的暴发户,姊妹们整日里花天酒地,醉生梦死。杨国忠更是纸醉金迷,腐朽堕落,全然没有知廉耻之仪。他初入京师时,虢国夫人新寡,兄妹俩就公开姘居一起。后来在长安宣阳坊修建私宅,他又与虢国夫人府第相通,从此昼会夜集,没有礼度。两人时常坐车并辔入朝,甚至在马车上公开调情嬉闹,招摇过市。杜甫《丽人行》中"杨花雪落覆白蘋,青鸟飞去衔红巾"之句,就是暗指杨氏兄妹的越礼行为。

如果说身居高位,可以满足杨国忠的虚荣心,使个人意志得到最大限度的释放,那么积累起来大量的财富,则可以满足他物质享受的欲望。所以高官和财富,对于他这种私欲浓烈的人来说是缺一不可,因此随着官位的步步高升,杨国忠摄取财富的手段,也愈来愈变得丰富多样起来,当他位极人臣的权力峰巅时,中国历史上就又多了一位令人发指的巨贪。杨国忠曾经说道:"我生来穷困潦倒像,能有今天的荣华富贵,全托圣上的福祉。人生在世,短短数日,何不及早行乐。"可见杨国忠也算是贵有自知之明,他深知自己无德少能,没干过多少好事情,恐怕最终也不会有什么好果子吃,干脆就来个今朝有酒今朝醉,哪管明天血倾盆。这话也可算作是杨国忠的心灵之语,结果一语中谶,马嵬坡给他做了彻底地了断。

据史料记载,杨贵妃虽然得玄宗无比恩宠,但在政治上却不会玩弄权术,与宰相大臣们接触的机会也很少。即使与杨国忠也不例外,相处得都颇为平淡,从没有利用特殊地位去影响朝政,因此在天宝弊政中,没有一条是出自她的主张。反倒是虢国夫人起着很坏的作用,扮演了沟通内宫与外朝的角色,对杨国忠平步青云和备受宠信产生了重要影响。杨国忠从虢国夫人那里获悉深宫秘密,揣摩着玄宗好恶,然后采取相应对策,因而始终能够立于不败之地。而玄宗也是醒着装睡着,睁一只眼闭一只眼,错误地认为杨国忠是德才兼备,潜心朝政。他在《授杨国忠右相制》中,表彰杨国忠"纯粹精明,悬解虚受",希望他能够"弥纶经济,同致雍熙",云云,寄托着无限的期望。

作为最高统治者,玄宗重用杨国忠,是希望利用他在经济方面的才能,来维护大唐太平盛世的局面,这本是无可厚非的事情。但是玄宗的天下始成败终,与杨氏家族的崛起与发迹,也是有一定的因果报应的。探寻善于钻营的杨国忠的贪腐轨迹,虽然是由于其堂妹杨玉环的美丽而起始的,但最终还是在杨氏家族的关系影响下,以及他本人理财能力的出色表现,并且凭借着玄宗的过分恩宠,才能够平步青云,一步登天,坐上了朝廷的宰相宝座。然而种什么树苗结什么果实,也正是在杨国忠的专权下,官吏贪渎,政治腐败,民怨沸腾,使整个社会开始混乱起来,形成了天宝年间岌岌可危的局面。

事实上,历史就是历史,它虽然由不得我们选择,但是却可以供我们借鉴。我们从这一段历史中,看到了昏君、奸相、宠妃、佞臣……可以说唐朝转向衰落,固然有玄宗不可推卸的责任,但是就杨国忠个人来讲,也决然没有能够起到一个良相的作用。不过辩证地看待历史,如此的结局,是福之?是祸也?杨国忠的这种无人能比的权势,也并没有给他的家族和堂妹带来更多的好运,马嵬坡之变,反而把杨玉环及整个杨氏家族送上了不归之路。由此可见,杨玉环的美丽虽然不是罪过,但

美丽却是一个起因,为日后兄妹二人的悲惨下场,埋下了无法抹去的伏笔。

## 5

追根溯源,"安史之乱"的爆发,表面上是因为将相不和、安杨交恶而引起的,实际上是唐朝社会长期以来矛盾积攒,形成朝廷内轻外重的局面,导致尾大不掉而促成的社会动乱。唐初时,全国实行府兵制,共置634个折冲府,其中有261个位于关中,所以军力是外轻内重,足以护卫京师及其政权。玄宗开元十年(722年),朝廷开始设置节度使,允许他们率兵镇守边地,边地军力由此日渐强大,渐有凌驾中央之势。开元十四年(726年),京师守卫改由彍骑负责,而到了天宝年间,边镇兵力已达到50万,仅安禄山一人,更是兼任平卢、范阳、河东三镇节度使。这三地扼关据险,地域相连,拥兵20余万,为诸镇中最强大者。相反,中央的兵力则不满8万,从而让安禄山有机可乘,形成外重内轻的军事局面,导致了地方威胁中央的危机形成。

而"开元之治"的晚期,由于承平日久,国家无事,玄宗几乎丧失了向上求治的精神。尤其是改元天宝后,政治愈加腐败,玄宗也由提倡节俭变为挥金如土,曾将一年的贡物全部赐予李林甫。更为可怕的是,玄宗耽于享乐,宠幸后宫贵妃,把朝政先后交由李林甫、杨国忠等人把持。李林甫是口蜜腹剑的主儿,任内凭着玄宗的信任,杜绝言路,排斥忠良,专权用事达一十九年。而杨国忠因杨贵妃受到宠幸,继李林甫攫取相位以后,也是颐指气使,不可一世,只知搜刮民财,以至于群小当

道,国事日非,朝政更加黑暗。而此时他在朝廷中的地位,几乎无人能与之分庭抗礼,只有安禄山恃宠自重,对其构成了一定的威胁,于是杨、安二人的争斗与较量,激化了整个朝廷的政治矛盾,加剧了社会动荡不安。

俗话说一山难容二虎,何况是比老虎更残暴、更奸诈的中山狼之辈呢?杨国忠与安禄山的冲突,已是势在必行不可回避,形成水火不能相容的局面。而对此玄宗又束手无策,不加干预,导致两人势不两立,剑拔弩张。其实在杨国忠入相前,本与安禄山关系十分密切。两人都是天宝年间发迹,同样受到玄宗的宠遇,只是杨国忠要比安禄山晚了许多。早在天宝元年(742年)正月,安禄山就已经升任平卢节度使,那时候他入朝上殿时,杨国忠与杨贵妃姊妹皆视如贵宾,出外高接远送。甚至见安禄山身体肥大,行动不便,杨国忠都要上去亲自搀扶。而杨国忠到了天宝七年(748年),才开始升为给事中,只是起步迟进步快,不久就升至文部尚书,兼管财赋收支,专判度支事等。所以安禄山虽然惧怕阴狠毒辣、老谋深算的李林甫,但是对才能平庸的杨国忠却"视之蔑如也",始终不把这个"国舅"放在眼内,并且是从骨子里就看不起他,这不能不使得势后的杨国忠十分恼火。

天有不测风云,形势在李林甫死后发生了根本性的变化。天宝十二年(753年)初,别有用心的杨国忠,指使他人制造了所谓李林甫与阿布思勾结叛乱的案件:"国忠素憾林甫,既得志,诬奏林甫与番将阿布思同构逆谋,诱林甫亲族间素不悦者为之证。诏夺林甫官爵,废为庶人,岫、崿诸子并谪于岭表。"而有谁能够料到,那个诬告者居然正是安禄山。当然了,按照历史发展的规律,这种现象也不足以为怪,两人狼狈为奸是各有所图的。杨国忠意在排斥异己,使自己的专权地位免受威胁;安禄山则是为打击对手,壮大自己实力。所以两人开始结成政治联盟,而且是各有所得,很是甜蜜了一阵子。同年五月阿布思为回纥人所破,安禄山招降了他的部落,从此兵精将广天下莫及,野心也随之急剧膨胀起来。

然而这种政治结盟,其根基却是非常脆弱的。杨国忠虽然取代李林甫做了宰相,但充其量只能算是一个平庸的封建官僚,资历、威望、能力均很有限,所以在安禄山看来,杨国忠只是靠着堂妹这个女人起家,纯属拉大旗作虎皮,沐猴而冠的碌碌之辈,压根儿就不想与他平起平坐,同享富贵,所以两人的政治蜜月很快就烟消云散,联盟也随之分崩离析土崩瓦解了。眼看着安禄山势力日益壮大,拉拢不成又无力制服,杨国忠只好在清除李林甫的残余势力之后,利用把持朝政的有利地位,向安禄山发起了犀利地攻击。他多次对玄宗诉说道:"安禄山威权太盛,将来必为国患。"想借玄宗之手将政敌除之。

玄宗却不是这样认为的,在他的眼里,手心手背都是肉,这是将相不和二人争宠的表现,恰恰可以利用他们之间的矛盾来相互制约,所以就采取了一种和稀泥抹光墙的招数,对杨国忠说道:"禄山有禄山的权,你也有你的势。你们二人一个主内,一个管外,都是朕的左膀右臂,相互间理应精诚合作,共商大事才是!"杨国忠碰了一鼻子灰,却并不死心。有一次,他从高力士处获悉:陇右节度使哥舒翰,一向与安禄山不和,前几天同时入朝参拜圣驾时,还因为给养供应发生了争执,抽鼻子怪脸的,闹得很不愉快。

关于矛盾与斗争的展开,无论就其客观性质,还是其主观意愿来看,都近似于一种赌博行为,就是要以极小的代价,去换取最大的利益化,最好的结局是:空手套白狼。因此,如果要用斗争行为迫使对手服从自己的意志,那么就必须使对手或者真正无力抵抗,或者陷入势将无力抵抗的境地。杨国忠得到这个信息,就决定利用哥舒翰来压制安禄山,以迫使安禄山俯首就范。天宝十二年(753年),哥舒翰收复九曲部落,满朝官吏都为之振奋。杨国忠乘机向玄宗保奏,让哥舒翰兼领河西节度使,并赐封给西平郡王爵位。杨国忠的目的很明确,就是意在以夷制夷,哥舒翰与安禄山分庭抗礼。这种雕虫小技,安禄山焉能看不出来,于是与杨国忠之间的矛盾很快尖锐起来。

驱使对手无力抵抗,才是斗争行为的真正目的。天宝十二年(753年)冬,杨国忠随玄宗住在华清宫,又提到安禄山面有反相颇有反骨,而且还煞有介事地说道:"陛下若不信臣言,可试遣使征召安禄山,看他是否敢来应诏?"玄宗听信了杨国忠,就派使者前往范阳军镇,让安禄山次年正月来朝述职。杨国忠原以为安禄山做贼心虚,必定不敢来京,没想到安禄山已得到京师耳目的通报,揣知到玄宗的真实意图,所以接到圣旨后,决定将计就计。天宝十三年(754年)二月,安禄山按时入见玄宗,他一来到华清宫,就采取了恶人先告状的把戏,磕头碰面地向玄宗哭诉道:"臣本胡人,承蒙陛下不次擢用,累居节制,恩出常人。杨国忠心怀妒忌,几欲谋害臣儿,儿臣死无日矣。"玄宗犹恐弄出乱子来,只得好言劝慰,赏赐了安禄山许多东西,这才算稳住阵脚。杨国忠眼见预言落空,顿时手足无措,在玄宗跟前的信誉,也受到了极大的影响。

假亦真来真亦假,事物的两重性,真如一条反复无常的变色龙一样,让当事者都难以辨别事情的真伪曲直。杨国忠的嫉妒与谋害安禄山是真,但安禄山感恩玄宗却是假,只是因为此时他觉得谋反的条件尚未完全成熟,还不想过早地暴露自己的野心而已。而且他知道杨国忠并无真凭实据,能够证明自己蓄意叛乱,所以他才敢无所顾忌,只身来朝面圣。尽管当时太子李亨根据自己的观察,也预言安禄山将要叛乱,但玄宗始终不信,甚至到后来,竟把举报人送到安禄山的大营里任其处置。所以从此以后,安禄山更加肆无忌惮,自信玄宗已昏庸无道至极,只要自己见机行事,就决然不会惹祸上身。

对于安禄山来说,贪欲与胆量是成正比的,经过这一番风波后,他算是摸透了玄宗的真正底细,也使得他愈加有恃无恐,心底里曾经说不出的萌动也愈加强烈起来。有道是饿死胆小的,撑死胆大的,安禄山先是请求由自己来兼领闲厩、郡牧两职。没想到大唐皇帝玄宗出手更是阔绰,安禄山要啥给啥,不仅准奏让他兼领了闲厩、陇右郡牧等,还又额外让其兼知总监事,并且居然想为之加官同平章事(即宰相)。杨国忠知道后,连忙谏阻道:"安禄山虽有军功,但是目不识丁,怎能担当宰相?陛下若真的用他为相,恐怕诏书一下,四夷酋长都要轻视朝廷!"这才让玄宗作罢,只好加官尚书左仆射,赐实封通前一千户,不过外加了两项赠品:赐安禄山一个儿子三品官、一个儿子四品官,奴婢十房,住宅各一所。

安禄山眼见收获颇丰,当然是要"不负圣望",干脆来了个狮子大张口,奏请玄宗,让吉温任兵部侍郎,充闲厩副使。玄宗也没有拒绝,从此吉温又投入到安禄山的怀抱,这让杨国忠对此恨之入骨。但是安禄山依旧不满足,见玄宗是有求必应,就又入奏道:"臣所部将士,在征讨奚、契丹、九姓同罗时劳苦功高,请父皇不拘常格,破例加赏,以使儿臣更好地统领他们,为圣朝立功。"玄宗仍然是御笔就这么一挥,安禄山大帐里就多了奚和契丹族将军500多名,另有2000多人被提拔为中郎将!啧啧,安禄山这一连串的组合拳,拳拳打在点子上,打得杨国忠是坐立不安,寝食无味。他见玄宗一意孤行,却只剩下咬牙切齿的份儿,一丁点儿招数也使不出来。

玄宗出手阔绰,安禄山心里却实在是不得踏实,他这次来京如闯龙潭虎穴,是冒着很大的风险的。如果宰相、太子奏请将他留在京师,他可能就会遭到灭顶之灾。此时他见碗里满了,锅里也捞得差不多了,只怕是夜长梦多,就提出要返回范阳。玄宗也一口答应,三月一日在望春亭为之饯行,他亲自斟酒三杯,意在显示对安禄山特殊的恩宠。安禄山却是心怀鬼胎,因此得到允许他离京的御旨,便急急如漏网之鱼,巴不得即刻上马,迅速离开这个是非之地,哪里还有心情痛饮壮别。所以他每每举杯时,必是先环视四周,然后才仰首饮下。玄宗不知其里,依然对安禄山期望值极高,嘱咐道:"北方二虏一日不宁,朕心亦一日不宁,还望儿臣尽力镇驭,休负朕望!"安禄山略一施礼,故弄玄虚道:"臣蒙父皇厚恩,岂敢丝毫懈怠,只要儿臣不死,外敌就休想入侵半步。"

玄宗听后喜形于色,随之脱下身上御衣,亲自披在安禄山身上,向群臣说道:"汝等众官,设若都能如禄山一样,朕就高枕无忧了。"接着又派高力士,代其在长安城东的长乐坡,再次为安禄山设宴饯行。玄宗恩宠如此,"由是,人皆知其将反,无敢言者"。安禄山从京城出来,惊魂不定,唯恐杨国忠设有埋伏,于是快马加鞭,头也不回疾行而去。出了关后,早有心腹接应,一行人舍马登舟,沿黄河顺流而下。虽然一日行

祸起萧墙 之杨国忠

出百里以上，安禄山依然还嫌船慢，又命船夫拿着绳索，立于岸边拉纤，十五里一换班，过郡县也不下船，昼夜兼行返回范阳老窝，仍然觉得胆战心惊，心有余悸。

安禄山返回范阳后，部将吉温、张通儒、孙孝哲、史思明、何千年以及幕僚严庄、高尚等纷纷前来恭贺。安禄山则大摆筵席，犒劳士卒，收买人心，培植心腹，并且囤积粮草，圈养战马，暗地里磨刀霍霍。可笑那深居九重皇宫里，成天欣赏贵妃醉酒、美人出浴的玄宗，仍然坚信安禄山对自己忠贞不贰。天宝十三年（754年）八月，玄宗根据安禄山的奏请，准备起用吉温为相。此时的杨国忠，早已看清了吉温是墙头芦苇随风倒的真实面目，所以据理力争，极力反对，才使得安禄山内外勾结的阴谋化为泡影。而且杨国忠还乘胜追击，借机将矛头指向安禄山的亲信、河东太守兼本道采访使韦陟。

韦陟与吉温是"铁哥儿"，就送去重金请他求安禄山救助，结果正中了杨国忠的圈套，他很快抓住了吉温的把柄，将其贬为澧阳长史。安禄山得知情况后，直接上书玄宗，为吉温讼冤。玄宗云山雾罩，也搞不清谁对谁错，姑且听之任之，置之不理。过了不久，杨国忠穷追猛打，又告吉温贪赃七千匹帛，及强夺女子为妾等罪状，将其杖死于狱中。吉温突如其来的死亡，无异于是火上浇油，大大激怒了贪婪凶残的安禄山，久积在胸内的篡国欲望，正如同干柴被烈火点燃一般，顷刻间就会熊熊燃烧起来。他决计放手一搏，推翻大唐王朝，自己来做皇帝老儿。风雨欲来，黑云压城，于是在唐王朝的千里大地上，一场以讨杨为名，实则叛唐的暴风骤雨，在电闪雷鸣中不可避免地来临了。

杨国忠专权误国，积怨太深，最终被杀，应该说是罪有应得，死有余辜。但是客观地看待历史,在他执政期间,虽然国是日非,但是朝中并未像李林甫执政时妒贤嫉能,诛逐贤臣,出现那种人人自危的动荡局面。而且在一些时间内,他还曾搜罗天下奇才,迸拔淹滞,颇得朝野众誉。自然杨国忠独揽大权,外戚跋扈,民怨沸腾,最终导致朝政混乱不可收拾,继而爆发了安史之乱,使强大的唐王朝江河日下,一蹶不振,作为一人之下万人上的宰相,自有他个人应负的责任。但是往前看,在李林甫执政期间,唐王朝就已经显露出趋向没落的种种迹象,安禄山久怀异志,拥兵边陲,身兼三大兵镇,独掌20万的兵力,其手下骁勇善战,甚获玄宗的宠信,只是到了杨国忠执政时,唐王朝的末日终于不可阻挡到来而已。

唐 步辇图(局部) 阎立本 绘 现藏故官博物院

# 乱世枭雄 之安禄山

## 1

但凡任何朝代的衰败与没落，腐败肯定是压垮这匹骆驼的最后一根稻草，而作为最高统治者的皇帝，都有着不可推卸的责任。但是历史上的帝王将相们，却常常将此类丧家辱国的勾当，归罪于所谓的红颜祸水，奸臣当道，或者是叛贼谋反，刁民暴动云云，实在是一种推卸责任，有失公允的做法。以我辈之观点，诸如此类的理由，充其量都只能算作朝代灭亡的导火索而已，也可以说是统治阶级逃避承担，嫁祸于人的谎言，史学家无能为力辨明真相，用以迷惑后世的借口罢了。

应该说，安史之乱形成的祸根源远流长，其原罪可追溯到唐太宗时期。太宗当年在平定东突厥及契丹各族后，将他们内徙至河北北部幽州一带，使河北成为胡人杂居之地。当地胡化程度甚深，受到的汉文化影响很浅,他们的习尚多与汉人不同,之间互相歧视,因此与唐室中原关系疏离。而唐王室为了便于统治,又常倚重那些能通多种胡语的人,来了解外族的民俗风情,后来的安禄山正是利用这个特点,拉拢少数民族上层人物,作为自己反唐的亲信,在他的收买拉拢下,当地人们竟把安禄山和史思明视为"二圣"。可见民族之间的矛盾难以调和,是安史之乱爆发的一个不可忽视的因素。

安史之乱的原因是多方面的,可以说是各种社会矛盾的集中反映与爆发,安禄山只是一个代表人物而已。综合而论,主要包括统治阶级和人民的矛盾,统治阶级内部的矛盾,民族矛盾以及中央和地方割据势力的矛盾等等,使社会形成了一碰即爆的炸药桶之势。而在经济方面,开元时期虽然达到空前的繁荣,出现了前所未有的盛世,但同时由于封建经济的发展,也加速了土地兼并,"王公百官及豪富之家,比置庄田,恣行兼并,莫惧章程",以至"黎甿失业,户口凋零,忍弃粉榆,转徙他土"。由于均田制遭到破坏,那些农民因失去土地而重新沦落成流民。加之最高统治集团日益腐化,玄宗整天过着纵情声色的生活,官僚阶层势倾天下,任意挥霍,宫中仅专为贵妃院织锦刺绣的工匠,就多达700余人,而杨贵妃姐妹三人,每年的脂粉钱就达上百万。他们五家"甲第洞开,僭拟官掖。车马仆御,照耀京邑,递相夸尚。每构一堂,费千万计",也造成了人们的不堪重负。

统治阶级的腐朽,使广大劳动人民处于水深火热之中,而统治阶级内部矛盾的激化,则构成了安史之乱的直接原因。玄宗统治的后期,"口有蜜、腹有剑"的奸相李林甫,把持朝政达十九年之久。他排斥异己,培植党羽,"公卿不由其门而进,必被罪徙;附离者,虽小人且为引重"。继他后上台的杨国忠,更是一个"不顾天下成败",只顾徇私误国之人,他公然索贿,妒贤嫉能,骄纵跋扈,不可一世,安史之乱的爆发,就是以"清君侧,诛国忠"为讨伐口号的。此外,西北派首领哥舒翰与东北派首领安禄山之间也素有裂隙,虽为胡将却互不信服,这样内外交叉盘根错节的矛盾关系,使得唐王朝内部朝野之间、文官武将之间极不和谐。

虽然在开元年间,由于玄宗与群臣的文治武功,造就了清正廉明的政治局面,出现了"开元之治"的盛况,玄宗也为之被世人称之为"唐明皇"。但是盛世之后,玄宗逐渐满足于现状,没有了先前励精图治之德,没有了改革时的节俭之风,到了天宝元年(742年)时,或许是登基前两次亲情仇杀,称帝后30年来的宫廷变故,使他的心灵渴望得到一种诗意的栖息。而所得业绩与光环的熏陶,又使他满足现状,忘乎所以,丰裕的国库财富也促使他挥霍无度。总之他厌恶了朝政,整日里渐肆奢欲,纵情声色,怠于政事,沉溺于与宠妃"春宵苦短日高起"的享乐之中,成了一位真正的"风流天子"。

生活上的堕落,必然导致政治上的腐败,自正直的宰相姚崇、宋璟、张九龄等人被相继被罢黜后,奸佞便嬖的李林甫担任了中书令,他口蜜腹剑,独秉大权,从此朝中"容身自保,无复直言"之风盛行,致使朝野政治更加黑暗。也是从这个时代起,唐初期形成的均田制和府兵制遭到破坏,便不得不以募兵制代替府兵制。这些招募而来的职业军人,受地方军阀的收买笼络,和将领们形成一种特殊的门户弟子隶属关系。也就是这个李林甫,为了巩固自己的权位势力,杜绝边将入相之路,建议玄宗起用胡人作为镇守边界的节度使,放任他们拥兵自重。身为胡人的安禄山,正是因此身兼三大兵镇的节度使,使其叛唐的实力及野心急剧膨胀,与中央政权矛盾日益加深,最终导致天宝末年爆发了安史之乱。

　　细论安禄山之所以敢于犯上作乱,除了前面所列举的诸多原因外,更重要的是他还凭借着据有河东之险。河东,因位于黄河之东而名也,据河之险,凭山之势,自古为兵家必争之地。曾有谋略家云:"得河东者得天下也。"此语并非虚妄之言。纵观中国改朝换代的历史,大多强势朝代的首都京华,无论汉唐长安、隋宋开封,还是明清北京,哪个不是凭借河东之险?毫不隐晦地说,我既不是地理学家,也并非风水学者,但如果按照史学家的观点,说是黄河水哺育了伟大的华夏文明,那么是否在这里可以补充一句,是太行山铸就了坚强的华夏脊梁。或许正是如上所述,来看看我们国家五千年文明发展史上,自尧舜禹以来所建立的都城,哪一座不是围绕在河东的周围?其间有何奥妙,大家皆可仁者智者之云。不过在中国数千年封建史中,无数统治者、叛逆者、起义者、阴谋者……凡欲得天下者,目光无不觊觎着河东这块地域。难怪汉武帝提到河东时,无不感慨道:"河东,吾之股肱也。"

　　在生产力和科学技术极端落后的时代,地域形势构成了统治阶级攻守的最大变数。河东之势,是天造地设的表里山河,自古为中国"第一军事要地"。四千多年前,夏部落首领禹因治水有功,得到了虞舜的重用,并最终将部落联盟首领之位禅让于他,建都安邑(今山西夏县西),是中国历史上第一王朝。大禹死后,其子启即位,即历史上所谓的"大禹传子",宣告了部落联盟"禅让制"的结束,以及封建世袭制的开始。从此在周而复始的王朝裂变与重组中,河东地位举足轻重。当中央

集权强盛之时,凭借河东地理优势,外可拒辱,内可治乱;当中央皇权削弱或崩溃之时,谁拥有河东,谁便可纵横四方,称雄天下。正因为如此,清代著名军事史地理学家顾祖禹在其《读史方舆纪要》中,鞭辟入里地感叹道:"天下之形势,必有取于山西也!"一语中的,彰显河东雄踞四方,帝王霸主之气足矣。

我们历数痛失天下的封建王朝,无不是昏君为始作俑者,而昏君的最大效应,就是不失时机地给叛逆者提供滋生的土壤。俗话说:"人心不足蛇吞象。"野心家的私欲,是沟壑难填,而且总是不断地膨胀。安禄山就像一条喂不熟的癞皮狗一样,虽然得到玄宗的特别恩宠,使得他权倾朝野,地位显赫。然而这个忘恩负义的家伙,他不是知恩图报,精诚报君,反而贪心不足,得陇望蜀,进而变本加厉地觊觎起皇权来了。回望那一段历史,正是在安禄山的内心深处,掩藏着不可告人的目的,而且在这种动机驱使下,他决定占据大唐江山的战略重地河东,所以在担任平卢、范阳的节度使后,就又绞尽脑汁请求兼任河东节度使。因为他知道,一旦拥有了河东这片疆土,自己就占据了唐王朝的半壁江山,夺取天下那是易如反掌的事。

"口言善,身行恶,国妖也"一语,出自于《荀子·大略》。是说嘴上语言说得漂亮,而行动上则为非作歹,这种人是国家的妖孽。安禄山大行韬晦之计,表面上装得愚蒙不敏,其内心则狡黠异常。他命令心腹部将刘骆谷常驻京师,专以窥测朝廷内情为业,一有风吹草动则飞马报讯,或有应上加急的笺表,刘骆谷也代为上通,所以范阳虽距京师有数千里之遥,安禄山对朝廷的情况却了如指掌。而且他每年除献俘以外,所献杂畜、奇禽、异兽等珍玩之物,也是络绎不绝,相望于道,常使"郡县疲于递运",以此换取玄宗的恩宠。其时天下承平岁久,玄宗嬖幸艳妃,骄情荒政,李林甫独专大权,纲纪大乱。安禄山表面上对玄宗忠心耿耿,暗中却开始作谋反准备,史料称其"计天下可取,逆谋日炽",就是在做了河东节度使以后的描述。

安禄山自有了叛唐谋位的想法后,便按部就班开始运作起来。他在甜言蜜语曲意逢迎玄宗之余,以防御敌寇为名在范阳城北筑了一座雄武城,暗自里扩充兵士,积聚粮食。为了兼并西北方面的雄兵劲旅,他借用兵力不足之名,奏请玄宗选调陇右、朔方、河西节度使王忠嗣部下兵马,企图乘机留下其精兵猛将,削弱与其抗衡的西北劲旅的实力。也许是王忠嗣识破了安禄山的醉翁之意,故"先期而往,不见禄山而还",并上奏玄宗,安禄山有谋反之意,使得安禄山的阴谋未能得逞。然而这些都没有引起玄宗的足够重视,天宝十年(751年)二月,玄宗下旨在长安亲仁坊为安禄山建造新宅,敕令"但穷壮丽,不限财力",厨厩之物也都用金银装饰。其建成后富丽堂皇,"虽宫中服御之物殆不及也",足以看出其奢华程度是何等的非凡。

安禄山应诏进入新宅时,玄宗特意停止了击毬游戏,敕命诸宰相前来庆贺乔迁之喜。此时的安禄山已是身兼数职,既担任平卢、范阳两镇节度使,又兼任河北采访使、御史大夫、左羽林大将军,封东平郡王。也就是在这个时候,安禄山不失时机地请求担任河东节度使。为了讨得"禄儿"喜欢,玄宗是满口答应,特意把河东节度使韩休珉调入朝中,改任左羽林将军,空缺由安禄山接任,并将其母亲及祖母赐封为国夫人。与此同时,安禄山的11个儿子也全部由玄宗赐名,长子庆宗为卫尉少卿,加授秘书监,尚荣义郡主;次子庆绪为鸿胪少卿,兼广阳郡太

守,正所谓"一人得道,鸡犬升天"。

玄宗给安禄山一家人加官晋爵,更使得安禄山踌躇满志,骄恣妄为,心里面的欲火熊熊燃烧起来,并烧结出了舍我其谁、势在必得的凌云壮志。随着岁月的流逝,安禄山平步青云,在唐朝严格按照任职年限资格升任官职的体制下,他创造了和平年代边疆军帅仕途飞黄腾达的神话,一人身兼平卢(今辽宁朝阳)、范阳(今北京)、河东(今山西太原)三镇节度使,同时兼领河北转运使、管内度支、营田、采访处置使。据史上记载,安禄山从40岁到49岁,不足十年的时间,就由一方节帅到身兼三镇,荣耀君宠之誉达到顶峰,随之也形成了唐朝廷外重内轻的军事格局。他所控制的三镇兵力约19万,占当时边兵的40%,已经超过中央禁卫军(12万)。后来,他又兼并了阿布思的数万精兵,其兵力称雄天下,在军事上完全处于举足轻重的地位。

## 2

若论世界上最悲哀的事情,大概莫过于在一片歌舞升平中,亲手为自己掘下葬身的墓穴来。其时,一颗毒瘤在自己的培植下已逐步形成,玄宗却依旧视而不见,置若罔闻。对于唐朝所面临的危机,他不仅丝毫没有察觉,反而接连不断地向外发动了一系列战争。而政治上的腐败与黑暗,又影响着将领们贪功求官的无穷欲望,他们为了在战争中立功受赏,加官晋爵,放纵部下肆意挑起战争,使得边境长期以来形成的安定局面被彻底打破,尤其损害了唐王朝与吐蕃历年的和睦友好关系。更为可悲的是,正是在玄宗的呵护下,安禄山羽翼逐渐丰满起

来,控制了今天山西、河北、北京、天津和辽宁西部的大部分地区,赏罚皆由己出,权势炙手可热,成为拥兵自重、为所欲为的土皇帝。于是那颗蠢蠢欲动的政治野心,在舒适的温床里逐渐复苏,并且膨胀起来,由此开始加快了叛乱反唐的步伐。

天宝十年(751年)秋天,安禄山从长安得赏回来,为了检阅部队的作战素养,适应以后的叛乱需要,他遂以契丹为假想敌,调集三镇士兵6万余人,用奚族骑兵充当前锋,进行实战演习。大军行至土卢真河(在今内蒙古赤峰东)时,他对部下说道:"道路虽远,我疾趋贼,乘其不备,破之固矣。"下令昼夜急行军300里。不料来到契丹牙帐时,适逢大雨倾盆,弓弛矢脱皆不可用,兵士也因为长途跋涉,显得疲惫不堪。安禄山刚愎自用,拒绝大将何思德暂为休息的建议,促令继续急速进兵,结果被契丹兵打得落花流水,奚族骑兵也趁机哗变,与契丹兵合力夹击唐军,使他的"安家军"损失殆尽。交战中安禄山中了流矢,只领数十人走山路而逃,慌乱中又连人带马跌进坑里。安庆绪与孙孝哲眼明手快,好不容易才把他拖了出来,遂连夜落荒逃奔回了平卢。

安禄山是个有仇必报的人,怎么能咽下这口气呢。次年三月,安禄山经过一段整修后,决计调动番、汉步骑20万进攻契丹,欲雪去年秋天之耻,并且奏请朝廷派发援兵,目的还是故伎重演,欲借李献忠助战之机,兼并其帐下的精锐部队。玄宗闻报后,即诏派朔方节度副使李献忠前来助战。李献忠本是突厥人,原名阿布思,降唐后被朝廷赐名李献忠。李献忠当然也不是好啃的果子,部下有同罗精兵数万,人人能征惯战,过去曾与安禄山有很深的矛盾。他在接到朝廷出兵的诏命后,一眼就识破了安禄山的祸心,但是他既不能违旨拒不发兵,又怕安禄山乘

机暗算自己,所以在别无选择的情况下,干脆鞋底上抹油,半途中率部叛逃漠北。

眼见鸡飞蛋打,狡猾的安禄山也就按兵不动,重新等待时机。正所谓"塞翁失马,焉知非福",李献忠逃跑途中,与回纥兵不期相遇。他以为这些回纥兵是奉朝廷之命,前来进行征讨自己的,所以不问青红皂白,就与之展开了激战。混战中李献忠被杀,部众四散逃命,安禄山不费吹灰之力,坐收渔人之利,用重金诱降了李献忠的骑兵,"由是禄山精兵,天下莫及"。与此同时,他还派遣辖区内的胡商,到全国各地从事贸易活动,每年坐收百万之利,以之换取刀、枪、剑、戟等各种军需物品,以供叛乱之用。这一系列阴谋活动,都是在安禄山的掌控下,暗地里有条不紊地进行着,而且也都非常顺利。

天宝十三年(754年)正月,安禄山派副将何千年入朝,启奏玄宗道:"今范阳、平卢、河东三镇,把守险要关隘的32位将领皆为汉人。因为汉将多数优柔寡断,不如胡将骁勇顽强,万一遇到形势变故,难保关隘不陷落敌手。恳请陛下敕诏,改由番将代守。"这本是安禄山投石问路的阴谋,缺乏警惕性的玄宗却浑然不觉,闻奏即批复道:"禄儿很有预见,朕即传旨……"遂准备通知中书门下,即日起草诏旨,填写告示。"陛下,此事切切不可!"新任左相韦见素接到诏书后,婉转地提醒道。玄宗不知其里,只得宣旨明日再议。原来韦见素是杨国忠引荐为相的,闻得何千年入京启奏,要用番将代守三镇险隘,一急之下竟然拦驾直谏,下朝来急忙找杨国忠商讨对策。

杨国忠着实大吃一惊,随即研究对策,次日二人一同上殿去见玄宗。韦见素躬身举笏,面色凝重列举实例,陈述安禄山谋反迹象已初露

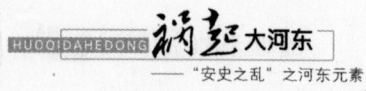
——"安史之乱"之河东元素

端倪,最后恳切地说道:"安禄山久怀异志,今又派何千年如此启奏圣上,分明意欲反叛!请陛下明察!""卿等又在猜疑禄山了,真真可恶!"玄宗阴沉着脸,没等他们再说下去,将袍袖一甩入内避见。杨、韦二人面面相觑,都只觉得无计可施。韦见素沉吟不语好久,忽然拍着额头说道:"那次安禄山回范阳时,高总管奉命送行,回来后曾对圣上说,安禄山因未当上宰相而闷闷不乐。以下臣愚见,与其让安禄山在外执掌兵权,不若召他进京回朝,给他一个宰相的名号。我们再派贾循去镇守范阳,派吕知海去镇守平卢,派杨光翙去镇守河东。如此即使安禄山再狡猾,朝廷也不足为虑了!"

杨国忠听后笑逐颜开,两人又去觐见玄宗,添油加醋地提出了这个新的对策。这一次,玄宗虽然听从了两人的建议,加封安禄山带左仆射平章事衔,却将起草的制书留而未发,暗中遣中使辅璆琳以送柑子为名,去范阳观察安禄山动静,窥探他是否愿意入朝为相。辅璆琳带着玄宗赐赠的极品香柑,赶到范阳去见安禄山。安禄山事先已接到长安密报,早料知玄宗的用意,便以厚礼贿赂辅璆琳。辅璆琳回京复旨时,不仅不据实以报安禄山的不良之举,反而把安禄山描述得是如何赤心为国,三镇防务又怎样精密牢固,说得头头是道,天花乱坠。玄宗听后心花怒放,当即烧掉制书草稿,并对杨、韦二人大为不满,怒斥道:"安禄山身为胡将,为人诚朴,朕推心置腹待他,岂肯藏有异心?尔等心胸狭隘,疑神疑鬼,能成何等大事!今后安禄山之事,由朕独自决断。"二人只好唯诺而退。

经过这一次变故,玄宗对安禄山虽然依旧深信不疑,但还是有些放心不下。这年四月,玄宗命给事中裴士淹宣慰河北,意在探明三镇的虚实。裴士淹至范阳后,在驿馆里等待了20多天,才在武士的挟持下,接受了安禄山的召见,而且根本就不讲君王臣子的礼节。裴士淹因惧怕安禄山的淫威,回来后竟然吞吞吐吐"不敢言"。而安禄山为了麻痹玄宗,却相继上奏报捷,说是自己数次打败奚、契丹部落,俘获士卒3000余人。这让玄宗闻奏后,心如谷叶一样的平展,从此与贵妃、诸王、乐工、棋手等纵情玩乐,或看戏赏花,或吹奏弈棋,或呼卢喝雉,或抱猫玩鸟,只觉得天下太平,整日里无忧无虑。这样一来,安禄山得寸进尺,趁热打铁,把三镇军队里的将领校官,都清一色换成了胡人亲信。

安禄山背地里招兵买马,极力扩军备战,其不臣之迹自然是有所显露。而且俗话说,要想人不知,除非己莫为,麻雀飞过去,也会有影子留下的。安禄山欲借钟馗打鬼,其结果是欲盖弥彰,诸多有识的将相们,也都看出了安禄山谋反的蛛丝马迹。河西节度使王忠嗣,就先后向玄宗密告安禄山有谋反之嫌。然而玄宗却根本不相信,在他看来,自己对安禄山恩遇甚厚,宠爱有加,量他怎么也不会背叛自己。可是旁观者清,皇太子也发现了安禄山的不臣行为,亲自上奏称其匿迹欲反。玄宗终于有所醒悟,虽然心里面仍不愿意相信,却也不免心生旁虑:安禄山毕竟是三镇节度使,手握十几万精兵,如果真有不测之心,祸乱起来确实非同小可。

在这一方面,杨国忠也可谓是咬定青山,执着不改,虽然碰了不少次钉子,却依旧没有放弃对安禄山的指控,屡次奏告玄宗说安禄山确实有"反状"。但玄宗自从华清池以后,对杨国忠的奏告愈加不以为然,反而使安、杨两人之间矛盾日益加深。杨国忠之所以死死地揪住安禄

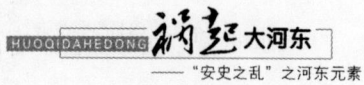

山不放，恐怕更多的还是欲借玄宗之手，将其置于死地而后快。当然，精明的杨国忠也绝不会坐以待毙，他决定采取更加露骨的做法，以此来激怒安禄山，使他的本质彻底暴露出来，于是就采用各种手段搜集安禄山的罪证。他先派门客赛昂与何盈潜伏卧底，严密监视安禄山在京城的私宅门第，并假托圣旨，让京兆尹派人包围了安禄山的住宅，搜求其反叛实证，将安禄山的门客李起、安岱、李方来等人缉拿归案，送御史台秘密处死。

杨国忠自以为做得天衣无缝，正在沾沾自喜，准备向玄宗邀功求赏之时，却没想到百密而有一疏，忘记了安禄山儿子安庆宗，此时正在京师里与荣义郡主定亲。安庆宗不露声色，将此事迅速秘报父亲。安禄山闻知勃然大怒，随即让严庄上表申辩，并且列举了杨国忠20多条罪状。此时玄宗对安禄山的叛迹也略有察觉，却惧怕安禄山狗急跳墙，依然是怀抱侥幸心理，做出了一次危险的让步，只把责任全部推到京兆尹身上，将他贬为零陵太守了事。但是杨国忠也是见好就收，没有穷追猛打，更没有采取任何有效措施，从根本上去制止或防范安禄山谋反叛乱行为，也为以后的自取灭亡，埋下了消除不掉的隐患。加之杨国忠担任宰相后，官吏贪渎，政治腐败，民怨沸腾，终于使安禄山自以为得占天时地利人和，遂发动了借伐杨国忠之名，行夺取皇位之实的叛乱暴行。

## 3

封建专制的体例，决定了中国历代朝廷的宫廷里，从来不缺乏投

乱世枭雄 之安禄山

机取巧的卑鄙小人，如若这些奸佞的小人再结帮拉派互为攻讦，朝廷便不得安宁了。安禄山用欺骗、献媚、贿赂等手段，获取了玄宗的极度信任，实际上却是野心勃勃，心怀觊觎，以图江山。此时他手握重兵，粮草充足，也因此更加有恃无恐，叛乱的导火索随时一触即发。而且由于玄宗失去自律，放松警觉，尤其是刚愎自用已到了迷途不知返的地步，因而导致朝政分崩离析，国家动荡不安，其结果已是不言自明的了。一天，安禄山进献的白鹦鹉死了，杨贵妃悲痛得食不甘味，玄宗也跟着愁眉不展，恰在这个时候，高力士进来给主子请安，玄宗顺势说道："朕今老矣，欲将朝事付之宰相处理，边事委之安卿诸将把持，卿复何忧之有！"

高力士闻之，如晴天霹雳，急忙跪禀道："奴闻听云南边境屡次折兵，三镇边将又都拥兵太盛，圣上将何以制之？老奴恐怕万一有变，其势不可挽救也！"玄宗听后未置可否，喃喃地说道："卿别说了，朕头痛甚，且容朕好好想想。"不久后，玄宗依然置若罔闻，竟与贵妃照例去华清宫避暑，直到秋天才回来。如此国事当头之际，皇帝却采取回避与退让的态度，其结果只能是导致恶势力得意忘形，野心急剧膨胀。到了七月，安禄山见朝廷在杨国忠的奏告下，折腾了一阵子后再未有动静，不由得暗自窃喜。于是他心生一计，上表请求献马3000匹，每匹由二人护送，并由22名番将押送进京。

玄宗刚从临潼回到长安，就接到安禄山的奏表，未加考虑就打算准奏。高力士见状急奏道："圣上千万不可！安禄山久藏祸心，此次献马乃是诡计，须加防范才是！"玄宗一愣，停下御笔。高力士迟疑了一下，才继续奏道："前日河南尹达奚珣飞章密奏，'安禄山如果只是进献马匹,何须要派遣众多将士,还有甲杖库兵同行?其中必有诡计。'依奴之愚见,达奚珣说得有理,不如推迟至冬天再献,并由官府派给马夫接收。请圣上三思。"玄宗取出达奚珣的密疏,看后沉吟不决,过了良久,才悄声说道:"朕待禄山可谓不薄,想彼必不会相负。今表请献马,虽欲多遣兵护送,谅亦无他意,而外臣却多疑之。前次朕曾遣中使辅璆琳到范阳窥察,回报说禄山忠诚爱国,并无二心,难道还能有误?"

高力士屏退左右,郑重其事地说道:"据奴所闻,辅璆琳两次奉旨范阳,都曾收受禄山的厚贿,所以他饰词复旨。"玄宗惊问道:"竟有如此之事?辅璆琳受贿,卿是如何得知?"高力士道:"奴在辅璆琳家中传旨,曾趁其出外时看到安禄山给他的信札,文中词语暧昧,多次打问朝廷内情。据此可见,安禄山内外交结,贿赂勾通,此说当为可信。今日圣上回来,奴即特此前来奏知。"玄宗极为震怒,喝道:"辅璆琳这个恶奴,朕将此等要事托之,他竟敢受贿欺主,着实可恨!"当即传讯辅璆琳,并对其私宅严加搜查,果然搜出许多与安禄山往来密信。玄宗传谕速斩辅璆琳。高力士又奏道:"辅璆琳的确该死,但祈望圣上勿打草惊蛇,别提与安贼勾连之事,只判他'采办屡不称旨',赐死于内庭即可。"

玄宗准奏,遂借祭扫龙堂之际,故意派辅璆琳去准备供品,借用"不虔诚"之罪名,叫左右将其乱棍打死。直到这时,玄宗不寒而栗,这才意识到安禄山确有反心。为了摸清虚实,稳住阵脚,玄宗亲草诏书,密派中使冯神威带着手谕,去范阳安抚安禄山。略云:"览卿表奏,儿臣欲献马于朝廷,朕甚嘉悦。唯马行以冬天为宜,今方秋初,正值田稻将成,农务正忙之时,且暂缓行动。俟至冬日时,官自给夫部护送来京,无烦汝军跋涉之劳,此谕。"最后尤恐诚意不足,于是郑重其事补充道:

"朕给儿臣新建温泉池子,冬月将在华清宫等候,切勿借语推辞。"

安禄山虽已是箭在弦上,覆水难收了,但是依然念及玄宗的恩宠,曾想等在其死后再行起事。杜佑大约因此总结道:"禄山称兵内侮,未必素蓄凶谋,是故地逼则势凝,力侔则乱起,事理不得不然也。"或许也有几分道理。但是他的一些谋臣干将看到如此情景,却是假托图谶符命,力劝安禄山道:"郡王现在身兼三镇节度使,兵多将广,刑赏由己,何以受杨国忠人等的节制?而今皇上年岁已大,不时都有驾崩危险,将来必是太子执政。而郡王因不参拜太子,使其怀恨在心,势必要挟嫌报复,与其为人刀下鱼肉,何如趁机杀他一个措手不及?再者,我等测解图谶符命,结果都表明现在'金水相生,阴阳协调,大吉大利',郡王当代唐为帝,请郡王不要有违天命,坐失良机,将来后悔莫及。"

古往今来,凭借玩弄阴谋起家的人,无外乎两种情况:一种人是靠投机钻营,博得别人的欢心,但升得快败得也快,往往成不了什么大气候;另一种人内存奸诈,外表敦厚,凭着一副道貌岸然的样子,赢得别人的赞誉,最终达到险恶目的。安禄山则是兼而有之,原本就野心十足,听了谋臣们这番有板有眼的劝说,不由得心旌摇曳,跃跃欲试,暗自里决定起兵反叛。但是狡猾的安禄山,并没有当即付诸实施,而是对朝廷采取了严密的防范措施,凡朝廷派去的使者,他都一律以有病为由,拒绝出营门迎接。即使会见时,也往往是刀枪林立,戒备森严,如临大敌,钦差大臣倒仿佛是朝拜使者。

冯神威带着诏谕,日夜兼程来到范阳。不料安禄山及闻诏至,竟不出迎,让冯神威抵其府邸传旨。在冯神威宣读诏书时,安禄山竟然端坐胡床,微微起动身体,也不起来下拜,态度十分傲慢。待冯神威读完诏书后,他只冷冷地说道:"圣上近来安稳。"接着很不耐烦道:"本节度使此地养有良驹,故欲进献朝廷几匹,今圣上诏书既如此推辞,不献也就罢了!"说完一扬手,即叫左右领冯神威去了馆舍,并派武士严加看守,不准离开半步,形若软禁一样。冯神威在馆舍中候了几天,迟迟不见具表奉复,只好让人问询。安禄山调侃道:"等到冬天,本节度使亲到京城观察近政,尔等就在京城等候着吧!"连回表都没有写。

冯神威受到如此冷遇,回京后向玄宗哭奏道:"安帅无礼,臣差点都见不到陛下!"将自己在范阳的经历细述了一遍,玄宗才感觉到问题的严重性,于是想到杨国忠当初的建议,降旨召安禄山进京。只是为时已晚,此时已非彼时了,安禄山称病推辞。天宝十四年(755年)六月,玄宗还心存一丝侥幸,依旧在做着掩耳盗铃式的美梦,又以为安庆宗与荣义郡主完婚,手诏安禄山进京观礼。安禄山接旨嗤之以鼻,依旧辞病不至。至此,"安史之乱"暴风骤雨前的雷声,已从长安东北方向隐隐传来。所谓"安史之乱",就是指此时发生的一场政治叛乱,由于发起叛乱的首脑除安禄山之外,还有一名叫作史思明,故被称为"安史之乱"。又因其爆发于玄宗天宝年间,所以也称之为"天宝之乱"。

史思明,"安史之乱"的二号人物,原姓阿史那,名崒干,因战功卓著,被玄宗赐姓名"史思明"。他的少年时代,与安禄山一起在营州柳城长大,成年后,二人仍然保持着密切的关系,后来一起入伍,同时被张守珪提拔为捉生将。由于史思明骁勇善战,胸怀谋略,战场上冲锋陷阵,多次立下赫赫战功,得到玄宗的赏识,很快就担任了大将军职务。有一次,玄宗召见史思明,亲自给他赐座,并与之进行亲切交谈,对其军事才能大加赞赏。闲暇之余,玄宗问起他的年龄,史思明答道:"已经

40岁了。"玄宗拍着他的肩膀道:"好好地努力吧,日后定能显贵的。"

有史书载道,史思明正是凭借着他的聪明机智,一跃而成为将军的。开元二十四年(736年),史思明因欠官府债款,被迫走投无路,逃亡到北边的奚族地区,被一向排外的奚族人捉住。奚族人原本想杀死他这个外地人。可史思明满不在乎,装出一本正经样子说道:"我是大唐王朝派来与奚王和亲的使者,你们如果杀了我,将会惹下大祸的,会影响到你们奚族的安全。"奚王看史思明气度非凡,还真将其当作了大唐的使者,改以贵宾礼节接待,并决定派100人随他去朝拜大唐皇帝。史思明对奚王说道:"大王虽然派去的人不少,但我看却多是浅薄之徒,像这样的使者,怎么能去见我们大唐的皇帝呢?本使者听说大王手下有一个才华超群的琐高(将领称号),何不让他跟着我去呢?"奚王觉得很有道理,就让琐高带了300余人,跟随史思明去朝拜大唐皇帝。

他们一行人弯转来到平卢(今辽宁朝阳)时,史思明先派人欺骗平卢守将裴休子,说道:"奚族人派琐高和精锐将士一起来了,他们说是去朝拜天子,实际是来偷袭平卢的,你们应该做好准备,不等他们动手,就先干掉他们。"裴休子信以为真,在奚人毫无防备的情况下,将琐高手下的300余人杀了个一干二净,单单留下琐高。于是史思明把琐高捆绑好,押送到幽州节度使那里。节度使见奚人中最有才干的琐高被捉来,喜出望外,认为史思明给唐朝立了大功,当即给朝廷送去奏折,大大地称赞了史思明一番。史思明也因此官运亨通,先当果毅(武官职名),又升将军,得到玄宗格外青睐,便赐给他一个汉名史思明。

但凡任何历史上的举事者,总期望能够达到天时地利人和,取得最佳的环境预期。玄宗统治后期,任用李林甫、杨国忠等宠臣,生活腐败，却自恃强盛，锐意开发边疆，致使外重内轻，为边将割据创造了条件。至此安禄山、史思明一伙自以为他们已经得势，何之？一是占有地利。他们占有必争之地的河东，以及大唐北部的半壁河山；二是占有天时。朝廷里奸相专权，贵妃专宠，玄宗日益昏聩，政治愈加腐败，繁荣背后已呈现出千疮百孔，露出丝丝败迹；三是占有人和。经过他们几年来的招降纳叛，秘密扩充实力，现在周围已是文武兼备，将相云集，真是万事俱备，若再不"顺天应命"揭竿而起，还将待到何时？在经过一番紧锣密鼓策划后，安禄山用文臣高尚、严庄等作为幕僚，分管文、吏、工、刑、礼各部政务；又对史思明、安守志、李归仁、蔡希德、崔乾佑、尹子奇、田承嗣等一批将校委以重任，各领一支步骑精兵，以确保起事时后顾无虞。

安禄山卧薪尝胆，叛乱蓄谋已久，可谓十年磨一剑，所以他的战略部署比较周密，虽已决计发动武装叛乱，但并没有立即亮出反唐旗号。他的行动仍然十分诡秘，只是按部就班，与周围几个心腹密谋此事，知其内情的也只有孔目官、太仆丞严庄，掌书记、屯田员外郎高尚，将军阿史那承庆三人，其余将佐尚一概不知。他还将百余名可以一当百的骁勇将士，组成贴身亲兵卫队，并对8000名投降来的奚、契丹、九姓、同罗等部落的军人，进行严格的训练，组成骑兵敢死队，号称"曳落河"。"曳落河"是胡语，"壮士"或"魔鬼"的意思。

有句古训，叫作"应运之主，必有异征"。天宝十四年（755年）十一月六日，安禄山突然召集部将们举行宴会，在酒酣耳热之时，拿出事前绘制好的地图，授予每人一张。图上标明了从范阳至洛阳沿线的山川形势、关塞要冲，向将领暗示了进军路线。十一月八日，恰巧奏事官胡

逸从长安回到范阳,安禄山决计发动叛乱,他很快让人伪造好诏书,立即召集来诸将,把假诏书展示给大家,并对众将官蛊惑道:"圣上今有密旨,宣禄山将兵入朝,征讨逆臣杨国忠,御诏诸君宜即从军,不得违命,逆者当斩。"说罢,将手中酒碗摔碎于地。诸将早已心知肚明,个个摩拳擦掌,表达效忠安帅的决心。范阳城外,山风呼啸,改变大唐王朝命运的一刻,在这寒冷的朔风中降临了。这就是历史上著名的"安史之乱"。

## 4

安史之乱1000多年后的今天,人们常用狼子野心来形容安禄山、史思明之辈,不能不说有几分道理。关于狼子野心,《辞海》里如此解释道:《左传·宣公四年》:"初,楚司马子良生子越椒,子文曰:'必杀之。是子也,熊虎之状,而豺狼之声,弗杀,必灭若敖氏也。谚曰:狼子野心。是乃狼也,岂可畜乎!'"现在多用作比喻凶暴的人野心难制。《新唐书·张九龄传》中写道:"禄山狼子野心,有逆相,宜即事诛之,以绝后患。"说明张九龄很有预见之力。虽然客观地说,将人的相貌与本性联系在一起,以貌取人,未免有些牵强附会,不过相信《易经》的人,当然不是这样认为。若如此,那些看麻衣相的先生们,又如何能赚得大把大把的钞票呢?

即使如此,我却也还是不大敢苟同,假若我们将中国历史上的皇帝逐一排列,从夏启始到清朝末代皇帝溥仪止,一共是67个王朝446位帝王(春秋战国时期诸侯国及农民起义政权未计),将他们的相貌放在一起做个比较,除了五官都具备以外,能够有多少的相同之处呢?即使相貌个个相似,而他们的个人品行、朝政优劣,又有多少是相同的呢?再说,我们能否以这种理念从中概括出一种结论,就是何种相貌可以为帝王呢?客观的看待万千世界,人之野心,天性使然,只是由于自身条件所限,他们"野心"的大小、目标的远近不同而已,或者说是只有深藏与浅露之分。窃以唐朝为例,太宗李世民弑兄,则天武后篡权,可否也应该算作野心呢?即使安史之乱的两个主谋安禄山、史思明,均为其子所杀,可以说是罪有应得,当然他们应是名副其实的狼子野心了。

如果说是安禄山生来就有篡位当天子的野心,想必是太抬举他了,也不符合客观实际情况。设如他当初在张守珪手下做捉生将时,能被任命为总兵的头衔,恐怕都是"梦里娶媳妇,尽想好事"的勃勃"野心"了。那个时候,他能够想到自己会做到节度使的位置吗。《狼图腾》告诉人们,狼的本性是残暴、狡诈,喜结帮成群,更善于与同类结党营私,譬如狼狈为奸。其实翻阅一下《辞海》对"狼"的解释,就觉得其中的内容很有些意思:哺乳纲,食肉目,犬科。而且足长、体瘦,尾巴垂于后肢之间,耳朵竖立不曲,毛色随着产地、季节的变化而变化,平时单独或者雌雄同栖,冬季常集合成群,生活在一起。

再看看以狼为主组成的词组和成语吧。狼狈为奸,是互相勾结起来做坏事。狼狈不堪,指非常窘迫的样子。狼奔豕突,是说它们到处乱闯,任意破坏,肆意妄为。狼顾,则是指狼在行走时,时常以回头后顾,以防遭到它类的袭击与尾随。狼藉,传说是狼群们常藉草而卧,起时则践草使乱,以灭形迹而不留任何证据。狼抗,骄傲,乖戾,凶残的样子。由此可见,在我们华夏民族的历史上,将动物拟人化,或者将人拟物

化，都是文学家的伟大创造。毫不客气地讲，人们将这些特性赋予到安禄山、史思明等贼子乱臣身上，可谓是量体裁衣，恰如其分，为中国历史留下了一面明净的镜子。

阴谋家的特点，就是在谎言和阴暗里面悄无声息地进行着，安禄山的笨拙与愚昧，只是做给玄宗与朝廷的一种表象，他内心深处隐藏的阴险与狡诈，不亚于豺狼所具有的任何特质与特征。如果说他在兴奋与张狂之际，还有什么揪心的事情？那就是担心他的大本营范阳军镇。人们常常说道，后院起火，前功尽没。所以安禄山在准备全面出击，进行反叛之时，他丝毫不敢放松后方的留守。就在准备暴乱的前几天，他先是一身戎装来到祖坟地里，对着列祖的坟墓进行胡人式的跪拜祈祷，寻求先祖对自己的保佑；然后经过一番密谋，选定范阳节度副使贾循留守范阳，平卢节度副使吕知诲坚守平卢，别将高秀岩把守大同。

矫托密旨，打着诛杀杨国忠的名义，是安禄山发动叛乱打出的旗号，也是他的一个策略计谋。就在这一切按部就班的同时，安禄山绝对没有忘记河东战略地位的重要性，这个诡计多端的奸佞之徒，在暴乱行动开始之前，就已经采取声东击西的策略，派遣心腹大将何千年、高逸等，率领20余名轻骑健将，声称是要为朝廷进献射生手，乘机奔赴北都太原，劫持了河东副留守杨光翙。其目的就是为了制造奉玄宗之命，向西进取太原，然后沿着李渊当年走过的路线，夺取关中以勤王室的假象，实则是为范阳起兵，并南下夺取洛阳而施放出的烟幕弹。这是安禄山深思熟虑，走得很重要也很成功的一步棋。

范阳城头战云密布，到处都呈现出山雨欲来风满楼的情景，叛乱工作在有条不紊而迅疾无误地进行着。身兼范阳、平卢、河东三节度使的安禄山,联合同罗、奚、契丹、室韦、突厥等各族人马,组成了15万步骑兵的队伍,号称20万大军,于次日凌晨,在蓟城南举行誓师出征的仪式。正式以"忧国之危"、奉密诏讨伐杨国忠为借口,打起了反叛朝廷的大旗,并于城中各处张榜示曰:"有异议煽动军人者,斩及三族!"时值黎明时分,安禄山一声令出,检阅场三通鼓响,十万大军倾巢出动,尘灰蔽天,鼓噪震地,浩浩荡荡出城南下。高坐点将台上的安禄山,望着眼前滚滚烟尘,在高兴之余有一种说不出的感觉。他犹如一个野心勃勃的赌徒,将全部家当连同自己的身家性命,毫无保留地押在了这孤注一掷上。而且在他看来,这是一场红利在即,胜券在握的游戏。此时此刻,也许是他这一生中最兴奋、最刺激的时刻。

有人曾说过这样一句话,我听后觉得很有意思:在人生的路途中,每个人会变得和自己越来越像。就是说每个人内心深处,都有一个他本来的真实面目,有一个最接近他本性的一个形象,如果他心里有一枚种子的话,就必然会要发芽,只是不知道它在什么时候,以什么方式发芽而已。安禄山的心里长期埋有一颗种子,如今时机与土壤已经成熟,所以就要破土成长了。历史记住了这一天,天宝十四年(755年)十一月初九,寒风凛冽,日若冰轮,安禄山乘坐铁甲战车出发,"步骑精锐,烟尘千里,鼓噪震地"。曾经美丽富饶的华北大平原,顷刻间战火弥漫,黑云压顶。而此时前往河东的将领何千年、高邈等人,已于十日抵达太原城下,副留守杨光翙不知其中有诈,热情出城迎接,被何千年劫持送至叛军帅府。安禄山旗开得胜,先是辱骂杨光翙依附杨国忠,然后列出种种罪状,当即斩首示众,做了祭旗冤魂。

开元盛世的繁荣,造成了当时海内承平,军情废弛的现象,朝廷的精兵猛将大都陈列在西北、东北各镇。而且自"贞观之治"以来,唐朝近百年没有发生过大的内部战争,在和平环境里,刀枪入库,马放南山,军队战斗力锐减,军备空虚,民疏于战。因此叛军一经袭来,河北州县立即望风瓦解,24郡的文官武将惊慌失措,束手无策,或开城迎敌,或弃城逃跑,或被叛军擒杀。叛军们长驱直入,势如破竹,兵锋所指,所向披靡,一路上几乎没有遇到什么抵抗。叛军每到处,烧杀掳掠,奸淫妇女,强抽壮丁,残害百姓,无恶不作,使得沦陷区里家破人亡,流离失所。

而可悲的是,其时的大唐王朝统治者们,都还沉浸在当初的开元盛世的黄粱美梦里。皇帝拒谏饰过,是非不辨,生杀任情,臣僚欺君罔上,颠倒黑白,陷害异己,整个朝廷可谓是昏主于上,臣谀于下,贪官污吏竟相聚财,狐群狗党狼狈为奸,形成了一个成事不足,败事有余的官僚集团,如此一遇到风吹草动,唐王朝的命运就是可想而知了。所以当安禄山兴师动众,大张旗鼓举行反叛行动时,朝廷竟然没有得到一点消息。即使闻知太原副留守杨光翙被叛军劫持时,朝廷上下包括玄宗、杨国忠都无动于衷,甚至怀疑是人为的造谣生事,根本就没有当作一回事。

难道玄宗智商就真的如此低劣吗?我看也不尽然。事实上,玄宗可能是在听说此事之后,在思想上根本就没有引起足够的重视。也许此时的玄宗,也与我们常人一样,患有一种刚愎自用的顽疾,若用俗话叙述,就叫作打肿脸充胖子。因为人们在相信别人的同时,往往是为了证明自己的判断能力,满足于自己所拥有的一种自尊,或者是为了满足于自己的侥幸心理。也许正是如此,所以有时候在事实的面前,一些人

## 祸起大河东
### "安史之乱"之河东元素

依然是执迷不悟，强词夺理，尽管显得是那样的苍白无力。说到底，这是一种色厉内荏、没有自信的具体表现。或许在他们的内心深处，早已知道了事实的真相，只是表面上不肯承认罢了，从而将"死爱面子活受罪"的河东方言，演绎得刻骨铭心，淋漓尽致。

我想作为皇帝，玄宗的沉疴更深重罢了。直到十一月十五日，在收到东受降城（今内蒙古托克托南）送来的加急情报后，朝廷内外一片混乱，不少官吏吓得魂飞魄散，弃城四逃。玄宗此时大惊失色，才仿佛如噩梦初醒，而其时已是安禄山反叛的第七天。玄宗虽然近年来荒淫无度，但是毕竟有过"明皇"的业绩，对内平息过"宫廷政变"，对外也发动过"讨逆战争"，在关键之时，他也想起了"祖上福地"河东。因为他从高祖李渊、太宗李世民的经历里得出的结论是：得河东者得天下，失去河东的屏障，长安就如同剥去了外衣的女人，只能任人宰割蹂躏。玄宗不愧为一个高段位的色帝，江山已到了如此危机的时刻，他打比方的喻体，依然是杨柳含露的女人胴体。

玄宗在经过一阵子惊慌失措，总算镇定下来，二十一日匆匆返回长安，用大约十天时间，完成了战略部署：凡是叛军进攻的诸郡各地，都设置防御使，尤其是重点布防河东：他首先以朔方右厢兵马使、九原太守郭子仪为朔方节度使，接着派出金吾将军程千里赴河东，为潞州（今山西长治）长史，再命右羽林大将军王承业为太原尹，命他三人协同防受，抵御叛军西进长安。在河南方面，他一共设置了三道防线，以卫尉卿张介然为河南节度使，领陈留（今河南开封东南）等13郡组建第一道防线；命令封常清在洛阳就地募兵六万人，构成第二道防线；而以右金吾大将军高仙芝为副元帅（元帅由玄宗之子荣王李琬挂名），把在东京周围的边兵,及飞骑、扩骑集中起来,共计5万余人,号为"天武军",进屯陕郡(今河南三门峡市西),作为第三道防线,用以阻止叛军的进攻势头。

按照德国军事家克劳塞维茨《战争论》中的观点:"解除敌人武装或者打垮敌人,不管其说法如何,必然始终是战争行为的目标。"安禄山是不是军事理论家,史书上没有这方面的评价,当然不可能有《战争论》中如此明白的军事知识,但是安禄山的军事行为,却始终围绕这一目标进行着。他在渡过黄河后,指挥叛军加紧对陈留的进攻。河南节度使张介然刚到任几天,城防部署都还没有完成,而这些守城的将士们,也从来都未经过战斗,一听到叛军号角鼓噪,杀声震天,早已是吓得"授甲不得,气已夺矣"。所以叛军所到之处,顷刻间防线土崩瓦解,人们落荒而逃,张介然战败被俘,兵士们降者近万人。至十二月三日,不足半个月,叛军即抵达河南道灵昌郡(今河南滑县)。

安禄山来到灵昌郡后,趾高气扬,好不得意,率亲兵巡城而转,却见到处张贴着河南道悬赏购其首级的榜文,不由得火冒三丈,暴跳如雷。又接到官军的传檄,说是他的长子安庆宗在长安被朝廷斩杀,于是恼羞成怒,开始了惨无人道的血腥报复,下令血洗灵昌郡城。节度使张介然及上万名降卒,全部倒在叛军的屠刀之下,史载"流血如川"。安禄山踏着满城的血迹,命令叛军马不卸鞍,人不解甲,乘胜西进荥阳(今河南荥阳)。荥阳太守崔无波,虽然身先士卒,登城英勇抵抗。然而守城的兵士们,刚一听见鼓角号声响起,还未见旌旗摇动攻城,却皆纷纷"自坠如雨",于是崔无波及众将官"尽为贼所掳"。安禄山残暴成性,随即杀了崔无波,留下武令珣镇守荥阳,然后兵锋指向洛阳。

——"安史之乱"之河东元素

将叛乱阴谋进行到底,是安禄山既定的、没有返程的单行线。金光熠熠的皇冠,花枝招展的宫女,是安禄山不竭的动力。他有备而战,而且是速战速决,所过州县的官军,一触即溃,望风披靡,玄宗煞费苦心在河南设置的几道防线,顷刻间灰飞烟灭,根本抵挡不住叛军的滚滚洪流。安禄山从范阳起兵始,至天宝十四年(755年)十二月十三日攻占东都洛阳,仅用了三十五天时间。在这短短的月余时间内,他控制了河北大部郡县,河南部分郡县也都望风归降。其时,唐廷从各道征集的兵马,都尚未赶到长安,京师守备空虚,朝廷上下一片混乱。但是安禄山进入洛阳后,忙于做登基称帝的准备,大大减弱了对官军的攻势,这才给唐朝廷以喘息机会。随后,各道援兵也渐渐云集长安,加强了对首都的安全守备,全国的战事,暂时进入了攻守平衡的相持阶段。

## 5

历史的经验告诉我们,人世间所谓的荣华富贵,常常是在日积月累中逐渐形成,却也会在一朝一夕里顷刻败毁。想当初面对威风八面的杨国忠,谁个不相信他会建起万世不朽之基业,立于永远不败之地位呢?其时朝野的官僚政客,莫不趋之若鹜,仰其鼻息而尊之以相爷称呼,唯其诺诺看他马首是瞻。然而常言道,富贵无常势,荣华如浮云,福兮祸之所伏,此为事物发展的必然趋势。杨国忠的权势扩张到了极限,危如累卵的局面也随之出现,明眼人逐渐发现,萧瑟蔽日的秋意,已经开始笼罩在杨氏家族繁荣的大厦上。只是当时谁也没有想到,不可一世的一代奸相杨国忠,最终会导致身首异处,家破人亡,化作一堆尘土

而不知其所终何处。人常说当事者迷,旁观者清,权势熏天的杨国忠,根本没有察觉到如此危局的出现,依然是"春风得意马蹄疾,一日看尽长安花"。

随着战局的急转直下,玄宗懊丧不已,直骂安禄山忘恩负义,天理不容。天宝十四年(755年)十二月初八日,在叛军攻陷陈留郡的第三天时,玄宗决计御驾亲征,下旨由皇太子李亨监国,同时诏令朔方、河西、陇右各军镇节度使,除留守边镇的兵员外,必须于20日内全部汇集京师,随驾出征。皇帝御驾亲征,历朝历代不乏其例,一可震慑敌方,二可鼓舞朝野士气,应是壮烈之举。尽管亲征的胜负如何,事先并不得而知,因为战争中的一切行为追求,开始时都只会是可能的结果,并非能够得出完全肯定的结局定论。岂知就在此时,玄宗偏偏又召见杨国忠道:"朕在位四十多年了,早已感到力不从心。去年秋时,朕就想把皇位传给太子,谁知遇上灾年,因不想把灾祸留于子孙,所以打算境况好转即行大仪。不曾想逆贼举兵叛乱,朕决定御驾亲征,让太子监国,平乱之后,朕就可传位太子了。"

玄宗的决定,本是利国利民的,但是杨国忠听后却无异于五雷轰顶。在他看来,如果玄宗让太子来监国,那无疑是比叛军作乱更可怕的事情。因为长期以来,他伙同李林甫、安禄山等人,千方百计地压制残害太子李亨及其党羽,如果玄宗真的将帝位传给太子,杨氏家族岂不面临灭顶之灾,自己还能如此狐假虎威,作威作福吗?"小洞不补,大洞一尺五",玄宗一旦把生米做成熟饭,哭皇天也掉不下泪水了。事不宜迟,这个正在做着利用战争发国难财的权相,迫不及待地回到杨氏府第,找来韩国夫人、虢国夫人,共同商量对策。他神情凝重地说道:"太

子平时仇恨我们杨家权势过重,如今若是继承皇位,掌管了朝政,恐怕我们也都是命悬一丝,危在旦夕了!所以大家一定要集思广益,设法阻止圣上的挂帅亲征。"杨国忠的一席话,说得大家是面无血色,呆若木鸡。

历史的辩证法告诉人们,什么事情都可能出现物极必反的局面。此时先天不足,后天失调的杨氏家族,在大唐历史的风雨烟云中,似乎已经是日薄西山,大厦将倾了。正如古人所言一般,其盛也勃如,其衰也倏焉,荣华富贵有如南柯一梦。不过垂死挣扎的表现,是对没落势力最形象的描述,救命稻草有时也能换得暂缓的安宁。所以无论何时何地,既得利益者们是绝对不会束手待毙的,哪怕能够赢得一时半刻的苟延残喘。韩国夫人、虢国夫人临危受命,急如星火的来到兴庆宫,找到杨贵妃陈述利害,希望她能出面阻止此事。不知是为了家族利益,还是真的怕失去爱婿亲夫,反正是杨贵妃犹豫了半晌,还是跪在玄宗面前声泪俱下,雨打梨花般请求收回成命,以不忘华清宫长生殿的生死相依。

渔阳鼙鼓动地来,依然惊不破霓裳羽衣曲,再说这位长期以来养尊处优,游手好闲的玄宗皇帝,已是71岁高龄的老人了。或者当初提出亲征的举动,就只是为了装点门面,以不辱李唐帝王的浩荡家风,哪里舍得温柔池里的出水芙蓉?所以经爱妃这么痛彻心扉的一番求情,他也许早已又是想着"金屋妆成娇侍夜,玉楼宴罢醉和春"了。于是也就顺水推舟,偃旗息鼓,只留下历史的遗韵颤音在宫廷里回旋。玄宗真的是老气横秋了,他忘记了人气是在磨难中凝成的,在国家安全受到如此严重威胁的紧急关头,他竟然对杨贵妃这样的迁就让步,听凭杨

乱世枭雄 之安禄山

氏兄妹的恣意妄为,这就使得朝野内外顷刻间对杨国忠、杨贵妃的怨声载道。也使得太子李亨心藏芥蒂,与杨国忠之间的矛盾更为激化,为日后的马嵬驿事件,埋下了消除不掉的导火索。

宫廷温柔没有散去,战争风云依旧在蔓延。在沧海桑田改朝换代的历史过程中,人类既是社会动荡的剧作者,也是生生不息潮起潮落的剧情扮演者,其表现活动必然受到社会历史这个大舞台的制约与限制。正如马克思所言:"人们自己创造自己的历史,但是并不是随心所欲地创造,也不是在自己选定的条件下创造,而是在直接碰到的、从过去继承下来的条件下创造。"斯大林的一句精辟的解析,更进一步把这个深奥的道理通俗化:"即使一个最有才华的统帅,如果环境对他不利,他也就不能达到所期待的那种目的。"此时安史之乱中交战双方的统帅,都不是德才兼备、才能精湛的指挥者,所以,整个战争的胜负关系,始终都不是那么明晰化。

安禄山虽然可以说是一位统帅,但他是一位不齿于人类的反叛集团领袖。他虽然在战争的初期所向披靡,捷报频传,但是他追求的不是国家的强盛,人民的安乐,而是一种歇斯底里的报复社会行为。他是用穷凶极恶的手段,去夺取腐化堕落的政权,是要打倒昏庸的皇帝,自己去做更残暴的皇帝。所以当战争取得一定的辉煌时,安禄山得意忘形,狼子野心暴露无遗,叛军所过之处,烧杀抢掠,凌辱妇女,强拉壮丁,无恶不作,人民家破人亡,百姓流离失所。虽然山河依旧,可是乱草遍地,林木苍苍,到处呈现出颓垣残壁,林木丛生,饿殍遍野,人烟断绝,千里萧条的荒芜之状。诗圣杜甫亲历之后,悲愤地写下了著名的诗歌《春望》:"国破山河在,城春草木深。感时花溅泪,恨别鸟惊心。烽火连三月,家书抵万金。白头搔更短,浑欲不胜簪。"

全诗沉着蕴藉,真挚自然,尤其是"国破山河在,城春草木深"之句,先是一个"破"字,使人们触目惊心,继而一个"深"字,令读之满目凄然。诗人在此明为写景状物,实为寄情于物,托感于景,宋代司马光评价道:"'山河在',明无余物矣;'草木深',明无人矣。"正是在这样的情景里,时间来到了天宝十五年(756年)正月一日,安禄山于洛阳黄袍加身,自称雄武皇帝,立国号为大燕,改元圣武,设置丞相将军等文武朝官,封其子庆绪为晋王,庆和为郑王,达奚珣为左相,张通儒为右相,严庄为御史大夫,定都洛阳,范阳为东都。这是安禄山意志达到极致辉煌的象征,也是他由盛而衰的转折点,更成为他被钉上历史耻辱柱上不灭的见证。

安禄山沐猴而冠,做了大燕皇帝,即刻耀武扬威起来,在清除了洛阳周围的官军后,即命令史思明、蔡希德等杀了个回马枪,分别攻掠河北各地城池。直到此时,国人们也终于认清了安禄山的真实面目:原来"讨国忠,清君侧"是幌子,夺江山,做皇帝,才是他反叛的真实目的,于是大家自觉地组织起来,共同反抗叛军的掠夺。平原郡太守颜真卿,与常山太守颜杲卿兄弟二人遥相呼应,联兵抗敌,他们杀死了叛将李钦凑、高邈,活捉了不可一世的何千年,打开了土门防线,"于是河北十余郡皆杀贼守将而降",又都先后归顺了唐廷。其时,叛军准备进攻潼关,行至河南新安时,听说河北形势吃紧,只得返回洛阳,命令返京不久的蔡希德率万余人,再次增援河北一线。

寒暑交替,花开花落,战争的形势在时间的运行中瞬息万变。天宝十六年(757年)二月,李光弼、郭子仪先后出兵井陉,大败安贼叛军,一次斩敌四万余人，洛阳通往范阳后方的"渔阳路再绝，叛贼往来者皆轻骑窃过，多为官军所获，叛军将士的家多在渔阳，无不摇心动意"。眼看形势不妙，安禄山贼心不死，又命令张通晤和杨朝宗，挥师向东面方向进攻，以缓解北面战场的颓势。已从战争初期慌乱中清醒过来的朝廷命官们，纷纷奋起抵抗，东平太守嗣吴王李祗、济南太守李随坚守城池，单父县尉贾贲率吏民杀死张通晤，真源令张巡守雍丘，与叛将令狐潮、李怀仙等叛军浴血奋战，巧妙周旋，阻止了叛军南下江淮。

各地官军民团如雨后春笋，形成燎原之势，这是安禄山事先所料未及的，眼见出师不利，再次命其大将武令珣等，率兵南下攻夺南阳各郡，以保证粮草储备。南阳节度使鲁炅、虢王李巨扼守南阳，屡败叛军，使叛军不得南下江汉一步。经过一段时间的攻防战争，从战略形势上看，叛军已渐渐由进攻转入了防守。他们只得变换策略，集中精力巩固河南、河北地区，只派小股力量抄掠潼关。而如此残暴的战争行为所造成的后果，也证明了中国的一句哲言：多行不义必自毙。尤其是郭子仪等将领的顽强抵抗，使得唐朝获得了宝贵的喘息机会，用以加强东线的防御力量，又开始了和叛军处于暂时对峙的局面。

现在看来，安史之乱的性质，实质上是统治阶级内部争权夺利的斗争，更具体地说，是唐中央政府与地方割据势力的矛盾斗争。叛军的首领们，虽曾利用了人民对唐王朝的反抗情绪以及民族矛盾的因素，取得了一些暂时性的胜利，然而邪不压正，并不能影响这次叛乱的最终走向。另一方面在战乱中，由于叛军们对人民的残暴行径，引起了象常山太守颜杲卿、平原太守颜真卿，以及张巡、许远的反抗斗争，这些局部地区反暴政的斗争，有力地制止了安史之乱的暴行，减轻了战争

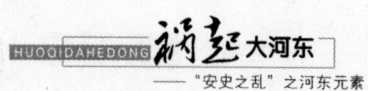
——"安史之乱"之河东元素

带给人的痛苦与负担,成为扭转战局不可或缺的积极因素。对于安禄山的叛乱行径,《旧唐书》称其为:"天地否闭,反逆乱常。禄山犯阙,朱泚称皇。贼巢陵突,群竖披攘。征其所以,存乎慢藏!"最终是不会有好下场的。

《新唐书》则评价道:禄山、思明兴夷奴饿殍,假天子恩幸,遂乱天下。彼能以臣反君,而其子亦能贼杀其父,事之好还,天道固然。然生民厄会,必假手于人者,故二贼暴兴而亟灭。张谓讥刘裕"近希曹、马,远弃桓、文,祸徒及于两朝,福未盈于三载,八叶传其世嗣,六君不以寿终,天之报施,其明验乎!"杜牧谓:"相工称隋文帝当为帝者,后篡窃果得之。周末,杨氏为作八柱国,公侯相袭久矣,一旦以男子偷窃位号,不三二十年,壮老婴儿皆不得其死。彼知相法者,当曰此必为杨氏之祸,乃可为善相人。""张、杜确论,至今多称颂之。如禄山、思明,希刘裕、杨坚而不至者,是以著其论。"

唐 韩滉文苑图(局部) 现藏故宫博物院

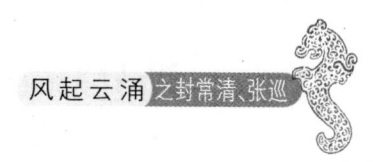

# 风起云涌 之封常清、张巡

## 1

  滚滚时代潮流,是社会进退沉浮的无形推手,将每一个志士仁人、文臣武将,乱世贼子,都毫不例外地卷入了命运的波涛之中。正所谓波平浪静练不出精悍的水手,动荡的环境才能铸造出弄潮的风流人物,当玄宗确信安禄山叛乱的消息后,正在心怀焦虑一筹莫展时,突然得到杨国忠的推荐,说是安西节度使封常清如何英勇善战,如何带兵有方……足以堪当平叛大任。杨国忠与封常清私交如何,是否有老乡因素夹杂其中,已无史料能够佐证。但正是杨国忠天花乱坠般的建言,使得玄宗心花怒放,立即在华清宫召见封常清。从此又一位河东汉子,被推上了平叛的风口浪尖,也从此踏上了不归之路。

  封常清(? —756年),蒲州猗氏(今山西临猗)人,唐朝名将,战功

——"安史之乱"之河东元素

赫赫。他从小就是父母双亡的孤儿,只有外祖父一个亲人,后来外祖父因犯罪被流放到安西(治龟兹,今新疆库车)充军,担任胡城(今哈萨克斯坦奇姆肯特东)南门的守军。封常清因为家乡没有了依靠,也只好跟着外祖父来到了安西。外祖父虽说是一个军卒,却颇喜欢诗书,希望小外孙能够有一技之长。但是由于交不出学资,便只好趁闲暇之时,在城门楼上教封常清读书识字。就这样,在外祖父的指导下,封常清每天都是清晨鸡鸣五更起床,一直学至夕阳染城时分,整整苦读十年,以勤为径,"多所历览",积累了丰富的文化知识。

外祖父死后,封常清开始了流离失所的生活。因为没有依靠,又没有亲朋好友,封常清年过三十岁后,仍然是默默无闻,一事无成,便想到了去投军为生。当时安西四镇节度使夫蒙灵詧战功卓著,声名显赫,于是封常清慕名而往,渴望投奔到他的门下。后来遇到夫蒙灵詧的部下高仙芝将军,高当时任都知兵马使,英俊潇洒,文武双全,被誉为无敌将军。高仙芝每次出征时,身边的随从多达30余人,个个精神抖擞,衣甲鲜明。封常清见之非常羡慕,便毛遂自荐,慷慨激昂地向高仙芝投书一封。但事不遂愿,封常清虽然才学不错,但是外貌形象却是极差,不但身材细瘦,而且短腿跛足,还是一个斜眼子,野史称其"细瘦、斜眼、脚短,而且微瘸"。高仙芝嫌他相貌丑陋,每每好言相劝,怎么也不愿意接纳他入伍随军。

封常清流淌着河东人宁折不弯的血性,又经受过西北戈壁沙漠的熏陶,所以性格倔强,犟劲十足。第一天失败后,他没有灰心,第二天再次去投书,一连碰了几次钉子,它却是愈挫愈奋,似乎是要碰不到南山不回头了。高仙芝不胜其烦,说道:"吾已告你侍从已足,何烦复来讨扰！"没想到封常清听后大怒，高声说道："常清慕公高义，愿事鞭辔，所以无媒而前，何见拒之深乎？公若方圆取人，则士大夫所望；若以貌取人，恐失之子羽矣！"说完扭头而去。不过封常清怒火是发了，却也没有一走了之，而是软磨硬缠，一早一晚，准时守候在高仙芝帅府门前，长达数十天不辍。高仙芝看这个年轻人确实意志坚决，终于将其收为随从，封常清从此走上了戍边征战的生涯。

在高仙芝麾下当了几年的随从后，封常清终于等到了出人头地的机会。天宝初年（741年），达奚诸部落相继背叛唐廷，从黑山以北直到碎叶城（又称素叶城，在今俄罗斯楚伊斯阔叶附近）一带烽烟迭起，战乱频发。玄宗闻后十分震怒，诏令夫蒙灵詧率部前去平叛。夫蒙灵詧受命后，派节度副使高仙芝为前锋，率2000名精骑自副城向北，直至绫岭下邀击叛军。达奚部因长途奔袭，人困马乏，尽为唐军所杀。令所有人没有想到的是，作为高仙芝贴身随从的封常清，回营后交给高仙芝一份文书，其中详细陈述了这一次战役的军事部署、战斗经过，以及统帅对敌作战制胜的谋略，凡高仙芝想要说的东西，封常清都周而翔实地写了下来。不仅行文清晰，逻辑缜密，而且详略得当、文采斐然，令高仙芝等众将领"大骇异之"。

是金子终是要发光的，大军凯旋后，节度使夫蒙灵詧设宴犒劳众将士，鉴于封常清的杰出表现，高仙芝让其"去奴袜带刀见"，一身戎装出现在宴会上。判官刘眺、独孤峻等人好奇，争问高仙芝道："前者捷书，谁之所作？副大使幕下何得有如此之人。"高仙芝神情高傲地答道："即仙芝侍从封常清也。"众人闻后皆呼惊奇，一致请求高仙芝，希望封常清能够一同入座。在高仙芝的引介下，大家一见如故，畅所欲言，谈得十分投机,好像多年不见的旧相识。从此封常清声名鹊起,被上峰器重,不久后以破达奚之功,授叠州(治合川,今甘肃迭部)地下戍主,并且担任判官一职。

后来的几年里,封常清青云直上,一发而不可收,从一个名不见经传的随从,逐步成长为安西都护府的高级将领,并且成为高仙芝最倚重的心腹,后以军功累授镇将、果毅、折冲等职务。天宝六年(747年),封常清再次随高仙芝出战,一举击败了依附于吐蕃的小勃律国(今克什米尔西北部)。这年十二月,高仙芝取代夫蒙灵詧就任安西节度使。封常清也因从战有功,在高仙芝的保奏下,朝廷任命他为庆王府录事参军,"充节度判官,赐紫金鱼袋"。不久后又加授"朝散大夫","专知四镇仓库、屯田、甲仗、支度、营田事"等职,俨然成为安西唐军仅次于高仙芝的"二把手"。

封常清办事果断,生活勤俭,公正廉明,率先垂范。他每次随军出征,或者乘驿出访时,都是轻车简从,侍卫只有几人,私马不过两匹。而且他秉持公道,疾恶如仇,赏罚严明,治军严厉,所以口碑极好,上下都皆敬畏,唯有一个人除外。这个人叫作郑德诠,是高仙芝乳母的儿子,负责着高家的全部内务,其母亲也在高府内宅里住着。在封常清任留后使时,郑德诠已为郎将,在军中的威望也很高,被高仙芝视如兄弟。也许正是如此,他对诸将官多是傲慢无礼,封常清每次办事回来,诸将都前去拜见,唯有郑德诠表现出不屑一顾的样子。有一次,封常清执行公务回府,郑德诠竟然骑在马上,耀武扬威地从他身旁走过去。按照唐朝法典,对上不恭者,罪该当斩。

郑德诠当时是怎样想的,现在似乎已不那么重要了。重要的是封

风起云涌之封常清、张巡

常清有了想法,且不说是大大地伤了作为长官的自尊,仅仅为了树立威信,严明军纪,也应该是杀猴示鸡以儆效尤了。他没动声色,望着郑德诠的背影微微笑着,到了使院后,立即命令贴身随侍,秘密将郑德诠带进大厅,每经过一道门,就让人把门关住。见面后,封常清从案后站起来,冷冷地对郑德诠说道:"我封常清虽然出身贫贱,但却是顶天立地的丈夫,郎将怎能够不知道?中丞不听谄言,任我为留后使,然郎将怎能这般无礼。"说罢大喝一声:"郎将当斩,以肃军容。"随即命人将其绑起来,打了六十军棍,然后脸朝下拖出去问斩。

高仙芝的乳母闻讯后,在门外号啕大哭,并派人把情况告诉了高仙芝。高仙芝赶来见到封常清时,想救郑德诠却为时已晚,只得一言未发。封常清也不请求谢罪,而且是继往开来,接着又杀了两个蓄意肇事的军官,治下军纪从此肃然,成为唐朝有名的铁将军。天宝十年(751年),高仙芝改任河西节度使,安西节度使改由王正见担任,他们共同表奏封常清为四镇支度营田副使、行军司马。天宝十一年(752年),王正见病亡,遂以封常清为安西副大都护,摄御史中丞,持节充安西四镇节度、经略、支度、营田副大使,知节度事。十二月,封常清被正式任命为安西四镇节度使,水到渠成地升为大唐帝国的封疆大吏。

封常清铁血风雨,一路走来,虽说战绩斐然,居功至伟,却并不独断专行。他善纳谏言,礼贤下士,在战场上常常是反复论证,集思广益,力求制定出最佳的战斗方案。此时,距怛罗斯高仙芝兵败已经过去了一年多,安西军镇补充了有生力量,完全恢复到了以往的实力状态。因此,从阿拉伯人和吐蕃人手中重新夺回大唐在中亚霸权地位的使命,自然而然地落到了封常清的肩上。天宝十二年(753年),封常清与部将段秀实等人率部从安西出发,重新踏上当年高仙芝走过的漫漫征程,经过长达数月的艰苦跋涉,兵锋直抵大勃律的边陲重镇——菩萨劳城(今克什米尔吉尔吉特市东南)。

大军进至菩萨劳城(今克什米尔中部)一带时,封常清命令大军整装待命,自己则深入敌后侦察敌情,然后针对敌方防守薄弱,率部采取奇袭战术,只用了五天时间,便一举攻克了菩萨劳城。在接下来的日子里,唐军一路势如破竹,前方不断传回捷报,封常清登高望远,只见军旗猎猎,将士肃然,正欲挥军乘胜追击时,斥侯府果毅段秀实却前来进谏,他认为:"贼兵赢,饵我也,请备左右,搜其山林。"封常清冷静思考后,果断地采纳了段秀实的建议,派兵进行搜索,果然发现周围一带布有伏兵。封常清将计就计,派出数股精锐骑兵进行分路包抄,然后率领主力,一直向大勃律的纵深挺进,其精锐士兵就被悉数歼灭。大勃律国王走投无路,只好向封常清投降,转而重新归附唐朝。

这是继高仙芝征服小勃律之后,唐朝在中亚取得的又一次重大胜利,尤其是在经历了怛罗斯兵败后,封常清此次远征的意义更是非同凡响。唐代著名边塞诗人岑参,曾满怀激情写下《北庭西郊候封大夫受降回军献上》一诗:"胡地苜蓿美,轮台征马肥。大夫讨匈奴,前月西出师。甲兵未得战,降虏来如归。橐驼何连连,穹帐亦累累。阴山烽火灭,剑水羽书稀。"岑参(约715年—770年),南阳新野(今河南新野县)人,10岁时父亲去世,15岁山居嵩颖遍读经史。20岁来到长安献书求仕无成,遂奔走京洛(今河南洛阳)漫游河朔。天宝三年(744年)登进士第,授右内率府兵曹参军,曾充任安西四镇节度使高仙芝幕府掌书记。

天宝十三年（754年），封常清应诏入朝，玄宗对其颁令嘉奖，封他为御史大夫，授其一子为五品官，赐第一区，去世的父母亲也皆赠衔封爵。同年四月，北庭都护程千里入朝任职，朝廷任命封常清权知北庭都护，持节充任伊西节度使，岑参充任他的判官。从此两人同处一府，共为文臣武帅，同事相映生辉。而六年的边塞生活，使岑参的诗境界空前开阔，造诣新奇的特色进一步发展，雄奇瑰丽的浪漫色彩，成为他边塞诗的基调。当时西北边疆一带，战事频繁，岑参怀着到塞外建功立业的志向，两度出塞，久佐戎幕，因而对鞍马风尘的征战生活，冰天雪地的塞外风光，有着长期的观察与体会。在这首《北庭》诗中，诗人既热情歌颂了唐军的勇武和战功，也委婉揭示了战争的残酷和悲惨。

## 2

可以说完全是因为安史之乱，改变了大唐王朝的命运，也改变了封常清与岑参的命运。岑参的诗歌，是否对封常清的赫赫战功起到了什么宣传效应，至今不得而知。不过按那时的信息传播效果，恐怕是不会有太大的作用。然而谁也不会料到，他这样对边塞勇士们的赞扬竟然成为一种时代的绝响，因为在短短的两年之后，安史之乱爆发，在盛世崩坍的那一瞬间，大唐帝国延续了一百多年的对外扩张史，也随之戛然而止。而更令人意想不到的是，通过对外战争成长为一代名将的封常清，最终不仅在这场内乱中毁掉了一世英名，而且还枉死在了大唐天子李隆基的斩决令下。

天宝十四年（755年），岑参随封常清再次入朝时，唐王朝已进入到了一个非常时期,可谓天下狼烟四起,朝野分崩离析。十一月十六日,即安禄山于范阳起兵的第七天,天色阴沉,朔风四起,封常清应召在华清宫拜见玄宗,此时的他,完全是作为一根救命稻草出现的。其时叛军们一路长驱直入,如入无人之境,直向唐朝的东都洛阳杀去。直到十一月十五日,玄宗在确信叛军已渡过黄河,这才大惊失色,惊恐万分。此时朝中不但无兵可派,更无良将可遣,只有回朝的封常清是唯一合适的人选。也许正是如此,封常清才会被杨国忠看中,也甚得玄宗的首肯,便把他当成了救世菩萨。

在骊山的华清宫,玄宗急如星火地问询封常清有何良策,该如何退敌。封常清不知是报国心切,还是急功近利,反正是看见玄宗皇帝忧心忡忡的样子,随即夸下海口,胸有成竹地说道:"圣上放心。安禄山率领十万凶徒直犯中原,之所以能够长驱直入,所向披靡,是因为天下长期太平,老百姓没有见过战争,所以风声鹤唳,草木皆兵。不过叛军的将士们,也是迫不得已归顺逆贼。臣请求立刻前往东都,开府库,募骁勇,扬鞭奋马,北渡黄河,相信用不了几天,定能将逆胡首级献于阙下!"

封常清这番慷慨陈词,与杨国忠如出一辙,玄宗闻言大喜,顿时满脸残云一扫而光。次日清晨上朝,当即任命封常清为范阳、平卢节度使,兼御史大夫,令他即刻前往东都征集粮草,招募新兵,准备迎击安贼叛军。现在再看当初封常清的那一番话,虽有夸大其词的成分,但是却对稳定朝中的情绪,起了关键性的积极作用,唐朝廷也因此得以有条不紊地调兵遣将,开始了长达八年的平叛战争。封常清应是一位忠臣良将,他为赴国难在所不惜。此时,也许是他保驾心切,见有宰相保荐，又有圣上钦点，在他看来，安贼之辈何须虑也。这位信誓旦旦的河东猛将，不曾想虽然戎马一生，久经沙场，却在保卫东都洛阳的战役中，为自己的轻敌大话付出了生命的代价。

与此同时，玄宗还安排部署了三条防线，直到这时他才松了一口气。玄宗完全有理由相信，自己这个防御计划，即使不能在短时间内消灭叛军，也足以挫其叛军锋芒，保证两京近期无虞了。可是玄宗的如意算盘落空了，他这个看似严密的防御计划，很快就被所向披靡的安禄山彻底粉碎。先说封常清，他在告别玄宗后日夜兼程赶到洛阳，十日之内便招募到新兵6万人，就地展开征剿安禄山的战斗。封常清来到前线后，当然不敢大意，他先是下令拆毁黄河上的河阳桥（今河南孟州西南），以阻止叛军从北面进攻洛阳，然后进军虎牢关（今河南荥阳汜水镇西）。不曾想封常清刚刚布防完毕，叛军便已大兵压境。天宝十四年（755年）十二月初二，安禄山大军渡过黄河，当天攻陷灵昌郡。初五，陈留太守郭纳开门出降；初六，叛军攻克陈留（今河南开封），刚到任没几天的张介然兵败被俘，被安禄山命令刀斩城头；初八，叛军又相继攻陷荥阳（今河南荥阳），太守崔无波被俘后，也遭到安禄山的凶残杀害。至此，玄宗布置的第一道防线宣告瓦解。

安禄山初战告捷，好不得意，遂留下其部将武令珣镇守荥阳，然后命令田承嗣、安忠志、张孝忠等大将为前锋，兵锋直指东都。叛军浩浩荡荡地进入罂子谷，途中与封常清部于虎牢关相遇。封常清虽为当时名将，足智多谋，有着丰富的作战经验，他在进驻虎牢关后，准备利用地形据险而守，先挫败敌军锐气，然后再做图谋。可是令他没有预料到的是招募的这六万兵卒，都是未经过训练的新兵，形同一盘散沙。尽管他趁叛军初来乍到，首先率骁骑出战，激战时斩敌数十将，杀死军卒数百人，暂时击退了叛军的进攻。然而乌合之众，难敌虎狼之师，而且叛军兵锋甚盛，他们的主力很快赶到，尤其是田承嗣、安忠志所率的先头部队，多是骁勇善战、训练有素的精兵劲旅，史称"禄山精兵，天下莫及"。

如此双方实力一对比，作战交锋的答案其实早已是不言而喻了。说白了，他们与身经百战的叛军铁骑交锋，无异于以卵击石，飞蛾扑火。所以再一次交战时，叛军仗着人多势众，没等封常清的部队列好阵势，铁骑便横冲直撞，官军顷刻间被厮杀得七零八落，土崩瓦解。甚至有的编队刚刚望见敌方的旌旗，就望风披靡，自相践踏，随即溃不成军，虎牢关旋即失守。封常清终因寡不敌众，遂收拾起残部，拒战于洛阳城东葵园，结果又遭轮番攻击。封常清依然报国心切，而且简直到了"不自量力"的地步，又收残部与叛军战于洛阳上东门内，结果再次惨败。十二月十二日，安禄山纵兵摇旗呐喊，叛军自四门入城，攻陷东都洛阳。玄宗的第二道防线，就此宣告崩溃。

封常清三战连续败北，一生从未尝此败绩，虽然是心有不甘，却也无可奈何，只得丢弃洛阳，率残部与叛军战于都亭驿，依然是不能取胜。生来就是碰倒南山不回头的封常清，决计退守宣阳门再战，结果还是一败涂地。他仰天长叹道："天不助我也！"最后迫不得已，遂推倒禁苑西墙，率领残兵败将向西面撤走。为了防止叛军追击，他们于途中"伐大木塞道以殿后"，然后渡谷水向陕郡进军。就在此时，曾经奉劝玄宗要提防安禄山的河南尹达奚珣不战而败，摇尾乞怜地投降了安禄山。东京留守李橙、御史中丞卢奕、采访使判官蒋清等人，皆视死如归，坚贞不屈痛遭杀害。可悲前后不到一个月，封常清招募的6万兵马全

风起云涌 之封常清、张巡

作鸟兽散,曾经被玄宗视为"救命稻草"的他,竟成了一个"光杆司令",荥阳、洛阳及周围一大片地区,都随之被叛军占领。

悲哀的命运远不止此,等到封常清率残部退至陕郡时,陕郡太守窦廷芝已逃往河东。无奈之下,他只好找到驻守该地的老领导高仙芝,痛心疾首陈述道:"常清累日血战,贼锋不可当,且潼关无兵,若贼豕突入关,则京师危矣。陕郡不可守,不如引兵先居潼关,以拒叛贼。"这在当时力量如此悬殊的情况下,应该说是明智之举。潼关地势险峻,与河东一河之隔,南有高山可倚,北有大河隔绝,地理位置十分险要,是拱卫都城长安的天然屏障,也是巩固大唐江山的最后一道防线。但是按照朝廷既定的作战计划,高仙芝应该自陕郡东进,主动迎击叛军,违抗军令的后果是显而易见的。

然而面对老部下封常清的奏报,高仙芝也已经意识到,如果按原计划继续东进,唯一的结果只能是羊入虎口,自寻死路!所以他也认为固守潼关天险,是当前唯一的正确选择,只有暂时避敌锋芒,退保潼关,才能在确保京师无虞的情况下,与叛军进行持久战。高仙芝听取封常清的汇报后,决定按照此策而行。两军交战,贵在神速,安禄山当然也知道潼关地理位置的重要性,遂命大将崔乾佑,率部尾随赶来,想乘官军败退之际,以迅速攻破潼关防线。由于军情危急,高仙芝来不及向朝廷奏报,就率部向潼关方向撤退,弘农、临汝、濮阳、济阳一带,相继陷于叛军之手。就在高仙芝与封常清带领官军,前脚刚出了陕郡西门,叛军后脚就杀到了。官军猝不及防,被叛军打得狼狈不堪,人人争相逃命。

高仙芝和封常清带着残部仓皇退入潼关,旋即命人抢修防御工事,等到叛军前锋进抵潼关时,发现官军已经严阵以待,方才悻悻屯兵陕城。然而,此时的高仙芝和封常清无论如何也没有想到,就在他们进入潼关的那一刻,帐下监军宦官边令诚已悄悄离开潼关,向长安狂奔而去。见到玄宗后,他极力夸大封常清和高仙芝的战败责任,称:"常清以贼摇众,仙芝弃陕地数百里,又盗减军士粮赐。"客观地讲,封常清确实说过"贼锋不可当"的话,可那是建立在"累日血战"基础上做出的正确判断,并非畏敌怯战、动摇军心。事实上,当时的陕郡也确实无险可守,潼关的防守又薄弱空虚,所以高、封二人才会主动放弃陕郡,退保潼关。而此时朝廷所征集的朔方、河西、陇右诸路将士,都尚未抵达长安,幸好安禄山滞留洛阳准备称帝,才没有全力进攻。加之高仙芝、封常清的据险固守,遏制了安贼叛军的攻势,关中军民惶恐之情才得以暂时安宁。若从整体战略进程的角度来看,高、封的做法并没有错。可若要是从政治上来讲,他们无疑已经犯下了三宗死罪。第一宗:不战而逃,丢城弃地;第二宗:擅自行动,目无朝廷;第三宗:违背玄宗旨意,破坏东征计划。总而言之,在玄宗看来,高、封二人实属罪无可赦!

作为军队统帅,封常清也自知军令状的残酷结局,尤其是东都的失守,以死谢罪是在所难免的。当时许多败将不是临阵脱逃,就是投敌邀宠,可是这个出身于忠孝为本的河东战将,虽然没有战死沙场以尽忠,却也没有放弃抵抗以逃匿罪责。洛阳的惨败,使他头脑开始清醒起来,在认真总结教训后,感到有责任向玄宗报告叛军的真实情况,纠正当前盲目轻敌思想,于是他将整个战况及战场形势、敌我力量对比,以及对整个战争的分析写成奏折,曾三次派使者入朝上表。玄宗由于听信边令诚的逸言,始终避而不见,不料就在封常清准备亲自入朝报告行至渭南时,玄宗却下敕书剥夺了他的所有官爵,让他以白衣在高仙

风起云涌 之封常清、张巡

芝军中效力。

封常清明白自己是必死无疑了,不过他没有惶恐不安,也没有怨天尤人,而是在临行前草写遗表,深表对圣上玄宗的一片忠心:"自本月七日交兵,至于十三日不已,臣所将之兵皆是乌合之徒,素未训习。率周南市人之众,当渔阳突骑之师,尚犹杀敌塞路,血流满野,臣欲挺身刃下,死节军前,恐长逆胡之威,以挫王师之势。是以驰御就日,将命归天。一期陛下斩臣于都市之下,以诫诸将;二期陛下问臣以逆贼之势,将诫诸军;三期陛下知臣非惜死之徒,许臣竭露。臣今将死抗表,陛下或以臣失律之后诳妄为辞,或以臣欲尽所忠肝胆见察。臣死之后,望陛下不轻此贼,无忘臣言,则冀社稷复安,逆胡败覆,臣之所愿毕矣。"

从某种意义上说,宦官的产生不仅是封建社会政治兴衰的寒暑表,更是封建君主专制本身也永远无法摆脱的痼疾和赘瘤。宦官的后遗症,在于失去了阳刚之身后却不知廉耻,总去做着阴谋陷害苟且之事。其时玄宗的心腹太监边令诚,担任潼关守军监军,他素来与高仙芝不和,仗势专权,多方干扰军事,曾想假公济私,遭到高仙芝拒绝,于是记恨在心。这一次高仙芝在陕郡不战而退守潼关,更为其提供了诬陷的口实,于是乘入朝之际,只字不提官军所杀敌之可以塞道,以及拼死坚守潼关的事实。而是在玄宗面前搬弄是非,把战败的原因归结于封常清畏敌如虎,高仙芝逃跑似兔,并且诬陷他们盗减军士钱粮,故意不战而逃,以致东京失守,云云。

有道是,欲加之罪,何患无辞?被满腔怒火灼烧得丧失理智的玄宗,由于战局不利,对高、封二人已是积怨已久,所以当即颁下一道敕令,命边令诚立刻前往潼关,就地处斩高仙芝和封常清。边令诚到了潼关,引封常清于驿南西街,向他宣示了敕书。封常清说道:"常清所以不死者,不忍污国家旌麾,受戮贼手,讨逆无效,死乃甘心……仰天饮鸩,向日封章,即为尸谏之臣,死做圣朝之鬼。若使殁而有知,必结草军前,回风阵上,引王师之旗鼓,平寇贼之戈铤。生死酬恩,不任感激,臣常清无任永辞圣代悲恋之至。"随即将自己草写的遗表,交给边令诚请转呈给玄宗。然后横眉冷对,仰天长啸,随之饮鸩而死。就在那一刻,周边阴风四起,星光突现,后人传说是老天爷发怒,也为之报以不平。

封常清死了,自然就轮到高仙芝了。说来,边令诚对高仙芝还是有几分忌惮的,所以前去宣敕的时候,特意带了一百多名陌刀手。高仙芝应召回到官署后,边令诚不无揶揄道:"大夫亦有恩命。"高仙芝跪地听宣后,立刻被绑赴刑场。他平静地走到封常清受刑的地方,看到封常清的尸身,不由得悲从中来,慷慨陈词道:"我退兵有罪,死不敢辞,但宦贼谓我截扣军饷和恩赐之物,则分明是诬陷。"然后指着边令诚怒斥道:"人在做,天在看,兵士皆在,足下岂不知乎!我于京中召儿郎辈,虽得少许物,装束亦未能足,方与君辈破贼,然后取高官重赏。不谓贼势凭陵,引军至此,亦欲固守潼关故也。我若实有此,君辈即言实;我若实无之,君辈当言枉。"士兵皆呼:"将军冤枉。"

高仙芝说罢,转过身来对着封常清叹息道:"封二,你从贫贱到显赫,代我为四镇节度使,今天与我同归于尽,难道是命中注定的?"言毕亦被血溅白绫。大敌当前先斩良将,玄宗的这一错误处置,不仅是自毁长城,使朝廷丧失了两员具有作战经验的大将,而且也引起了军心的动摇,对平定安史之乱战争造成了严重的不利影响。后来的事实证明,封常清与高仙芝退保潼关的战略十分正确,如果这一计划得以实施,

战争绝对不会旷日持久,拖至八年之后。但是玄宗始终执迷不悟,后来的哥舒翰、李泌、郭子仪、李光弼等将帅,都曾提出过死守潼关的战略计划,却都被玄宗先后否决了,从而造成不可挽回的损失。

其实,从安禄山悍然发动叛乱的那一刻起,高仙芝和封常清的悲剧就已经注定。因为,在盛世迷梦中浸淫日久的玄宗君臣和大唐帝国军民,根本不具备丝毫的抗风险和抗挫折能力。所以当盛世的美丽面纱被安禄山剥落殆尽,乍然露出苍白虚胖、萎靡孱弱的真实面目时,当歌舞升平、繁华富庶的太平图景,被生灵涂炭、山河破碎的惨象彻底取代时,惊骇万分、恼羞成怒的唐玄宗,必然要抓几个人来,背这口既难堪又沉重的历史黑锅。换言之,总有人要为此付出代价,总有人要为帝国的不幸买单!我们只能说,高仙芝和封常清,实在是时运不济。因为他们在错误的时间、错误的地点,做出了一个在政治上极为错误的选择,所以注定要成为牺牲品。然而要为帝国买单的人,绝不仅仅只是高仙芝和封常清,不久以后,曾经飞扬跋扈的杨国忠,曾经集"三千宠爱在一身"的杨贵妃,都将作为这场历史性灾难的牺牲品,与盛世唐朝一同埋葬……

## 3

如果说河东良将封常清,是因为受到乡党杨国忠的恩宠推荐,而玄宗由窃喜而盛怒,最终命丧朝廷"恩赐饮鸩"之下的话。那么另一位河东猛将,却是因为不屑门户之见而恶恼杨国忠,遭遣地方官吏若干年后,惨死在叛军的屠刀之下。他们英勇惨烈,气贯长虹,虽然就义的

## 祸起大河东
——"安史之乱"之河东元素

方法不同,但共同特点都是为了抵抗安史之乱而命归黄泉,因而应算作是殊途同归,虽死犹荣。他就是虽为文官,但精通兵法,被冠以为捍卫国家统一,拯救民族危亡而英勇献身的英雄张巡。史书载:安史之乱时,张巡誓死守卫睢阳(今河南商丘),坚苦卓绝,屡败叛军,终因寡不敌众,慷慨就义。不知是否偶合,他殉国时也是身首支离,如同他的先祖蚩尤、关龙逄、关云长一样被血溅白绫,铸就了河东壮士视死如归的神奇。

张巡(708年~757年),字子巡,蒲州河东(今山西芮城)人。《旧唐书》介绍道:"气志高迈,略细节,所交必大人长者,不与庸俗合,时人巨知也。"开元末年(741年),张巡中进士第三名,与其兄张晓(监察御史)名重一时,在当时很有影响。天宝年间,他以太子通事舍人出任清河(今河北清河)县令,由于他博览群书,晓通战法,在任内政绩卓著,按唐律当还京升迁。然而时值李林甫、杨国忠当政,留京待迁的官员纷纷阿谀奉承,投其所好,期望能够得到一官半职。有人劝张巡借乡党之宜去拜见杨国忠,却遭到他的严词拒绝:"大丈夫投身报国,何须作此苟且之事。"不久被派任真源县(今河南鹿邑)县令,同僚纷纷替他惋惜,张巡却踌躇满志,彰显出一副大丈夫士不容辱的气概。

英雄不需论曲直,报国只在危难时。张巡在真源期间,为政简约,体恤民情,百姓安居乐业,世风清正廉明,被百姓奉为"张青天"。然而就在此时,安禄山举旗作祟,祸乱四方,战火很快就波及清原县。张巡义不容辞,遂率兵勤王,以一县之兵力抵抗叛军。他智谋超群,指挥卓越,尤其是他高瞻远瞩的战略远见,善于临机应敌的军事才能,在抗击叛军中表现得淋漓尽致,具体体现在雍丘、宁陵、睢阳三次作战中,也

成就了他的一世英名。天宝十五年(756年)正月,叛军部将张通晤攻陷宋(今河南商丘)、曹(今山东曹县)等州,谯郡(今安徽亳州)太守杨万石慑于叛军威势,举郡献城迎降,逼迫所辖真源县令张巡为他的长史(副职),并令其向西接应叛军。

迫于形势,张巡表面虚与委蛇,背地里却率属部哭祭大唐皇帝祖祠,誓师以死讨伐叛军。当时雍丘县令令狐潮已投降叛军,并且率兵向东驰援襄邑。单父(今山东单县)县尉贾贲趁机起兵拒叛,对宋、曹等地展开反攻,领兵至雍丘(今河南杞县)与张巡会合。不久后,令狐潮引叛军复攻雍丘,贾贲出城迎战不敌而死。张巡驰骑决战,身上虽被创数处却仍然力战,击退叛军多次冲锋,累计杀伤近万人。此后身为主将的张巡,时刻出现在最危险的地方,或督军守城,或出城作战,常身先士卒奋勇冲杀,因此赢得了部下的尊敬和信赖。同年三月,令狐潮再次率众4万前来攻城,此时城内仅有守军2000人。张巡沉着冷静地对众将士分析道:"贼兵精锐,有轻我心。今出其不意击之,彼必惊溃。贼势小折,然后城可守也。"他先是部署1000人负责守城,其余则分成几个突击队,由他亲自率领向叛军发起猛烈攻击。叛军们猝不及防,纷纷大败而逃,首战便取得胜利,大大增加了军民的守城信心。

战场的形势瞬息万变,对此张巡采取积极防御,主动出击的战略思想。在随后的守城战役中,他守中有攻,以攻代守,常常出其不意地进行反攻、偷袭,以此达到守城的目的。叛军见硬攻不行,就建造与城墙同高的木楼百余座,从四面逐渐移向城门。张巡微微一笑,"勒大将教战,各出其意",命将士们在城头上筑起栅栏,日夜加强防守。然后在草捆里面灌注膏油,向叛军的木楼投去,导致其遭火烧而焚毁,木楼攻城之策宣告失败。就这样,张巡带甲而食,裹伤战斗,与敌军相持60余天,大小经历三百余战,令狐潮终于被击败退去。张巡率兵乘胜追击,俘虏叛兵2000多人,几乎活捉令狐潮,雍丘守军士气大振。

堡垒往往最容易从内部攻破,令狐潮也深谙其道,因为上次撤退而失利他十分愤怒,所以经过一番休整后,再次前来围攻张巡。令狐潮曾与张巡是邻县县令,素来相熟,便企图劝降张巡,这次来到城下像平时样,与张巡互相问候,然后诚恳地说道:"天下事去矣,足下坚守危城,欲谁为乎?"张巡答曰:"足下平生以忠义自许,今日之举,忠义何在!"令狐潮羞愧而退去。由于固守孤城,又无朝廷消息,张巡所部有六位将官认为大势已去,力逼张巡出降。张巡表面许诺同意,还与他们饮酒作乐,却在暗地里布下埋伏。次日清晨,他在府衙里设天子画像,率全军将士朝拜,借机将劝降的六人斩首示众,从而士气倍增。恰在此时,叛军数百艘运粮船从睢阳渠(沟通汴淮二河之渠)经过这里,张巡立刻组织精锐部队,连夜出发劫夺。叛军毫无准备,纷纷抛船逃命,张巡不仅缴获上千斛盐米,还追杀叛军无数。

张巡智盗敌粮,令狐潮大怒,下令全力大举进攻。连日来的抵抗战斗,城中的箭都消耗殆尽,张巡传令城中军士收集稻草,扎成数千个草人,伪装成军士模样。等到夜深人静、月远星高之时,命令士兵们将草人从城头放下。朦胧的月色里,敌人隐隐约约看见城头有人爬下,以为官军前来偷袭,令狐潮连忙下令放箭,一直狂射到天色大亮,才发现城墙上挂的草人身上,密密麻麻地插满了箭,大约有数十万支。令狐潮大呼上当,送给了张巡一出精彩纷呈的"草人借箭"。之后一连几天,官军照猫画虎,令狐潮也习以为常,放松了戒备。张巡却以攻为守,从城头

放下500壮士,齐声呐喊着向敌营冲去。令狐潮措手不及,叛军顿时大乱,自相冲撞践踏,逃出十几里之外,才渐渐稳住阵脚。

随着令狐潮的退兵,张巡探知有叛军7000余人进驻白沙涡(今宁陵北),试图切断雍丘的退路,遂在夜间率数百骑兵突袭,将其大部歼灭。回军经过桃陵(今河南汜水县)时,又与400余名叛军救兵相遇,干脆来个热锅煮饺子,又将其全部俘虏,同时缴获了大量武器粮草。对此,史书载道,"自兴兵,器械、甲仗皆取之于敌,未尝自修"。这种就食于敌的策略,是张巡能够长期坚守的重要原因。屈指数来,张巡率千人之众,坚守雍丘孤城4个月,大小战斗100余次,抗击敌众数万人,每战克捷,屡屡取胜,朝廷授张巡为先锋。桃李不言,下自成蹊,张巡威名之下,百姓前来雍丘归附者多达10000余户。

八月初,叛军将领李庭望率领蕃汉兵2万余人,沿途向东袭击宁陵与襄邑,夜间宿营在雍丘城外30里处。张巡遂率3000名士兵,手持短兵器进行夜袭,使叛军死伤大半,李庭望连夜落荒而逃。半年后,令狐潮、李庭望等叛将,眼见对雍丘屡攻不下,便在雍丘北面构筑一座杞州城,以此断绝张巡的粮食补给。而与此同时,随着鲁郡(今山东兖州)、东平(今山东东平)等地也相继被叛军攻陷,济阴郡(今山东定陶)太守高承义也献郡投降,虢王李巨便决定放弃彭城(今江苏徐州),领兵退守临淮一带。叛将杨朝宗见机,遂率步、骑兵2万余人,企图攻取宁陵(今河南宁陵)。张巡尊重朝廷命令,主动放弃雍丘,然后率马300匹、将士3千余人移师向东,与睢阳太守许远、城父令姚訚等在宁陵合兵,以图坚守。

张巡深谙兵法,他用兵主张"云合鸟散,变态百出",深合《孙子兵

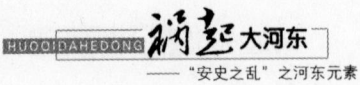

法》中"兵无常势、水无常形"之意。他在战术上灵活多变,从不拘泥于古法,在宁陵稳住阵脚后,便派部将雷万春、南霁云领兵北上,击败叛将杨朝宗,斩将20余人,杀敌一万有余,投敌尸于睢阳渠中,渠水为之不流。因其战功显赫,肃宗敕任他为河南节度副使。至德二年(757年)安禄山死后,其子安庆绪派部将尹子琦,率同罗、突厥、奚等部队与杨朝宗残部集结,共计13万人,浩浩荡荡进攻河南。此时周边城镇纷纷陷落,唯有军事重镇睢阳(今河南商丘市境内)还被官军坚守,苦苦地支撑着江淮流域的赋税,似有一点星星之火。

睢阳位于大运河的汴河中部,是江淮流域的重镇,位置非常重要,如果失守,运河便将阻塞,后果不堪设想。叛军当然也心知肚明,所以命令尹子琦全面攻城,力求速破。睢阳太守许远寡不敌众,眼看支撑不住,急忙向张巡告急。张巡因宁陵城小,难以抵御强敌,遂率3000将士进入睢阳,与许远合兵一起,共计6800余人。面对数十倍强敌,他们齐心协力,顽强固守,昼夜苦战,有时一天之内,竟然打退叛军20余次进攻。他们夜以继日,连续战斗16个昼夜,共俘获叛军将领60余人,杀死士卒2万余人。许远见证了张巡智勇兼备,计多谋广,自知才能不及于他,遂谓张巡曰:"远懦,不习兵,公智勇兼济,远请为公守,请公为远战。"主动将作战指挥权交与张巡,自己担负起调运军粮、修理战具等后勤保障工作。

张巡上任后,与许远密切配合,首先清除了内部叛将田秀荣,然后主动袭击叛军。作战中,他们战术运用非常丰富,先后进行过城邑防御战、伏击战、夜袭战、反击战、追击战,什么战术合理就用什么,什么战术能消灭敌人就用什么。五月时分,正是中原麦熟季节,叛军准备抢收麦子以充作军粮。张巡随之集结士兵，做出出城作战的样子，等叛军整装待战时，张巡却让官军佯作休息。看到叛军失去警惕，他们却突然杀出城门，直捣尹子琦大营，叛军猝不及防，损伤很多人马。所以史书称其"用兵未尝依古法"，从而能够少以胜多，长期立于不败之地。

报国之心，天日可昭，长期遭受叛军的围攻，又无外援而至，睢阳城已是危如累卵。到了七月，城中的守军饿殍遍城，剩余不足千人，而且粮食短缺，只好罗雀、掘鼠为食，煮弓、铠、纸浆充饥，直至弹尽粮绝。城中将士建议弃城突围，张巡、许远则认为：睢阳是江淮地区的最后屏障，如果放弃，则江淮不保，朝廷将失去抗击叛军最重要的财赋和兵员来源。而且饥弱疲惫的将士们，即使能够突围，也断难逃不出强敌的追击围歼，因此矢志与城池共存亡。叛军得知后，更加肆无忌惮，将睢阳围得铁桶一般，每日里攻城不止，接连用云冲、木马、钩车等工具攻城，均被张巡守军化解，最后干脆坐视不理，等着唐军饿死。万般无奈下，张巡杀爱妾煮熟后犒赏将士，许远也杀贴身奴僮，以给士兵充饥。在张巡、许远的感召下，城中将士及被策反的将领李怀忠等人，自知城破必死，却都是死心塌地坚守城池，没有一个叛敌投降的。

张巡受命于危难之时，与士兵同仇敌忾，与敌人进行了殊死拼杀。两年多的艰苦守城，他们始终保持着高昂的斗志，即使在最后一刻，也宁死不屈，这不能不说是个奇迹。一个重要的原因，是张巡善于鼓舞士气，以忠义激励将士，使上下团结一心。张巡虽然官职不高，但在战争发生后，能清醒地认识到坚守雍丘的战略意义。当雍丘已不可守时，又能做到审时度势，主动放弃雍丘，退守宁陵，变被动为主动，再败叛军。宁陵取胜后，他又主动与许远合兵，坚守战略要地睢阳，虽然自知兵微将寡,但却像钉子一样牢牢地钉在哪里,使叛军始终没有染指江淮。对于此,他曾挥笔写下《守睢阳作》一诗:"接战春来苦,孤城日渐危。合围侔月晕,分守若鱼丽。屡厌黄尘起,时将白羽挥。裹疮犹出阵,饮血更登陴。忠信应难敌,坚贞谅不移。无人报天子,心计欲何施。"表现出了忠贞不渝,大气凛然的英雄气概。

据史料记载,睢阳城战前有户口四万,至城破时仅剩四百活人,可见战争是如何的惨烈!在两年艰苦卓绝的防御战中,张巡用兵如神,屡战屡胜,相继导演出了火烧叛军、草人取箭、出城取木、诈降借马、鸣鼓扰敌、城壕设伏、削蒿为箭、火烧蹬道等一幕幕活剧,以不足7000人的兵力,前后与叛军进行大小400余战,歼其12万余人,使敌军遭受重创。他在战争所表现出来的智慧,实为中外战争史上所罕见,可谓是达到"无穷如天地,不竭如江河"的境界,不仅将士们为其折服,连叛军也对其智谋敬佩不已。张巡被俘后视死如归,怒发冲冠,骂不绝口。贼人用刀将他口中牙齿刮去,张巡毅然喷血斥贼,直到最后一息,致使敌人计穷无策,遂将其与南霁云、雷万春等36人杀害。

我们是否可以说,唐朝的天下得以保全,全仗着著名的睢阳城市攻坚战。虽说最终因寡不敌众,城破殉难,但是这场战役始终阻止了叛军向江淮方向的发展,阻遏了叛军南犯之势,确保了唐王朝江汉漕运的畅通,保护了唐朝的财赋和交通运输线,才使得江淮物资能源源不断地运往关中,为唐朝廷组织反攻,收复东西两京,赢得了宝贵的时间。而张巡如此独特战功,在世界军事史上也是绝无仅有的,无愧于"伟大军事家"的称号。张巡英勇殉国后,被追封为"通真三太子",肃宗诏赠其"扬州大都督",盛棺归葬故里,墓在河东永乐(今山西芮城)县

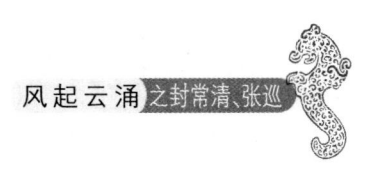

东南张村。

千秋功罪,自有后人评说,对于这一段历史,史学家们叹道,取得平叛安史之乱的最后胜利,与张巡的卓越指挥是密不可分的,为此唐人杜牧曾写诗云:"坐守睢阳当豹关,江淮赖此得全安。至今青史虽零落,犹障东风半面寒。"《张中丞传·后叙》更是载道:"守一城,捍天下,以千百就尽之卒,战百万日滋之师,蔽遮江淮,沮遏其势。天下之不亡,其谁之功也?"

## 4

历史的怪圈,总是将厄运降临在失意人的身上。再说天宝十四年(755年)十二月,玄宗在洛阳失守之后,听信宦官监军边令诚的谗言,杀害了大将封常清、高仙芝后,并没有迷途知返,而是更加自以为是,一意孤行,做出种种不可思议的决策与部署。然而朝中却也再无良将可派,使得潼关官军士气大挫,导致失去扭转整个战局的良机。在别无选择的情况下,玄宗决定选用陇右节度使哥舒翰为兵马副元帅。哥舒翰是胡人出身的战将,熟悉军事,智勇双全,其时为河西、陇右节度使,兼领西北两大军镇,威名显赫,虽因中风留有后遗症,但出谋划策犹可,且与安禄山、安思顺兄弟素有宿怨,玄宗此举也可谓是用心良苦了。不久后20万大军集结完毕,哥舒翰壮怀激烈,玄宗寄予无限希望,在兴庆宫勤政楼为之送别,百官成列排行到长安郊外为之饯行。

潼关为黄河上秦晋来往著名的关隘,地形险要,易守难攻,如果官军能够扼守潼关防线不破,保持相互对峙的局面,随着时间的推移,自然会对叛军不利。所以哥舒翰进驻潼关后,立即加固城防工事,决定深沟高垒,闭关固守,以逸待劳,采取倚之拒战的战略方针。天宝十五年(756年)正月,安禄山黄袍加身后,当即命令其子安庆绪率田乾真进兵强攻潼关要塞,他们或骚扰或挑衅,哥舒翰心有定力,始终坚持不予理睬,更不出关作战,高高挂起了免战牌。这本是一条正确的战略决策,叛军的主力被阻于潼关之下,数月不能够西进。安禄山曾为此费尽周折,寝食不安,眼见强攻不行,却是一筹莫展,便命令崔乾佑将将老弱病残的士卒屯于陕郡,而将精锐部队隐蔽起来,想诱使哥舒翰弃险关而出战。

　　从历史的记载看来,对于玄宗决定启用哥舒翰守关,和哥舒翰守而不战的应敌之策,杨国忠最初是支持的。但是随着玄宗加哥舒翰为左仆射、同平章事后,情况却发生了根本性的变化。按说玄宗的加官晋爵,本意是为了笼络哥舒翰,激励他坚守潼关,保证京师的安全信念。但是杨国忠却认为,一个边镇军帅的加官入相,对自己权势地位绝对是一个极大的威胁,由此两人之间的矛盾迅速尖锐对立起来。也就是在错误的时间,错误的地点,发生了一件错误的事情:天宝十五年(756年)三月,哥舒翰向玄宗奏报,说是在潼关抓住了安禄山的奸细,从其身上搜出安禄山给安思顺的密信,因而指控安思顺勾结叛军,并历数其七大罪状。结果安思顺很快在长安被诛,亲朋好友通通被流放到岭南蛮地去了。

　　后来的事实真相证明,哥舒翰是因为素来与安思顺有隙,故意借机叫人伪造书信,嫁祸与之。但是由于玄宗对哥舒翰的过于宠信,因而不加思索,就将安思顺斩草除根,这件事对杨国忠刺激很大。有史料称,杨国忠因与安思顺关系甚密,却没有能够将其救下,自此猜忌并害怕是哥舒翰冲他而来的。而此时的杨国忠,也是到了墙倒众人推的境地,因为安禄山的起兵叛乱,打着就是诛杀他的旗号,所以朝廷上下无不对其恨之入骨。而哥、杨之间矛盾的升级,更导致了潼关守将人心不稳,出现了要回兵讨杨的动向,副将王思礼就曾劝哥舒翰,诛杀杨国忠以谢天下,或者将杨国忠劫至潼关,以叛国罪论处。哥舒翰心有余悸地说道:"设如爱将所言,造反的就不是安禄山,而成了我哥舒翰了!"

此话渐渐传到了长安,杨国忠闻之大惊,如果真的如此,那比安禄山叛军入关还更加可怕。所以他借巩固朝廷为名,奏请玄宗选监牧3000人,在禁苑中训练,命剑南军将李福德、刘光庭等来统帅;又招募万余人驻扎灞上,由心腹杜乾运率领,暗中监控哥舒翰的动向。哥舒翰眼见形势不妙,便设计斩了杜乾运,杨国忠更加风声鹤唳。恰在此时,郭子仪、李光弼部在河北告捷,叛军军心开始动摇,而"大燕皇帝"安禄山的光景,此时也不咋好过。于是杨国忠乘机心生诡计,想借安禄山之手除掉哥舒翰,至少是他们两败俱伤,自己好从中坐收渔人之利。

安禄山疯狂地蹦跶了几天,却陷入了前所未有的困局,他西进潼关受阻,东过不去雍丘,南又兵困南阳,北路也几乎断绝,后方交通线也被切断,除了老巢范阳之外,辖区只局限于河南西部一隅,将士家在范阳者都忧虑后退无路。安禄山也控制不住自己的恐慌,一时间心灰意冷,甚至有些悔不当初,于是招来高尚、严庄等人,歇斯底里地骂道:"汝数年教我反,以为万全。今守潼关,数月不能进,北路已绝,诸军四合,吾所有者止汴、郑数州而已,万全何在?汝自今勿来见我!"高尚、严庄之辈胆战心惊,束手无策,数日里不敢面上,安禄山大失所望,遂"议弃洛阳,走归范阳,计未决"。就在安禄山进退维谷之时,长安的朝廷里却是一片混乱,昏庸的玄宗也是手足无措。杨国忠见状,遂向玄宗奏道:"限令哥部从潼关杀出,郭、李率部从北面掩杀,如此两面夹击,安禄山数日可灭!"

惶惶不可终日的玄宗,这时也接到叛将崔乾佑,在陕郡一带"兵不满四千,皆羸弱无备"的情报,当然是喜出望外,随即决定依杨国忠之计而行,遣使携诏,命令哥舒翰迅速出兵,收复陕洛。哥舒翰身处一线,当然是心知肚明,潼关地势险要,重在守而不利于战,所以婉转提出了坚守拒战的主张。但是玄宗求胜心切,加之在杨国忠的蛊惑下,似乎平叛胜利就在朝夕之间,招手就来。然而哥舒翰却是按兵不动,屡次回奏据理力争,说是安禄山长于用兵,今以屏兵示其弱者,乃是调虎离山,诱我出兵。我们如果轻易率兵出关,就正中禄山的诡计,何况叛军远来,他们利在速战;而我军凭借潼关天险,利在坚守不动,保存实力。再说安贼丧失民心,日久势必内变,我待其内变而乘之,可不战而屈其之兵。

远在河北的郭、李二将听说后,也上奏陈述利害:"末将领兵北攻范阳,覆安贼之巢穴,擒贼党之妻孥为质,招降其爪牙,叛军必将内溃,潼关大军只宜固守,若潼关出师,有战必败,关城不守,京室有变,天下之乱何可平之?"提出了坚守潼关,挥军北上,直捣范阳的方略。其他将领亦纷纷上奏道:"潼关乃险要之关隘,长安之屏障,应以固守为上策。贼今羸卒诱我,千万不要为其所惑。"如果朝廷采纳这个方略,平定安史之乱也许指日可待。然而古代帝王,并不像我们想象那样蹈规守矩,即使有章可言,也未必能够以此为信。他们追求的乐趣,不在于能够正

确地管理国事,而是无人能够阻碍他们的随心所欲。他们可以杀无罪之人,可以封无功之将,可以颠三倒四,忽发奇想,朝令夕改……结果造成潼关失守,叛军从困境中得以解脱,使战局急剧恶化。

本来安禄山称帝后,沦陷区里纷纷起兵反叛,"大燕王朝"长时间驻师不前,尤其是郭子仪、李光弼在山西、河北一带顽强抵抗,哥舒翰坚守潼关不出,使得战局呈现出暂时对峙的形势,给了唐军以喘息的机会,只要能够继续扩大战果,当会最终全歼叛军,恢复大唐王朝的统治。但是由于玄宗心怀侥幸,再一次错误地估计形势,甚至怀疑哥舒翰有意联络众将,对抗自己的诏命。于是亲书手敕御旨,斥责哥舒翰道:"卿拥重兵,不乘诚无备,急图恢复失地。而欲待贼自溃,按兵不战,坐失事机,卿之心计,朕所未解。倘旷日持久,使无备者转为有备,我军自降不利,国法俱在,朕自不敢拘情也!"

哥舒翰读罢玄宗手敕,知道大势所趋,必将是功败垂成,却又无可奈何,不禁抚膺恸哭。兵法云:"将能而君不驭者胜。"现今哥舒翰处处受到朝廷掣肘,明知不胜却必须为之,何以能够高奏凯歌,得胜还朝呢?可怜的哥舒翰,被迫于六月初四领兵出关,初七在灵宝西原与崔乾佑部相遇,进入了叛军的埋伏圈里。灵宝位于崤山群峦之间,两旁悬崖峭壁高耸入云,中间蜿蜒曲折着一条70里长的狭窄山道,地势对唐军极其不利。哥舒翰清晨入涧,不敢怠慢,遂以王思礼率精兵5万为前锋,庞忠等率10万大军逶迤而行,并派出3万人渡过黄河,在河北岸高处击鼓助攻。

此时的叛军将领崔乾佑,早已是以逸待劳,预先把精兵埋伏在南面山上,然后用老将弱兵佯装挑战。唐军见来者阵势不整,便放松警惕长驱直进,结果被诱进埋伏圈内。叛军将领一声令下,山腰里伏兵突起,周围木石滚滚而下,数万唐军拥挤于隘道,兵力难以展开,顷刻间被杀得头破血流,横尸峡谷,唐军死伤无数。哥舒翰见大事不妙,急忙下令突围,用毡车作为前驱,以堵挡飞来的箭石,企图打开了一条生路。叛军早有防备,将装满干草的车辆纵火焚烧,直直向唐军冲来,恰逢东风忽起,漫山遍野火焰冲天,焚烧的草车将道路堵塞,整个山谷成了一片火海。唐军被烟焰迷目,看不清目标,乱发弩箭,自相残杀,直到日落矢尽,才发现中了叛军的奸计。

　　唐军的厄运并没有就此结束,正待他们好不容易寻了一片空地,正待稍要缓息之际,崔乾佑派出同罗数千精骑,从南面山谷里迂回到唐军背后,出其不意快速杀出。唐军遭到前后夹击,哪里还能组织起有效的抵抗,将士们有的弃甲逃入山谷,有的被挤入黄河淹死,绝望的号叫声惊天骇地,一片惨不忍睹之状。后军此时正在行进时,看见前军被杀得落花流水,于是不战自溃。而黄河北岸的唐军,眼见形势不利,也纷纷四处溃散,哥舒翰只带领数百名骑兵,狼狈不堪地逃回潼关。经过这一番厮杀,出发前将近20万的大军,此时只剩下8000余人了。还未等他们喘息过来,崔乾佑尾随而来,攻占了潼关,哥舒翰被部将挟持至洛阳,卑躬屈膝地投降了安禄山。

　　正在彷徨中的安禄山,得到如此的胜利,就仿佛奄奄一息的狂犬,被注射了一支强心针,刹那间又起死回生,随即发出了向关中进击,最终夺取长安的命令,于是唐朝京师面临陷落的危急。由于玄宗错误估计形势,拒绝采取据守险要、持久疲敌、伺机出击的方针,过早地出关反攻,结果造成人地两失,结果元气大伤,使平叛战争局势急转直下。

## 风起云涌 之封常清、张巡

崔乾佑潜锋蓄锐,诱唐军弃险出战;会战时又偃旗欲遁,诱唐军进入伏击区,因而取得大胜,为叛军夺取首都长安,扫清了最后一道屏障。设若不论战争性质的正义与否,灵宝之战,留给中国战争史的,是一次伏击战的典型战例。

箭头不快,箭杆弩坏。皇帝的昏庸无道,即使有再好的勇将良相,也只能是画饼充饥,梦断黄粱了。潼关失守的消息传到长安,成为压垮唐王朝的最后一根稻草,京城里陷于一片混乱。玄宗最后的一点信心和勇气,也在这惊慌失措中消弭殆尽,由于惧怕长安失陷,自己沦为昔日胡儿的阶下囚徒,经过苦思冥想,左右权衡,最后还是接受了杨国忠移驾"幸蜀"之策。杨国忠选择去西蜀避难,决然不是心血来潮,因为他发迹于四川,又曾身领剑南节度使之职,如果玄宗逃往蜀中,对巩固他的地位十分有利,甚至可以"挟天子以令诸侯"。所以他即刻派出心腹崔圆,前往四川增修城池,建置馆宇,储备什器以供急需。当然,四川物产富饶,周围有崇山险关可据,对于惊弓之鸟的玄宗而言,也不失为一个安全可靠的去处,所以两人是心有灵犀,一拍即合。

阴谋是在悄无声息中进行的,当长安城还在躁动不安里等待苏醒,十里皇宫似乎业特别的安静之时,西蜀大逃亡的行动已在有条不紊地展开着。为了掩人耳目,玄宗亲自登临勤政楼上,声泪俱下,慷慨激昂,宣称要与国赴难,领兵亲征,随即任命了一批京兆留守官员。并谎称剑南节度使颖王李璬将去赴任,令岭南道作好迎接准备,自己将设宴壮别。然而就在当天晚上,玄宗却从兴庆宫搬到未央宫,特命禁军首领陈玄礼,连夜整顿禁军,挑选良马900匹以供保驾之用。而黎明前的黑暗里,未央宫中显得格外寂静,杨贵妃打发走心乱如麻的众姐妹后,自己也陷入不可名状的恐惧之中。长安失陷在即,自此去西蜀将道隔千里,不知何时才能回来?面对孤灯寒夜,杨贵妃忐忑不安,一夜几乎无眠。

有时候,历史并不仅仅只是江山美人的浪漫,也并非只有忠奸分明的那么简单,其中包含了诸多琐碎、丑陋、复杂的细节,这就需要我们运用理智与思辨,清醒地去看待整个历史事件的过程。也许只有这样,历史才有可能真正地成为可供我们借鉴的精神资源,而不至于只是茶余饭后的闲言碎语。天宝十五年(756年)六月十二日清晨,蒙蒙细雨笼罩着古都长安,玄宗和杨贵妃姐妹,带着皇亲国戚,以及杨国忠、韦见素、高力士、魏方进等亲近官宦,如丧家之犬般地离开未央宫,踏上了千里逃亡的征途。由于沿路寝食不安,从行者怨声载道,不绝于耳,一种不祥气氛随之而来,笼罩在这支圣驾逃难队伍的上空。

## 5

何为天意?其义是指上天的意愿,这当然是一种迷信的说法。不过有一个词语,叫作"天怒人怨",却是很有几分道理的。这句话的意思,是形容为害作恶十分严重时,就会引起人们普遍的愤怒,苍天上帝也不会原谅的。苏轼在他的《代张方平谏用兵书》写道:"天怒人怨,边兵背叛,京师骚然。"苏夫子的这段描述,与此时玄宗面临的形势是何其的相似。逃难的第三天,也就是天宝十五年(756年)六月十四日,天空烈日当头,途中将士饥疲,玄宗一行到达望贤宫时,安排打前站的宦官王洛卿,携同咸阳县令早已逃之夭夭。玄宗贵为天子,却也得不到天意

的青睐,面对炎炎烈日,也只能是无可奈何,只得随着大队人马,逶迤行至兴平县马嵬驿。

马嵬驿依马嵬坡而建,相传古代名将马嵬曾经在此筑城,如此故名。但是让马嵬坡名扬天下的,却是这次天怒人怨的大逃亡。他们一路走来,护驾的将士们疲惫不堪,一个个满怀怨懑,露出强烈的愤怒情绪,仿佛是一堆积攒起来的干柴。而禁军首领龙武大将军陈玄礼,早已对专横跋扈、乱政误国的杨国忠恨之入骨,面对这一触即发的局面,他遂萌发出诛杀杨国忠,以清君侧的念头。陈玄礼长期在内侍供职,颇得玄宗信任,遂召集众将领说道:"如今天下分崩离析,生灵涂炭,皇上出逃在外,众爱卿遭罪受苦,所有的这一切罪恶,皆因奸相杨国忠荒淫无度,把持朝政,导致朝野怨愤,山河破碎。若不除之以谢罪天下,怎能削平四海之愤?"

这一慷慨激昂的振振之词,无疑是一把被点燃了的烈火,也就在此时,恰好有20多个外族使者,因饥饿围住杨国忠理论,陈玄礼趁机大声喝道:"杨国忠与吐蕃人谋反!"话音未落,早有人一箭射去,杨国忠从马背上滚落下来,迅速窜进马嵬驿西门内。军士们蜂拥而入,将其乱刀砍死,割下脑袋悬于驿门,随后又将杨国忠的大儿子杨暄,以及韩国夫人和秦国夫人一并被杀。其时玄宗正在驿亭里休息,左右告诉他说,杨国忠已被军士以谋反罪名杀死。玄宗听后沉思良久,方才拄着拐杖走出驿门,劝慰军士们收兵归队,回营房待命。不料军士们怒吼道:"红颜祸水,贼本还在,请陛下明断!"陈玄礼跪禀道:"杨贼谋反,祸国殃民,贵妃不宜供奉,请陛下忍痛割爱,将其正法,以绝后患。"

一片乌云迅疾飘来,掩盖了驿馆的上空,玄宗无异于当头挨了一棒。平心静气而论,对于杨国忠的被杀,玄宗虽然震惊,却并没有多少的惋惜,只要能够抚平众怒,自己安全西行,他是不会过于追究的。可是现在得寸进尺,竟然要杀掉杨贵妃,这使他万难割舍的,陷入了两难之境。回想起自杨贵妃进宫以来,17年间朝夕相处,两人早已结为相依为命、生死与共的恩爱伴侣,而今国破家亡弃京西逃,一国之君的尊严早已丧失殆尽,难道作为堂堂的大唐天子,连自己的爱妃都不能庇护?可眼前的形势又如上弦之箭,四处弥漫着浓浓的仇恨,军士不退后果则难以预测呀。"玄宗欲出内庭珍藏以换贵族性命,然兵士不从"。

乌云弥漫,山风呼啸,坐落在荒郊野外的马嵬坡,却也是山雨欲来风满楼啊。回顾中国的历史,几乎每个王朝的灭亡,都与红颜祸水的故事有关,似乎成为中国历史进程绕不开的法则。而此时在驿中休息的杨贵妃,听到馆舍外喧闹声初起之时,第六感官就告诉她,似乎要有不测事故发生,便不时让侍女出去打探消息。当听说族兄杨国忠已被哗变的士兵杀死,皇上也被要求处死自己时,她的心霎时间降到了冰点,止不住玉容寂寞泪阑干,梨花一枝春带雨。想想自己平素深居后宫,极少参与政事,怎么会成为祸国殃民的红颜祸水?让一个弱不禁风的女子,去承担亡国破家的责任,未免对自己太有失公允了吧!

不过其时的杨玉环,不可能、也无力去解答这一事关国家生死存亡的重大命题。或许我们只能这么说,正是因为她生在了这个特殊的环境里,所以历史才总要给她一个"承担"。就在杨玉环盘桓之际,玄宗踽踽着走入驿内,高力士和一班大臣都默随其后。玄宗看到杨玉环满脸梨花带露,止不住如万箭穿心,眼泪扑簌簌地滴落在地。高力士心里明白,按理杨贵妃不该为杨国忠的误国而受牵连,但作为皇帝的忠实奴仆,他的职责就是为圣上排忧解难。自己平日里殷勤侍候杨贵妃,其目的也都是为了取悦圣上的花心芳欲,如此看来,如今就只好委屈杨贵妃了。想到这里,他婉转地对玄宗说道:"贵妃确实无罪,但将士们既然杀了杨国忠,而贵妃娘娘仍在陛下身边,他们岂不担惊受怕呢?"

也许人只有到临死的时候,才能真正明白什么叫作生命,才知道人的一生本可以不这么活着,许多原来以为很重要的东西,其实只不过是编织得很美的谎言而已。可怜的杨贵妃,已从玄宗朦胧的眼神中,预知到自己不幸的结局,回想自入宫以来陪伴玄宗的一幕幕往事,如远隔天际却又似在眼前:17年间转瞬即逝,自己已由天真活泼的少女,变成了雍容华贵的少妇贵妃,尝尽了人世间无限美满幸福,也遭受了多少人的嫉妒羡慕。"春风桃李花开夜,秋雨梧桐叶落时。"17年间,自己与玄宗的恩爱情谊,又怎是语言可以描述的了:忘不了长生殿前生死相伴的密誓,忘不了歌舞场中琴瑟相和的美妙,然而一切都要随风而逝,自己却将成为宫廷政治斗争的牺牲品!

想到自己在劫难逃,杨贵妃反而镇静下来,她将头扭向窗外,看群峦似幔,残阳如血,天近黄昏时分,竟是如此的壮美。然后她回过头来,含情凝睇谢君王,一别音容两渺茫,接着跪地俯首,面带微笑地同玄宗诀别:"愿陛下珍重龙体,妾有负皇恩虽死无恨,只求在佛前西去,来世再为陛下祈祷!"玄宗低声呜咽道:"愿爱妃能够善地投生!"说完挥袖拂泪,示意高力士将杨贵妃带走。山风呜咽,知了长鸣,在佛堂前的梨树下,两名身强力壮的小宦官,用罗巾勒死杨贵妃,据野史传言,其时满树梨花盛开,随即又纷纷凋谢,落英如雪。随后高力士用锦被包裹住贵妃尸体,将其掩埋于马嵬驿西郭外道北,其时杨玉环年仅38岁。

# 祸起大河东
——"安史之乱"之河东元素

对于马嵬驿的悲剧实景,白居易在《长恨歌》中做了逼真而又催人泪下的描述:"六军不发无奈何,宛转蛾眉马前死。花钿委地无人收,翠翘金雀玉搔头。君王掩面救不得,回看血泪相和流……"杨贵妃以美貌而临幸,以才艺而受宠,以钟情而得爱,以悲剧而归终,可谓是绝代艳妃,英年早殒,生命从此化作一缕青烟,飘然随风而四野散去,只遗落下一曲无言的悲歌。据说此时,恰好进贡南方荔枝的快骑到达,玄宗睹物思人,叹息流泪,命高力士拿去祭奠亡灵。胜者王侯败者寇,当年何等风云人物,即使在几天前依然风流倜傥的贵妃及皇亲国戚们,顷刻间却生死两别,命归黄泉,生死真是无常。由此可见,深宫里的红颜命运多舛,荣辱交替,远远胜过我们寻常百姓。

在封建社会里,帝王私生活的放纵,皇帝的后宫拥有众多后妃姬妾,历朝历代都屡见不鲜。玄宗就曾拥有"三千宠爱",尤其偏宠赵丽妃、武惠妃诸人,那时显然带有"泛爱"、"纵欲"的色彩。但是他对所爱所恨之人,并不着眼于家世门第和身世履历,这一方面尤其难能可贵。如赵丽妃本是歌妓,他却能爱得深挚;王皇后是他创业时期的贤内助,却由于两人性格不合而遭到废黜。而对于杨玉环,玄宗既有惜香怜玉的"唯美"成分,更有志同道合的"惜才"因素,他们之间既不是皇权高压下违心的曲意顺从,也不是附庸于金钱名利的阿谀献媚,而是两颗心灵实现了真诚的碰撞与交流,可谓古代帝后爱情传奇的代表作。在这一点上,杨贵妃的爱尤为纯洁,她不仅把玄宗看成是人间至尊的皇帝,更把他看成是可托肺腑的挚友,两个至高至尊的男女,在追求着人世间心心相印的真诚情爱。

关于马嵬驿事变的真正主谋,历来众说纷纭,固然有太子集团和宦官的势力，同时也有广大军士与百姓的愤怒，其历史意义早已经超越了封建统治者内部的权力之争。就具体马嵬驿之变而言，表面上看来是一场士兵哗变，实质上是由太子李亨和宦官李辅国、禁军首领陈玄礼等策划的一场争权斗争。太子李亨自天宝五年（746年）以来，屡遭李林甫和杨国忠的打击，处境极为孤立，尤其是杨国忠任宰相后，他更是雪上加霜。时值安禄山叛乱，玄宗本想让太子李亨接替皇位，但是由于杨国忠及其姐妹的极力阻挠，没有能够成为现实。这次玄宗听信杨国忠谗言，又要弃京幸蜀，如果真的到了蜀中，太子在杨国忠势力的控制下，恐怕就更难有出头之日了。因此由太子李亨主谋，借机除掉了杨国忠，所以后世史家认为，"马嵬之变"是一场"有组织有计划的兵变"。

身陷绝境之地，才可能浴火重生。马嵬驿事件发生，使玄宗精神受到了极大的打击，没有了杨贵妃的陪伴，他变得非常孤寂落寞。不过在孤寂落寞中，他得到了对人生意义深刻地反省：在自己生命中，对于美人与江山的需求，是鱼与熊掌都割舍不掉，设若在两者间必须选出其一时，也许他是宁可选择美人，当然只是对杨贵妃而言。设若不是遭到杨国忠的阻拦，或许早已将帝位传给太子，自己与贵妃琴瑟相和，夫唱妇随，何须会有今天的悲哀与苦恼呢？可是设若问及生命与美人孰轻孰重时，自己的选择……玄宗无力地沉下头，眼泪顺颊而流，滚落在驿馆的青砖地上。

为了江山也为了美人，他需要重新振作起来。但是一想到美人已化作一缕烟云，飘散在山野树林里，江山也在叛贼的铁蹄下被蹂躏时，心就又像被毒蛇噬咬了一般疼痛。这一切又能怪谁呢？李林甫、杨国忠、安禄山,还是杨贵妃?或许都有,那么其根源何在呢?他不敢再想下去,于是痛定思痛,任命太子李亨为天下兵马大元帅,统领朔方、河北、河东、平卢诸镇节度使,率兵前去讨伐安禄山,收复东西二京……风在继续刮,雨依旧下着,玄宗与太子分手后,则又重新踏上了未竟的征途,继续南逃直至成都,等到国事平稳后,才派人前去马嵬坡祭奠美人杨贵妃。

人活着到底是为什么?这个问题肯定每个人都曾想过。当然各自的想法都会不尽相同,皇帝与百姓的想法就决然是异样的。天宝十五年(756年)时,李亨等不及父皇的传位,派人向蜀中送去一函信札,便由东宫侍卫李辅国拥戴,在灵武(今宁夏灵武)私自称帝,改元至德,史称唐肃宗,遥尊玄宗为太上皇。皇室的无稽之事,就是如此的荒谬无道,这样做是否法理能容,是否算谋权篡位呢?玄宗接报无语,手扶拐杖遥望北天,两眼昏花面容憔悴,只闻得身旁高力士的一声叹息……

两年过后,已是至德三年(758年),黄叶飘落,野雁长唳,岁末时分玄宗重归长安,及至人去楼空,忽然感到一种不可名状的孤独,眼前总是晃动着杨贵妃那娇甜的俏脸、丰肤的身影和翩跹的舞姿,耳边也似在回荡着那轻柔的歌声和心醉的笑语。然而物是人非事事休,偌大的宫殿中,除了他孑孓老迈的身躯,一切都那么寂静,静得让人心酸,静得让人不寒而栗,积压在他心底的悲哀之情,久久不能自已:王皇后、梅妃、武惠妃,还有杨贵妃、虢国夫人以及李林甫、杨国忠、安禄山……假如能从头活起,又将如何面对这些人呢。

何谓天子不老,原来人生如梦。夜如永无休止的长,黑暗如胶漆般的浓,玄宗又想到祖宗和子女,高祖、太宗、高宗、武后、韦后,还有自己

风起云涌 之封常清、张巡

的父亲睿宗，姑姑太平公主，兄弟相残，父子反目，夫妻为仇。而自己在位44年，有儿子、女儿各达30人之多，他们觊觎皇位，相互争宠，然而谁又可成为年迈之人的"解语之花"？即使继位大统的太子肃宗，亦时时提防着他这退位的父皇，生怕其卷土重来……眼前残酷的现实，终于让玄宗看破了红尘，人人都要逝去，事事皆是虚空，一切都清淡如水如烟。而自己早已把生命中最辉煌动人的一幕，留在了华清宫的长生殿里，留给了美人杨贵妃了……

无限历史往事，很难一语说清道白，玄宗又想到了杨贵妃，又想到了马嵬坡，渐渐地淡忘了一切烦恼，心也追慕着仙人西去太虚。上元三年（762年）四月，在窗外稀疏的雨水声中，玄宗平静如睡去，落寞而归天，时年78岁。盛唐之后，历代作家和诗人，对李、杨之间的生死恋情进行了大量的描述与咏叹，使得杨贵妃这一人物千余年来家喻户晓，寄予了无限的哀婉和同情，终于发出了"七月七日长生殿，夜半无人私语时。在天愿作比翼鸟，在地愿为连理枝。天长地久有时尽，此恨绵绵无绝期"的千古绝唱。可以说，玄宗在其统治后期，由于过度宠幸杨贵妃，造成腐败的政治局面（这仅仅只是一个方面），导致中国历史上再一次外戚专权祸国，构成了他们不光彩的一面。但是历数中国封建社会的帝王爱情故事，实则不曾有超越李杨之间的真挚情感，为我们留下了凄丽哀婉的不绝余韵。

历史有时候是惊人的相似，玄宗没有想到200年后的另一个朝代，可以对他的此时情境做出淡淡然的诠释。五代时的吴国，在几经传宗篡嗣后，帝位旁落于徐知诰之手。他自称是玄宗之子永王璘之嫡裔，遂改姓名为李昪，立国号唐，史上称作南唐。传至第三代李煜继位，此

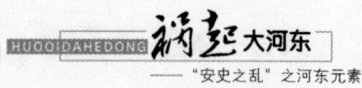
——"安史之乱"之河东元素

君人风流,善文辞,工书画,知音律,确有几分玄宗遗风。他改年号为开宝,集开元与天宝一身,虽然未如玄宗一样被人篡位,但却断送南唐国亡,只留下许多脍炙人口的词。借用后主李煜一首《虞美人》奉录于此,可遥祭玄宗其时在长生殿里的心境:"春花秋月何时了,往事知多少?小楼昨夜又东风,故国不堪回首月明中。雕栏玉砌应犹在,只是朱颜改。问君能有几多愁,恰似一江春水向东流。"读这首词,音韵俱佳,堪称千古绝唱,人若真有在天之灵,玄宗闻知儿孙如此遗韵,不知又该做何种感叹。

宋 免胄图 郭子仪单骑见回纥 李公麟 绘 现藏台北"故宫博物院"

再造唐朝 之郭子仪、李光弼

# 再造唐朝　之郭子仪、李光弼

## 1

沧海横流,方显英雄本色,故而有"乱世出英雄"一说。而且但凡新生事物,也总是朝气蓬勃充满生机,肃宗即位后的最具体想法,就是要做一个名正言顺的大唐皇帝,全面收复两京与失陷之地,彻底打败安禄山和他的叛军,全面统治李唐家的江山社稷。多年来的朝政风云告诉他,若要成就这番伟业,只有大将郭子仪和李光弼可以胜任。因为在所有抗击安史乱军的十个节度使中,郭子仪与李光弼战功最大,威望最高。战斗正未有穷期,在至德元年(756年)九月,肃宗登基不久,一纸诏书被快马送至河东前线,要求他们前来灵武火速勤王。

郭子仪(697年~781年),华州郑县(今陕西华县)人,祖籍山西太原。他的父亲郭敬之,历任绥州、渭州、桂州、寿州、泗州五州刺史,为唐

朝重臣。郭子仪身材魁梧，体魄健壮，相貌秀杰，他在父亲的教育和影响下，从小爱读兵书，喜练武功，不仅武艺高强、阵法娴熟，而且公正无私，不畏权贵。早年参加武举，以"异等"的成绩，补任左卫长史(皇帝禁军幕府中的幕僚长)，后来因屡立战功，累迁至单于都护府副都护、振远军使。天宝八年(749年)，郭子仪任安塞军使，5年后(安史之乱爆发的前一年)，他已出任天德军使，兼九原太守，朔方节度右兵马使。

据说在郭子仪20岁时，辗转来到河东军(今山西太原)服兵役，因犯军纪，按律当被斩首。虽是出师未捷身先死，却并未使英雄泪沾襟，以现在的话来说，郭子仪是一条真正的汉子，疾恶如仇血性方刚，当他被捆绑着押赴刑场时，竟然是面不改色心不跳，昂首阔步视死如归，一边走一边唱着秦腔乱弹，高兴时还向旁边酒肆饭庄要碗酒喝，一副舍我其谁盛气凌然的样子。也是合当他命不该休，正行间遇到一个人，就是被后人誉为"诗仙"的李白。李白与郭子仪素昧平生，但是看到郭子仪相貌非凡，临危不惧，颇有英雄浪漫气概，又听说是因为抱打不平而误伤人命，不由得赞叹道："如此豪杰，将来定为国家栋梁之材，杀之未免可惜。"遂找到执法官员，以自己的官职担保，将郭子仪救下刑场，挽救了这条年轻的性命。只是李白决然不会想到，自己这不经意的一举，竟为挽救大唐王朝预埋下一根支撑大厦的顶梁柱。

直到天宝元年(742年)，李白才由道士吴筠推荐被召至长安，供奉于翰林院，曾在宫中给杨贵妃写过一首《清平调》："一枝红艳露凝香，云雨巫山枉断肠。借问汉宫谁得似？可怜飞燕倚新妆。"后因不能见容于权贵，不足三年就赐金放还而去，又过起了漂泊四方的日子。

天宝十四年(755年)，安史之乱爆发后，玄宗提拔郭子仪为卫尉卿,兼灵武郡太守,充朔方节度使,诏令他出兵河东征讨叛军,几乎将唐朝国运系于他一身。次年四月,郭子仪率旗开得胜,一举收复重镇云中(今山西大同),大败叛军薛忠义,坑其骑兵2000人。接着又使别将公孙琼岩,率2000骑兵收复马邑(今山西省朔州),大获全胜,从而打通了朔方军与太原军的联系,使安禄山下太原,入蒲州(今山西永济),夹攻关中的军事行动无法实现。不久郭子仪又收复了静边军(今山西右玉县),斩杀叛将周万顷,并且在河曲击败叛将高秀岩,从而赢得了战略上的主动权。捷报传到京城长安,朝野人心稍安,郭子仪以功加御史大夫。

至德元年(756年),叛军攻破常山郡(今河北正定),占领了河北大部分地盘。朝廷命令郭子仪回到朔方补充兵员,从正面战场出击叛军,以图收复东都洛阳。郭子仪则认为,必须夺取河北各郡,切断洛阳与安贼老窝范阳之间的联系,绝其后方供给线,才能有效地打击叛军前线的有生力量。后来的实践证明,郭子仪的这一选择无疑是正确的,在他的推荐下,朝廷任命李光弼为河东节度使,并分了1万军队给他。李光弼由太原出井陉口,一连收复7座县城,并且在很短的时间内收复了常山(今河北正定)。同时郭子仪率军和李光弼会合,以10万官军之力,与史思明会战于九门城(今河北省藁城西北)南,几乎将其部全歼。

郭子仪大战河北前线,取得了平叛以来的辉煌战果,使唐朝上下看到了希望的曙光。然而史思明虽然新败,却是贼心不死,又收整了5万叛军退守博陵(今河北定州)。博陵是河北的重镇,西依丛山峻岩,东临百汇群川,郭、李两人率部久攻不下,于是决定退守常山,采取"贼来

——"安史之乱"之河东元素

则守,贼去则追,昼扬其兵,夜袭其幕"的战略部署,同时加紧修缮防御工事,深沟高垒,严阵以待。史思明求胜心切,欲求决一雌雄,采取了追踪跟进的策略,"我行亦行,我止亦止",企图重创唐军。郭子仪将计就计,亲选500精锐骑兵交相掩护,轮番挑战,牵着史思明的鼻子疾速北进,使5万叛军欲战不能,欲退不可,大大挫伤了敌人的锐气。史思明一连追了3天3夜,追到唐县时,才发现前面只有500骑兵,方知道上当受骗,然而已经人困马乏,几乎丧失了抵抗力。

郭子仪眼见时机成熟,乘叛军疲惫不堪之机,来了一个回马枪,大败史思明于沙河。接着,他又马不停蹄地南攻赵郡(今河北赵县),斩杀叛军太守郭献璆,又在嘉山击破叛军的增援部队,唐军由此开始起死回生。郭子仪这一连串的组合拳,打得叛军晕头转向,扭转了唐军之前仓促应战的被动局面,从此改变了整个战争的形势,10多个郡县自发集结武装,纷纷斩杀叛军守将,迎接朝廷军队驻守。然而就在郭子仪捷报频传,准备北征叛军老巢范阳之时,却闻知"哥舒翰败,天子入蜀,太子即位灵武"的消息,只得放弃大好形势,与李光弼应诏,当即率5万精兵奔赴行在(指天子所在的地方)。

探寻古今中外的战争时,我们不难发现其中的规律,战争的主动者往往欲置对方于死地而后快,而战争的被动者,也决然不会在弱势下乖乖地被人宰割,这就需要双方指挥者的智慧与谋略。不久肃宗决定发兵南征,任命郭子仪为兵部尚书、同中书门下平章事(宰相),依旧兼任灵州大都督府长史、朔方军节度使,统一调配军政力量。肃宗亲赴校场,率文武百官检阅步骑六军,为出征大军壮行。不料大军来到彭原郡时,宰相房琯为了邀功请赏,请求担任前军统帅,领兵1万人征讨贼

兵,以期收复长安。谁知军队开到陈涛时,遭到叛军的围歼,几乎是全军覆没。出师未捷,军队就先丧失一半,实在是得不偿失。

但是肃宗求胜心切,决定以"克城之日,土地、土庶归唐,金吊、女子皆归回纥"的条件,向回纥借兵15万,敕令郭子仪全力以赴。郭子仪面向北方,折箭立誓道:不消灭叛军,以死谢罪。就在此时,叛将阿史那率5000骑兵,引领九府叛军,企图从河曲西渡黄河,借道进攻灵武行在所。河曲(今山西河曲县,即西口所在地),地处山西、陕西、内蒙古三省交界处,与灵武一河之隔,是保护朝廷行在所的战略要地。郭子仪当机立断,趁叛军立足不稳,与回纥首领葛逻支联兵发起进攻,俘虏数万叛军,一举平定河曲九府,解除了唐朝廷的后顾之忧。然而战争的形势瞬息万变,常常是你进我退此消彼长,叛军虽然失去河曲,却在其他战线上捷报频传,高奏凯歌,屡屡抢州夺县,扩展地盘,尤其是潼关的失守。

唐朝建都长安,被称作西京,洛阳辟为东京,是唐朝政治、经济和文化的中心。叛军攻陷洛阳、占领潼关后,整个局势急转直下,长安可以说是已无险可守。依照《孙子兵法》而论,战争的最高境界应是"不战而屈人之兵",就是说兵不血刃,就能迫使敌方投降。当然依照常人的理解,这个原则需要有一个前提,那就是说必须是战争的正义一方。如此而论,安禄山的反叛既不符天意,也不合民心,纯属是逆历史潮流而动的人民公敌,祸国殃民的罪魁祸首,理应是战争的征讨者。但是战争的本身并没有阶级属性,而且因为玄宗的仓皇出逃,安禄山眼见战局一改往日的颓势,便放弃了先前曾让崔乾佑兵留潼关,待机而行的策略,当即命令部将孙孝哲率兵与崔乾佑汇合,由潼关出发进逼长安,夺取战争的最后胜利。

由于玄宗率部分朝官仓皇逃离,使长安守军早已众叛亲离,未等叛军开始进攻,那个阴谋杀死封常清、高仙芝的边令诚,便与奸臣阉宦们俯首称臣,竞相开城纳降,叛军们没有费吹灰之力,便耀武扬威地占领了皇宫内城。安禄山在得到禀报后,诏命以张通儒为西京留守,崔光远为京兆尹,使安守志率兵驻扎苑内,以监关中诸将。按说,安禄山虽然是一个皇帝位,却也算是得到了施展抱负的平台,假如能够修明政治,以民为本,顺应民意,体恤民情,"大燕王朝"何尝不会国运昌盛,帝业恒久呢?就他自己来说,也不枉做过几天皇帝,或许在中国历史上留下辉煌的一抹亮色。

然而事与愿违,安禄山真的不是当皇帝的"料",这个既无德行又无操守的混血胡儿,根本就是一个混世魔王,却把自己当成什么真龙天子,因而涂抹下了一笔丑恶。他在闻报长安城破后,第一个想到的,竟然是他的"干娘"杨贵妃,还有那几位雍容华贵的杨氏夫人们,顷刻间只觉得花心怒放,魂牵梦绕,飘飘然不知东西南北为何方向了。当然,此时的安禄山已今非昔比,早不是当年为取宠玄宗而献舞于筵席前的胡奴了。如今的安禄山,已是位于天子的大燕国皇帝,与玄宗老儿是平起平坐,而且比之更加如日中天,所以他渴望拥杨贵妃入怀中,就绝不仅仅是为了讨干娘几口奶吃,而是要……

好事如梦如烟在脑海里漂浮,安禄山摇头晃脑地做着美梦,愈想愈觉得浑身酥麻起,涎水饶舌流。于是一声怪笑,跃身一蹴而就于龙椅之上,立即飞马传诏,特命孙孝哲听旨:一是唐室大臣若肯归降者,一律酌情免责授官;二是必须查明杨贵妃兄妹下落,尤其是"干娘"杨贵妃与她的姊妹们,一定精心伺候,立送洛阳不误。不过,命运总是与贪婪者擦肩而过,数日后安禄山得到回报:唐故相陈希烈及附马张均、张垍等投降,而杨氏一门自杨贵妃、杨国忠以下众人,尽皆在马嵬驿衔罪被诛。安禄山无奈长叹道,才知道梦中的情人,早已化作雨后天边的彩虹,已是可望而不可即的幽灵鬼魂了。

安禄山恼羞成怒,过了好久才悲愤交加道:"天不助朕也,寡人夺取长安,为的就是掳获杨氏姐妹,让这几个娘儿们充入后宫,供寡人尽情玩乐,这个玄宗老儿,连个美人都保不住,还有何德何能妄自称帝呢?"同时他又联想到儿子安庆宗被处死之事,不由得咬牙切齿,传令孙孝哲道:"除陈希烈人等即来洛阳授官外,其余尚在长安的皇亲国戚全部处死,一个不留。"孙孝哲接到命令后,丧心病狂地血洗长安城,他先于崇仁坊杀戮霍国长公主及王妃、驸马等,剖其腹,断其头,用其心脏祭祀安庆宗。当年杨国忠、高力士之党徒,以及安禄山平时所厌恶之人,凡83人皆被处死,"或以铁棓揭其脑盖,流血满街",就连尚在襁褓中的婴儿也不放过。顷刻间长安城陈尸街头,惨不忍睹。其滔天罪行,可谓是十恶不赦,令人发指,天怒人怨,罄竹难书。

子系中山狼,得志便猖狂,便是对当时安禄山的真实写照。一阵血腥杀戮后,他又下令叛军全部出动,在长安大肆搜索三日,不论是府库财产,还是私家物品,一概挖地三尺,不留片甲。史载长安城中"铢两之物无不穷治,连引搜捕,枝蔓无穷,民间骚然"。叛军们一面杀人取乐,一面掠取左藏府中的金帛财物,然后骄奢淫逸纵情享乐。他们还搜求玄宗的歌舞、杂技、舞马、犀牛,获得梨园弟子数百人,通通以兵仗护送到洛阳,集中在东都禁苑凝碧宫里。安禄山可谓是政治流氓,一旦登上龙庭,黄袍加身,实现了个人的政治野心后,遂"日夜纵酒,专以声色宝贿为事",不思西进,故玄宗"得安行入蜀,太子北行亦无追迫之患"客观上为肃宗日后的伺机反攻,提供了宝贵的契机。

## 2

在回顾中国封建专制社会时,人们会常常提及忠臣良将的效应。对此我的看法是,当最高统治者出于维护社会安定,整肃朝纲朝政的目的,抑或为了牵制异己势力,或者干脆就是收买人心,特别是社会动荡需要为之浴血奋战时,也会对忠臣良将给予重用提拔,甚至庇护表彰。当然,忠臣良将们自身的为政目的、价值取向、行为方式等,也是决定自身命运的重要因素。李光弼是玄宗时期的一位良将,并且以担任河东节度使、英勇抵抗叛军而名垂青史,因此在叙述抗击安史之乱的历史中,不能不予以提及。李光弼英勇善战多计善谋,纵马疆场所向披靡,是中唐出色的统帅、军事家,名气虽然没有郭子仪大,但是军事才能不在郭子仪之下。《新唐书》称其"与郭子仪齐名,世称'李郭',而战功推为中兴第一。"史学家亦评论道:"唯光弼行军治戎,沉毅有筹略,将帅第一。"即使中国历史上最著名军事家,如孙武、吴起、韩信、白起等人,比起李光弼来也"或有愧德"(《册府元龟》)。

李光弼(708年~764年),营州柳城(今辽宁省朝阳)人,契丹族。他的父亲李楷洛,原为契丹酋长,武则天时候归顺唐朝,拜左羽林大将军,任朔方节度副使,封蓟国公。李楷洛以骁勇善战出名,死于反击突厥的战争中,皇帝赠其营州都督,谥曰忠烈。李光弼自幼为人严肃、深沉而刚毅,喜读班固的《汉书》,成人后袭父爵。他初入军旅时,在河西节度使王忠嗣手下任府兵马使,充赤水军使,受到王忠嗣的刮目相看,常对他人讲道:"他日得我兵者,光弼也。"天宝八年(749年),朔方节度使安思顺上表,李光弼被任命为朔方节度副使,知留后事,封蓟郡公,因此安思顺便想把女儿嫁给他。

令安思顺没想到的是,这桩让别人羡慕不已的美事,结果竟然是"光弼引疾去",遭到了婉言谢绝。若不然的话,唐朝历史上或许还会演绎出一出"岳丈投敌、女婿抗叛"的故事来。由此也可以看出李光弼虽然年轻,却怀有深谋大略,不愿把自己陷入这些权臣大将的关系网中。也只有这样,自己才能一心尽忠朝廷,免受私人的利诱恩惠。其时安禄山、安思顺兄弟权倾朝野,平常人想巴结他们都没门,而李光弼意坚辞不做"乘龙快婿",志节确实不同凡响。素与安思顺不和的陇右节度使哥舒翰"异其操节",大竖拇指赞叹李光弼是个汉子,便上表奏请朝廷,征入京城任为武官。

孔子有一句名言,叫作过犹不及。是说真正高明的战略家,绝不会因胜利冲昏头脑,继而导致忘乎所以。李光弼对人如此,作战也是如此。天宝十四年(755年)安史之乱爆发,经郭子仪的推荐,玄宗诏命李光弼为摄御史大夫,河东节度副大使知节度事,兼云中太守,后又加魏郡太守、河北采访使等。他在走马上任后,选定的第一个目标,就是收复地处叛军南北咽喉,战略位置十分重要的常山郡(今河北正定)。作为军事家,李光弼深知兵贵神速,率领朔方军5000人,以迅雷不及掩耳之势,很快攻克常山城,并且生擒叛军守将安思义。战争交战双方,对于俘虏最高的奖赏,大约就是刀下留命了,安思义是叛军主将,应归于战犯级别，原以为按照交战的法则，自己是必死无疑了。不曾想李光弼亲自为他松绑，使安思义感动得五体投地，真心归顺，供出主力叛军的动向。

正所谓牵一发而动全局，第二天拂晓，史思明果然率两万骑兵直插常山城下，李光弼问计于史思义。安思义心怀感激，献策道："今军行疲劳，逢敌不可支，不如按军入守，料胜而出。虏兵炎锐，弗能持重，图之万全。"李光弼依计而行，守城不出，把军队分成四队，以劲弩五百连番射敌，叛军骑兵自相践踏乱作一团，鬼哭狼嚎死伤无数。毛泽东诗云："宜将剩勇追穷寇，不可沽名学霸王。"杰出的战略家，多是狗既落水也须痛打，否则将遗患无穷。李光弼是战略家，当然不会丧失良机，他乘史思明收拢残部向北撤退之时，遂率5000步兵乘胜追击，沿滹沱河发起攻击，使叛军损兵折将近大半。

不久后，玄宗拜李光弼兼范阳长史、河北节度使。七月，李光弼与郭子仪率军在常山的嘉山（今河北定县）一带摆开战场，大破安禄山属下史思明、蔡希德、尹子奇三大将，斩首四万级，俘虏千余人，夺得战马5000余匹。然后，他们一鼓作气，乘胜追击，直杀得史思明露发徒跣，只身一人逃往博陵，才总算捡了一条命。在李光弼与郭子仪的纵横捭阖下，河北大半郡县又重为唐军所有。与此同时，李光弼清醒地认识到，范阳是安禄山老窝，应该先予攻克，绝其根本方为上策。但是计划未行，哥舒翰却在潼关败下阵来，玄宗逃往蜀地，一时间军心大骇。至德元年（756年）七月，肃宗在灵武即位，下诏命郭子仪和李光弼率军勤王灵武，授李光弼为户部尚书、同中书门下平章事、北都（今山西太原）留守。

## 再造唐朝之郭子仪、李光弼

安史之乱爆发后，唐朝社会内部矛盾重重，真是一波未平，一波又起。李光弼临危受命，立即提五千兵马奔赴太原。其时河东节度使为王承业，由侍御史崔众主持军事，受王承业节制。然而崔众仗着朝中根基深厚，根本不拿王承业这个"豆包"当"干粮"，参见时常着甲提枪，随便闯入，没有一点上下尊卑的礼仪。李光弼听说此事，觉得崔众罪该当诛，他到任后，崔众理应把所部兵马交予掌管。但是崔众在赴营参见时，依然是大大咧咧安坐马上，不行参见之礼。李光弼大怒，喝令左右当众将其拿下，绑缚关押。就在此时，朝廷中使携旨赶到，任命崔众为御史中丞，并且当庭宣他跪地听封。

李光弼答道："崔众有罪，已被本留守关押起来！"中使疑惑不解，急忙拿出朝廷敕旨。李光弼看罢，斩钉截铁地说道："现在本留守要处斩的，只是侍御史崔众。如果中使若宣读制命封他为中丞，我就处斩中丞崔众。如果朝廷有旨拜他为宰相，那么我就处斩宰相崔众！"李光弼掷地有声。"中使惧，遂寝之而还。"古时有制，将在外，君命有所不受，尤其是兵荒马乱的战争年代，大将临危受命，更是有生杀予夺之权。这位公公当然非常聪明，他不曾坚持，赶忙回朝复命，说李光弼大树兵仗，在军中当众斩杀崔众，威势震撼三军。这崔众也是个倒霉蛋，生生地撞在了李光弼的刀下，成为李将军树威立势的牺牲品。

有威才能有势，有势才能胜敌，历史上的威武将军，哪一位不是如此。李光弼的良苦用心，很快就得到了回应。至德二年（757年）正月，安庆绪借机弑父，自立为皇帝，随即命令史思明自博陵、蔡希德自上党（今山西长治）、高秀岩自大同（今山西朔州东北马邑）、牛廷玠自范阳（今北京西南）率兵共10万，再次会攻太原，企图占领北都后，进而长驱直取朔方、河西、陇右等地。此时唐军的精锐部队,都被征调到朔方军保卫肃宗去了,太原只留有河北兵5000人,加上团练(地方武装)也不满万人,而城池却达方圆四十里之长。面对十倍于己、来势汹汹的劲敌,众将都建议修城凭固,坚守以待外援。唯独李光弼有自己的见解,他亲率士卒百姓在城外掘壕沟,并用此土做了几十万个砖坯待用。

史思明来时信心百倍,对诸贼将说道:"李光弼弱兵不过一万,太原可屈指而取,然后我们鼓行而西,直攻河陇、朔方两军,大燕王朝再无后顾之忧!"此时的李光弼临阵以待,早已在城上安装好大砲(抛石器),史思明刚要攻城,李光弼便以200人才能挽动的大砲,向城下猛砸大石,一顿乱轰过后,叛军早有万余人被砸成肉酱。史思明又指挥叛军搭建飞楼,用木幔围起,中间堆土成山,想凭此临城进攻。李光弼冷静应对,让兵士从下面将其挖空,使土山顷刻塌陷。史思明派人去山东取攻城器械,以番兵3000人护送,途中被李光弼遣兵拦击,结果遭到全歼。如此数个回合,史思明攻城一个多月,却始终一无所获,才知道确实遇到了劲敌,再也不敢提速战速决的事情。

叛军围攻太原月余不下,史思明便选出精锐士卒为游兵,让他们进攻城南,然后再转攻城西。自己则率部队先攻城北,而后再转攻城东,以此四处出击,试图寻找唐军的防守漏洞。然而李光弼治军严整,警戒巡逻无丝毫懈怠,使史思明无懈可击。为阻止叛军强行攻城,李光弼当然也不会坐以待毙,他集思广益,从城中将地道挖通到城外。史思明张灯结彩大宴兵士,正准备让戏子们出演马嵬坡一事,用以刺激城内唐兵,鼓舞叛军士气。没想到戏刚演到一半,台上的戏子却忽然不见了。原来李光弼派人从地道里,一直钻到戏台下面,将戏子们拽下台去。叛军们正在吃惊之时,却见那几个戏子被推到城头,咔嚓几下,涂满化妆油彩的脑袋被扔了下来,"思明大骇",急忙把自己统军牙帐迁到距城很远的地方。

出奇制胜,是军事家自身应具备的战术素养之一,据权威介绍,太原之战是中国军事史上第一次大规模的地道战。李光弼在相持之中,也确实尝到了地道的甜头,又派人将地道挖至叛军的大营下面,先用木头支撑好。叛军们在城外骂阵时,常冷不防被拖入地道,继而拉至城头斩首,吓得叛军胆战心惊,走路也时常看着自己的脚下,唯恐不小心掉到下面窟窿里面。李光弼为打破叛军围困,便假装城内粮尽,派人向史思明"约降"。"思明兴奋过望",到约定之日,眼见唐军将领手执白旗出城,叛军不知有诈,正在沾沾自喜,身后军营却忽然发出巨响,几千叛兵糊里糊涂全被活埋,发出声声惨叫。史思明被眼前的情景吓破了胆,转身落荒而逃,唐军敢死队掩杀而出,击毙叛军十之二三。李光弼率众紧随其后,歼敌7万多人,蔡希德扔下军械辎重,带领残兵败将仓皇败走,太原之围遂解。

太原之战,李光弼智谋超群,采用顽强坚守与寻机出击结合的战法,灵活机动地运用地道、石炮等守城战术,取得了重大胜利,是古代城邑保卫战中以少胜多、以弱制强的一个典型战例,在中国战争史上占有重要的地位。同时也是唐军取得平息安史之乱的第一次重大胜利,成为这场战争的重要转折点,为后来胜利收复两京奠定了坚实的基础,对于稳定战局,掩护朔方战略基地,也都具有十分重要的战略意义。胜利的消息传到灵武后,满朝文武精神振奋,士气高涨,肃宗下诏李光弼加司空、兼兵部尚书,封魏国公。

## 祸起大河东
### ——"安史之乱"之河东元素

中国有句古话,说是若想叫谁灭亡,就先让他疯狂,是对暴徒们穷凶极恶心路历程的形象刻画。再说安禄山,其本质可谓就是政治流氓,所以一旦登上龙庭黄袍加身后就得意忘形,乐不思蜀,整日里深居内宫,花天酒地,骄奢淫逸,抖起大燕皇帝的威风来。每天穿紫袍珠冕,三十宫女侍绕,由儿子及近卫簇拥卫护,在苑中凝碧池旁大会百官。先是奏过一番军乐,随后美酒佳肴飞筋痛饮,接下来由乐工献技取乐。每当此时,宫里玉箫凤笛、象管莺笙、金钟玉磬等器乐齐鸣;或吹或弹,或敲或击,清音亮节,悦耳动人。安禄山酒酣耳热兴致勃发,不由得手舞足蹈,常常是幸灾乐祸,捋须惋惜道:"可惜李三郎(玄宗)当年有杨贵妃陪着,寡人却不及老儿那么幸运!"

大约是恶贯满盈的缘故,安禄山原本就患有眼疾,自起兵以来视力又渐渐减退,不久后头顶上竟然长出个鸡蛋大小疽孢,脚心里也是脓包溃烂,正所谓头上长疮,脚底流脓,通身坏透了。起初,安禄山只感到视力模糊,两眼昏花,后来竟导致双目失明,成了地地道道的睁眼瞎子。阴暗的环境容易形成阴暗的心理,何况安禄山本来就是扭曲畸形的人格,盲眼之后四周漆黑,长期的孤独使他生性更加多疑。而生来就心怀鬼胎,又使他性情更加狂躁暴戾,常常是平白无故地歇斯底里发作,近乎现在所谓的精神分裂症,对左右侍从稍不如意,非打即骂,稍有过失,便行杀戮之罪。中书侍郎严庄,是他举旗反叛的主要幕僚,鞍前马后,屈膝毕恭,死心塌地追随其左右,亲信至极从无半点异心。然而也常常因一言不合,轻者严厉呵斥,重者一顿暴打,甚至让严庄自掌嘴巴取乐。

更有甚者,安禄山的贴身内监李猪儿,精心服侍他的饮食起居,却

几乎天天都要挨打受骂,因此内外臣仆都离心离德,心怀怨恨却敢怒而不敢言。而安禄山呢,虽说是整日醉生梦死,但心里面却透亮得如明镜一般,常常痛恨自己暴躁却又无法得到改正。有时无端下令杀害别人,尤其是那些曾经与自己生死与共的亲信战友,虽然能缓解一时的烦恼,却也更是在折磨着他自己,常常是在无人时鬼哭狼嚎般的发泄一通,甚至揪着头发撞墙撞地。要知道心灵的伤害,不亚于对身体的自戕,安禄山只要活着是清醒的,他就只能活在痛苦中,就是不由自主的自虐,内心永远得不到安宁。他的宠妾段氏见状,怕他朝不保夕,就想趁安禄山未死之时,改立自己亲生的安庆恩为太子。不料太子安庆绪闻讯后,斗胆去找安禄山理论,然而得到的竟是父亲的大骂与鞭笞,并且还扬言非杀掉他这个逆子不可。

中国人更多的是好面子,尤其是在官场上面混的人,失去了面子就等于失去了官威,失去了自尊。安庆绪如坐针毡,惶惶不可终日,暗中求救于中书侍郎严庄。安禄山一次次地羞辱,使严庄与太子等人只觉得无地自容,于是他们与李猪儿串通一气,决计谋杀安禄山。当是天地共愤,人神共诛,安禄山多行不义,也为自己掘下了葬身的墓穴。至德二年(757年)正月初五夜至,三人进入安禄山的住所,侍卫们见是严庄和安庆绪,谁也不敢乱动。说时迟那时快,严庄、安庆绪二人持刀站立帐外,李猪儿手持大刀直入帐内,对准床上的安禄山腹部猛砍一刀。

天下的福祸本没有定数,说来都是自己招惹酿成的。安禄山平时总把佩刀放在床头防身,事前已被李猪儿偷偷拿走,哪里还能摸得着?他气急败坏地摇着帐竿大声喝叫:"贼由严庄。"李猪儿只是不言,又是

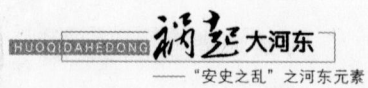
——"安史之乱"之河东元素

一阵挥刀乱砍,霎时间瘦肚肥肠流出数斗,安禄山随即一命呜呼,卒年55岁。严庄让众人抬开卧榻,挖穴数尺,将安禄山的尸体用毡毯裹住埋入坑里,并诫令宫中严加保密。次日早朝,严庄假传圣旨,宣告说:圣上病危,诏立太子安庆绪执掌军国大事,紧接着就主持赞礼,将安庆绪扶上御座,命令众官朝拜。然后派人杀死段氏和安庆恩,过了几天后,才晓谕安禄山已死,将其尸身被从洞穴中掘出来,是时已经高度腐烂,面目都不得相认,于是草草殓葬,尊其为大燕国太上皇,并给诸将加官晋爵。安禄山从登基到被杀,整整一年零四天,可谓短命皇帝,正应了古语中那句"自取灭亡,遗臭万年"的箴言。

是非成败,自有后人评说。然而阴谋家虽该天地共诛,但是给国家民族带来无尽的灾难与悲剧,如何不发人深思,令人警惕,引以为戒!剖析天宝之乱的前奏,前11年是李林甫专权,后3年为右相杨国忠执政,他们始终伴随着与安禄山之间的恩怨情仇。可以说是李林甫位居相位19年,为天宝之乱埋下祸根;到了杨国忠为相时,终于导致天宝之乱爆发,造成了难以饶恕的国之大殇。李林甫、杨国忠、安禄山之流,他们缺德少才,却飞扬跋扈,党同伐异,不择手段地攫取相位,甚至登上所谓的金銮宝殿。但是他们祸国殃民,骄奢腐朽,最终都被钉上历史的耻辱柱,不论他们曾经如何显赫,不可一世,也不论他们怎么绞尽脑汁,尔虞我诈,到头来都逃不脱害人害己的可悲下场。

# 3

常言道,征服者将最终被征服,安禄山亦是如此,因为这是历史的规律,对谁都是公正而无情的。回望当年,掩卷沉思,历史是已发生的事实,而事实是不能以假设而臧否的。今天对于一个反面人物的刻画,也许更能促人们猛醒,使后人正己德,正己行,正己言。纵观安禄山,他一生狡黠奸诈,野心勃勃,凭借阴险乖巧,从一个落魄的牧羊奴,成为逼走玄宗的大燕国皇帝,双手沾满了人民的鲜血。同时他又弑逆跋扈,横行于天下,最终招致杀身之祸,惨死亲子之手,落得个尸首不全,人神共愤的下场,实在是罪有应得。而由他一手挑起的安史之乱,葬送了大唐帝国的开元盛世,给各族人民带来了无尽的灾难与苦痛,是一个货真价实的刽子手,招致杀身之祸,是死有余辜。

  时代的潮流总是要向前面发展的,反叛者的众叛亲离,已预示着他们末日的到来。因为在战争的大多数情况下,阴谋与智慧是很难说得清楚的。除了正义与否、民心向背之外,有时候真正能起到制胜作用的还是硬件,就是交战双方的实力,包括将士们的斗志,武器装备的优劣,以及后勤服务的保障。而史思明等叛将们,在失去安禄山的统治后,如一群无头苍蝇四处乱窜,各自挥兵攻打唐军控制的城镇。他们所到之处,烧杀掳掠,无恶不作,将城中妇女财物抢劫一空,所有青壮年格杀勿论,搞得鸡犬不宁,人心惶惶,犯下不可饶恕的滔天罪行。人常说水满要溢,物极必反,叛军们的倒行逆施,使百姓更加思念唐朝,反抗斗争如雨后春笋,到处蓬勃开展,很快形成了燎原之势。

  战略家的基本素质,就是能够审时度势,不失时机地抓住战争的主动权。安禄山的意外死亡,无疑为"安史之乱"敲响了丧钟,也给官军反扑提供了机遇。郭子仪眼看时机成熟,遂力戒房琯的教训,向肃宗提出了要收复两京,就必须积蓄力量夺取潼关,再行攻破陕州,截断叛军潼、陕之间的联系,然后直取长安、再克洛阳的战略决策。郭子仪鞭辟入里的战略分析,与切实可行的战役部署,直让肃宗点头称是。至德二年(757年),郭子仪首先率部辗转来到河东地界。这里是唐朝立国的大本营,曾被太宗李世民称之为"帝朝基业",因此民心所向,人们踊跃投军,提供粮草,很快形成了平叛的热潮,为唐王朝平叛战争翻开了崭新的一页。

此时,据守潼关的是阴险狡诈的贼将崔乾祐。郭子仪经过一段养精蓄锐,首先向潼关发起了进攻,结果是摧枯拉朽,大破贼兵,崔乾祐仓皇退到蒲州(今山西永济)据守。由于永乐(今山西芮城)尉赵复、河东司户韩旻、司土徐昱、宗子李藏锋等人,被贼兵关押在蒲州城里,四人密谋王师来到时要作为内应。等到郭子仪进攻蒲州时,赵复等人杀死守城的贼兵,打开城门迎郭子仪进城。崔乾祐逃到安邑(今山西盐湖),安邑的百姓假装投降,崔乾祐的军队在进到城门快一半时,城上的悬门落下,抵挡住贼兵,崔乾祐没有进入城门,才得以脱身东逃。此后,郭子仪又收复永丰仓(今山西平陆附近),打通了潼关到陕州的道路,沿途不再有贼寇抄掠。郭子仪独立蒲州城头,望着滔滔而去的黄河,不由得感慨万分:当年被李白刀下留人后,自己从太原流落到此,投奔守备门下,读兵书,练武功,发誓要做朝廷有用之人。今日终于长缨在手,何时为君缚住苍龙……

而此时数百里之外的戈壁滩头,军旗猎猎,战马驰骋,灵武行在所里气氛肃静,百官翘首遥望东南。肃宗在得到收复潼关快报后,欣喜不已,遂令朝廷犒赏三军,战报诏传全国各地,并诏封郭子仪为司空、关内河东副元帅,率军直趋京师。郭子仪在西进清渠(今西安以西)时,不料中了叛将安太清、安守忠的埋伏,因交战失利而退守武功(今陕西武功),遂向玄宗自请处分,被降职为尚书左仆射。不久后再次被朝廷起用为中军副将,与李嗣业、王思礼统兵15万,随广平王李俶(即李豫)前去收复长安,驻兵于香积寺(今陕西长安县西南)北,伺机向京师发起全面进攻。

次日,郭子仪与贼将安守忠、李归仁等在香积寺展开激烈的战斗,唐军从正面进攻,回纥兵从背后出击,从午时直杀至酉时,斩贼首6万余级,叛军全线溃败。贼将张通儒放弃长安,仓皇逃到陕郡,平叛战争取得了标志性的胜利。翌日,广平王李俶进入京师时,城中老幼百万余人夹道欢呼,流着泪说道:"没有想到今天又见到官军。"肃宗在凤翔听到捷报,群臣称贺。郭子仪收复了长安,修整三日后,又奉命乘胜东进,攻打洛阳。"大燕皇帝"安庆绪闻之,慌忙命令庄严、张通儒带领15万大军前往新店(今河南陕县西)迎战。新店倚靠大山,地势险要,叛军们依山扎营,居高临下,形势对唐军非常不利。

两军相遇,勇者胜。郭子仪洞察军情,趁叛军立足未稳之机,选派2000名英勇善战的骑兵突然发起进攻,打了叛军一个措手不及。同时又命1000多名弓箭手埋伏山下,再令协助作战的回纥军从背后登山偷袭,自己则亲率主力向叛军展开全面进攻。战斗打响之后,郭子仪佯装败退,叛军倾巢出动,从山上追赶下来。正在这时,山腰里突然杀声如雷,唐军如神兵一般自天而降,只见弓箭手万箭齐发,矢如雨下,恰似暴风骤雨;骑手们左突右冲,纵横驰骋,更如入无人之境。看那场面,真是卷雷霆万钧之力,扬翻江倒海之势,直杀得扬风卷沙,暗无天日,临近黄昏是,唐军杀兴未尽,点亮火把,四处搜索叛军残余。

正所谓兵败如山倒,唐军的所向披靡之势,吓得叛军风声鹤唳,草木皆兵,所剩的残兵败将,在严庄的带领下仓皇逃回洛阳,挟裹着安庆绪如丧家之犬一般,惶惶然退守邺城(今河南安阳)。郭子仪收复了东都洛阳城后,又风扫残云般地攻占河内(今河南沁阳)等地,迫使叛将严庄投降。接着陈留(今河南开封)军民杀死叛将尹子奇,古城也完璧归唐。同时,张镐率兵收复河南、河东诸郡县,使安史之乱以来沦陷的大片失地,重新被唐军收复,肃宗随之由灵武迁回都城长安。为了表彰收复东都的战功,郭子仪被加司徒,封代国公,奉命返朝接受嘉奖。为此,肃宗率领文武百官与宫廷仪仗列队灞上(今陕西西安东),亲自步下御辇,挽着郭子仪的臂膀连声赞道:"国家再造,卿之力也。"从此郭子仪声名鹊起。

按说新生的政权,需要的是谋略与勇气,需要的是精诚团结,万众一心。然而肃宗既没有经略天下的本事,又无知人善任的才能,虽然新朝开始后,没有受到李林甫、杨国忠之流的奸相当道,却受制于李辅国、鱼朝恩之类宦官们的挟持,而且他还担心太上皇玄宗借机复辟。所以在料理朝政过程中,总像举着麻杆打狼一样,心里始终惴惴不安。而且两京虽然收复,但是由于肃宗忙于迎接太上皇还都,未及时遣军追击叛军残部,因此李氏王朝并没有从根本上解除威胁。而安庆绪逃至邺城后,经过一段苟延残喘又重整旗鼓,叛将们也似乎又看到了死灰复燃的希望,旬日之间,蔡希德自上党(今山西长治)、田承嗣自颍川(今河南许昌)、武令珣自南阳(今邓州),各率所部至邺城会合,连同安庆绪招募的新兵,总兵力又达到了6万余人。安庆绪贼心不死,又蠢蠢欲动起来,开始向南北进犯,东西两京重新处于黑云压城、危机四伏之中。

其实安庆绪也不是一块做皇帝的料,在杀死父亲称帝后,本来就没有多大雄才谋略的他,却是心怀鬼胎疑心重重,总担心自己偷鸡摸狗般弄来的帝位,难道就不会有人隔墙窥伺、耿耿于怀吗?尤其是这一次兵败陕郡后,他仅率1300余人逃往邺城,忧心更是如焚烧一样。他在惶恐之中,第一个想到的就是他的干叔史思明。史思明与安禄山是结拜兄弟,多年来一直狼狈为奸,叛乱开始后,史思明一马当先,所率先锋大军所向披靡,每战皆捷,先后攻陷饶阳诸郡。直到一举攻下洛阳后,安禄山在洛阳称帝,才诏令史思明经略河北,封为范阳节度使,管辖着13郡府,拥有重兵8万余众,几乎占到叛军的三分之一。

天宝十五年(756年)初,史思明在常山被李光弼、郭子仪合军击败,率残部逃至博陵。眼看就要被官军攻灭,却传来哥舒翰兵败潼关的消息,李光弼回军河东,史思明这才起死回生。他趁唐军无暇顾及,随调转马头蹑后追击,结果反败为胜,大破唐军刘正臣部。由于史思明所率兵士,是叛军里最精锐的部分,死心塌地者居多,所以他们乘胜进击,连续攻拔常山、赵郡、河间等郡县,成为叛军里面最精锐的部队。至德二年(757年),史思明包围了太原城,后被李光弼用"地道战"打得大败,这才又退回到范阳驻守。

安庆绪弑父做了皇帝后,封史思明为妫川王,依然兼领范阳节度使。范阳本是叛军的老巢,被安禄山经营了多年,他在称帝后,从东京和西京所掠夺的珍宝,大多数也都被运往这里存放,可以说是仓储殷实,堆积如山。史思明渐渐地恃富而骄,欲将范阳占为己有,在闻知安禄山被杀后,顿起自立之心,所以安庆绪逃往邺郡后,张罗着四处征兵,蔡希德、田承嗣、武令珣等先后率部前来投奔,唯独只有史思明是既不派兵,也不派使者,只作壁上观。这一下子,安庆绪对史思明戒心剧增,下决心找机会将其除掉。不久后,他派阿史那承庆、安守忠、李立节3人,带了5000骑兵赶到范阳,以征兵为名,实则是察看情况,准备伺机消灭史思明。

史思明当然不是傻瓜,在听到几个人同时前来范阳后,已估计到安庆绪肯定是不怀好意,便在营帐之外设好埋伏,然后自己才率领几万士兵,浩浩荡荡排列到范阳城外十里处的驿站,隆重而热烈地迎接安庆绪派来的使者。史思明见到阿史那承庆和安守忠等人后,立即下马行礼,握手叙旧,显得十分殷勤。阿史那承庆等人不知底细,也不好轻易下手,只好随着史思明进了范阳城。史思明下马后,拉着阿史那承庆的手,将他们领进客厅,然后命令奏乐设宴,盛情款待。等到酒酣耳热之际,史思明借故掷出一只酒杯,发出了动手的信号。埋伏在周围的士兵一拥而入,遂将三人一一拿下,同时截住他们带来的队伍,分发了些钱财,打发这些人回家去了。

一切都安排顺当,史思明向唐廷奉上降书,诉说自己愿意率领管辖内的13个郡府,以及8万兵力向朝廷投降。当时唐朝迫于形势,对叛军采取的方略是剿抚并用,所以肃宗得到报告后十分高兴,立即封史思明为归义王,依然兼任范阳节度使,他的7个儿子也全部被授予显赫官位。史思明受了册封,马上斩了安守忠和李立节两人,以表明自己对朝廷的诚意。对于阿史那承庆,因为旧时曾有交情,所以留下了他一条活命。接着史思明又走遍河北地区,宣传朝廷宗旨,有好几个州县因此相继归降,只有邺城还属于安庆绪管辖。

史思明真的甘心情愿地为朝廷效力吗?其实不然。史思明也是包

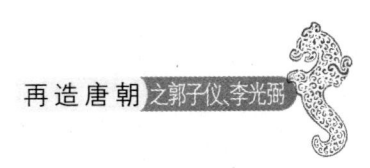

藏祸心,因为当时他正处于朝廷与叛军的两面夹击之中,实在是出于无奈而为之。他虽然假装归降,却是"外示顺命,内实通贼",不断地招降纳叛,收集旧部,从而引起肃宗的警觉。乾元元年(758年)五月,肃宗以乌承恩为副使,派去做"策反"工作,想伺机除掉这个居心叵测的反贼。为了保险起见,李光弼对乌知思也是耳提面命,对他多加嘱托,让他见机行事,以防夜长梦多。乌承恩为了避免史思明的怀疑,晚上多次打扮成妇人的模样,潜入到诸将家里去进行"策反"。没料到这些番将们对史思明是忠心耿耿,表面上虚与他委蛇,转过脸却向史思明告发。

由于没有真凭实据,史思明开始时也是半信半疑,于是就在乌承恩床下潜伏了两个奸细。夜间乌承恩与儿子密谈时,顺口说道:"吾承上命除此逆胡……"话未说完,躲在床下的两个奸细突然钻了出来,一溜风禀报给了史思明。史思明立即抓住乌承恩,搜出李光弼写的书信,以及应该诛杀的叛将名单。史思明一班贼将破然大怒,将满腔怨气都撒到了乌承恩的身上。这个乌承恩虽说平日里伶牙俐齿,却是一个地道的怂包,没等史思明用刑,就咕咚一声跪下,扯开口袋倒西瓜一般,供述出"这些都是李光弼指使干的"。史思明不由分说,当即杀掉乌承恩和他儿子,以及所带从属200多人,重新反叛唐朝。他与安庆绪遥相呼应,形成掎角之势,大唐王朝再一次陷入了危机局面。

## 4

时代潮流风云变幻,战场形势再起波澜,由于史思明的变化无常,出尔反尔,唐朝廷里又手忙脚乱起来。乾元元年(758年)九月,肃宗诏命朔方郭子仪、河东李光弼、关内王思礼、北庭李嗣业、襄邓鲁炅、荆南季广琛、河南崔光远、滑濮徐叔冀及平卢董秦等九位节度使,共率领兵马60万围攻邺城,合力讨伐安庆绪。以当时的情况来看,此举并无可厚非,九个节度使帅多将广,兵力雄厚,完全可以将叛军一举消灭。但是肃宗既想一战而收复失地,又怕将帅权力过大难以驾驭,尤其是郭子仪、李光弼两人皆为元勋,恐怕难相统属。所以就与宦官们密谋,大军不设统帅,只派宦官鱼朝恩为观军容宣慰使,即监督各军行动的最高官职,由他来总揽战役全局。

此时的安庆绪,从洛阳逃往邺城后,被唐军重重包围,明知自己已被困于死地,便以让出皇帝之位为代价,急忙派人向史思明求援。史思明原本十分轻蔑这个"干侄子",但是见有帝位可图,所以便率领精兵13万自范阳南下,准备施救邺城。当然,史思明也是邪符人身,心怀鬼胎,他先派遣步骑兵1万余人进驻滏阳(今河北磁县),摆出救援的架势。然而到了十二月,他在击败了崔光远、夺占魏州(今河北大名北)后却按兵不前,观望等待战场进展情况。在此期间,李光弼建议分兵围逼魏州,各个击破来援的叛军,鱼朝恩却不予以采纳。

整个战局,唐军并非没有胜算的机会,乾元元年(758年)十月,郭、鲁、季、崔等部,先后从杏园北渡黄河,与李嗣业部攻破卫州(今河南卫辉),安庆绪的弟弟安庆和被俘。随即唐军又趁势追击,在邺城西南愁思冈击败叛军,先后消灭了3万余人,如果能够乘胜追击,胜负的结果也许就会改变。却说这个肃宗,虽然治军无能,却真是能够开玩笑,浩浩的九个节度使,地位相同,职务平等,他们互不统属,当然就没

有节制关系。而鱼朝恩呢,名为监督实为统帅,却又不懂得带兵打仗,如此的战法操盘,其实是尚未出征讨伐,胜负十分早已定型了九成半。

直到次年(759年)正月,史思明见唐军围困邺城四个月不下,这才从魏州向唐军逼近,展开了攻守大战。战役开始后,官军的将领们互相观望,进退失据,群龙无首,各自为战,形不成强有力的战斗力。而史思明踌躇满志,先是出其不意劫去唐军的粮草物资,接着又采用声东击西战术,与安庆绪里应外合,亲率精兵5万,与唐军李、王、许、鲁等部激战,双方伤亡惨重。郭子仪率援军虽至,然而尚未布好阵势,突然间却狂风大作,飞沙走石,直刮得天昏地暗,大树连根拔起,咫尺对面不辨敌我。而作为观军容宣慰使的鱼朝恩,早已是望风披靡,狼狈不知踪影,导致唐军是一败涂地,损失惨重,战马万匹只剩三千,刀枪十万几乎全部丢弃。郭子仪只好退守洛阳,其余各节度使退归本镇。

纵观此战,肃宗待安庆绪逃至邺城一年后,才迟迟下令攻讨,而发兵数十万竟不设元帅,没有统一节度;久围城不下,粮秣不继,军心不稳,终于酿成一次大溃败。而宦官鱼朝恩长期以来妒忌郭子仪,所以趁机向肃宗谗言,把邺城之败的责任,全部推到了郭子仪身上,并在肃宗面前添油加醋,说了郭子仪不少坏话。肃宗信以为真,不问青红皂白,遂于乾元二年(759年)七月,一纸诏书将郭子仪召还京师,轻轻松松地褫夺了他的兵权,让其回朝赋闲待用。同时任命赵王李系为天下兵马大元帅,李光弼代领朔方节度使、天下兵马副元帅,率500亲兵,赴洛阳统帅朔方军。郭子仪的兵权虽被剥夺,但依然以大局为重,忠心于朝廷,没有半点怨言。

中国人历来有同情皇帝的怪癖,但凡论起皇帝的是非曲直来,只

# 祸起大河东
## ——"安史之乱"之河东元素

渴求盛世能够得到一位明君,而对于昏君的无能失道,多是一笑置之,从来不置可否。因此上若论及朝政不兴时,我们常常会说到是奸臣乱朝、淫妃乱宫之过,却很少有人把形成这种局面的责任,归咎于皇帝的身上。按说如此荒谬的邺城败局,责任首先应归咎于肃宗谋略有误,然后应怪罪于鱼朝恩指挥无方,但昏庸的肃宗为了掩饰自己的无能,竟然对鱼朝恩封官加爵。奸诈的宦官奸诈的言,昏庸的皇帝昏庸的事,冲锋陷阵、智勇双全的郭子仪,倒成了这次邺城战败者名副其实的替罪羊。

有一句成语,叫作一丘之貉,比喻坏人之间彼此相同,没有多大的差别。虽然话不大好听,但是用在臭味相投者之间,却也是逼真形象,恰如其分。乾元二年(759年),史思明死灰复燃,渐成气候后,就效仿起安禄山,选了正月初一作为黄道吉日,在魏州僭称大圣燕王,年号应天,然后率军南下,于邺城为安庆绪解除了威胁。史思明盛气凌人,自认为立下了盖世之功,便杀气腾腾逼迫安庆绪拱手让位。有后人曾比喻,说是钩心斗角,尔虞我诈,争权夺利,互相残杀,构成了安史反叛集团的显著特征,确实是一针见血。安庆绪弑父篡权不及两年,又被史思明用白绫勒死,连同诱杀了他的四个弟弟,还有高尚、崔乾佑等安家班底,以及3000亲兵,通通一个死字结束。

大功告成,万事俱备,史思明带兵进入邺城,收集部众,兼并其军,留下儿子史朝义驻守,自己则耀武扬威地退回范阳,重新去构架朝廷班底,建造宗祠社稷。乾元二年(759年)五月,史思明更国号大燕,自称应天皇帝,年号顺天,立辛氏为皇后,封儿子史朝义为怀王、周挚为宰相、李归仁为将军,改称范阳为燕京,堂而皇之做起了大燕皇帝,补谥安禄山为光烈皇帝。当听说郭子仪被免去官职夺了兵权,史思明不由得暗自称快,遂于九月起兵,南过黄河攻取河南诸州。守卫东都的李光弼,接连吃了几个败仗后,只得放弃洛阳,退守黄河北岸的河阳(今河南孟县南)。史思明占领洛阳后,怕李光弼攻击其侧后,也退至洛阳东面的白马寺,与李光弼隔河对峙,两军相持一年多,彼此也没有分出个胜负输赢来。

李光弼不愧盖世名将,他在经过一段观察后,发现了一个有趣的现象。史思明有良马千余匹,每天都会被赶到黄河里洗澡。李光弼便心生一计,也可谓算是巧施"美马计"吧。他挑选军中母马500匹,把它们的小马驹留在城内,然后将其全部赶到黄河北岸。母马因为挂念城中的小马驹,所以就长嘶不已,而史思明的战马都是公马,听到母马的嘶鸣,都跑到了黄河的北岸,全部为唐军所获。李光弼决定向史思明发起进攻,并事先靴内藏刀,对将士们说道:"战,危事。吾位三公,不可辱于贼。万有不捷,当自刎以谢天子。"三军立誓死战,宣誓声撼天动地,气壮山河。

有河东方言说是:"不怕赶不上,但怕刚赶上。"说来也是巧妙,南岸叛将周挚,率大军前来进攻河阳北城。李光弼登城观察后,对诸将说道:"贼众虽多,但阵形紊乱。日中即可破贼也。"随后分派了任务,并规定诸将要依令旗行动,若缓缓摇动令旗,各部将可以见机行事;如果急舞令旗至第三次,则必须立即拼死冲锋。交战不久后,李光弼见叛军气势稍微松懈,便紧急舞旗三下,诸将摇旗呐喊,如滚滚洪流汹涌澎湃。叛军抵挡不住,顷刻间全作鸟兽散,当即被斩及俘虏一万余人,另有一千多人被河水淹死。河阳之战的胜利,不仅显示了李光弼杰出的军事才能,牵制了史思明的主力部队不敢西进,而且保障了潼关和长安的安全。上元元年(760年)正月,肃宗加李光弼为太尉兼中书令。

《剑桥中国隋唐史》中曾经写道:"史思明任叛军领袖后,证明是一位杰出的将领,如果不是他的儿子史朝义在761年春,通过与人合谋将他杀害,他很可能推翻唐朝。"对于此,我是决然不敢苟同的。在我看来,这个评价,至多只能说是一家之言,并且出自于西方人的眼光。不过史思明部下兵将,确是安史叛军中最精锐,也是最残暴的队伍,他们每攻陷一处郡城,都要杀光城里的老弱男丁,遍抓壮丁为挑夫,把妇女奸淫殆遍,表现出凶淫无比的本性。魏州一役,史思明的军队,一天就杀掉3万多人,平地里流血数日。他在称帝之后,为了蛊惑官军,派出间谍四处扬言,说自己决定返回范阳,用以诱骗唐军主力出来决战。

有利不起早,何来夜行人?明眼人一下子就看出来史思明的企图,但是大太监鱼朝恩想借机树立自己在朝中的威望,就力劝肃宗下令各军进攻叛军。上元二年(761年)二月,久居深宫的肃宗,轻信宦官鱼朝恩的谗言,诏命李光弼冒险进攻洛阳。李光弼奏称:"贼锋尚锐,未可轻进。"肃宗不听。李光弼被迫无奈,只得留李抱玉守河阳,自己率领朔方节度副使仆固怀恩,会同鱼朝恩去进攻洛阳。不料仆固怀恩妄自称大,不听李光弼劝阻,放弃城北邙山,改在平原布阵,结果导致一败涂地,不得已退守闻喜(今山西闻喜)。邙山的惨败,导致河阳、怀州等军事要地,尽归史思明占领,黄河两岸的相持局面不复存在,关中长安也岌岌可危。

正义必然要战胜邪恶,这是一条颠扑不破的真理。史思明已是恶贯满盈,死到临头了却浑然不觉,他歇斯底里地进攻陕州,却被唐军挡

## 再造唐朝之郭子仪、李光弼

在姜子坂一带。这次出战不利,史思明退守永宁,下令修筑三角城,并且限期一个月时间完成。其长子史朝义率军士日夜苦干,仍然未能按工期完成。史思明大怒,扬言要杀史朝义、骆悦等大将以立军威。史朝义非常害怕,骆悦等人也因惧怕被诛,力劝史朝义先下手为强。当夜,史思明宿在营中,由其亲信曹将军卫。史朝义将其招来,说明了行事目的,曹将军见其势"不敢拒"。夜半时分,骆悦等人提刀闯入,不由分说劈死数人,把史思明捆了个结实,幽禁在柳泉驿内。为绝后患,他们伪造史思明诏书,推立史朝义继位,然后勒死了动辄就要人命的皇帝。同安禄山下场一样,史思明也是被长子杀死,成了又一个不足两年的短命皇帝。

据史料记载,史朝义杀死史思明后,用骆驼将其尸体从洛驮回范阳,根据出土玉册记载,宝应元年(762年)五月十八日丙申,史朝义才宣布史思明遗诏,并为他发丧下葬,谥号为"昭武皇帝"。肃宗似乎也忽然如大梦初醒,赶紧任命郭子仪为邠宁、鄜坊两道节度使,以邙山之败罪在仆固怀恩,同时拜李光弼为侍中兼河中节度使,进攻史朝义军。李光弼先克许州(今河南许昌),活捉叛军将领李春,再入徐州(今江苏徐州)。宝应元年(762年),史朝义侵犯河南,围宋州(今河南商丘),诸将以寡不敌众为由,建议李光弼退保扬州。李光弼驳斥道:"朝廷倚仗我,我再退缩,朝廷还有什么希望?"于是进驻徐州,向史朝义发动进攻,迫使其解宋州之围,他因功晋封为临淮郡王,赐铁券,图形凌烟阁。

辉煌之后是暗淡,常使功臣独自寒。历史上的李光弼,在战场上是冲锋陷阵的勇将,但是在阿谀奉承、逢迎拍马上面,却还是一位没有道行的门外汉。在唐朝太监做监军是惯例,他们为了显示自己的功劳,必

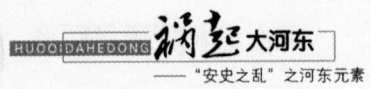

然要贬低前线作战的将领们。这些半男不女的太监们懂得什么,但是他们却代表了朝廷(政府)和皇帝,对战将们处处加以阻挠,动辄掣肘,致使王师往往功败垂成。代宗李豫即位后,宠信太监程元振、鱼朝恩之辈,两人皆与光弼不和,力图中伤排挤他,而对于李光弼这样一位功高震主的人物,代宗的猜忌是不可避免的。从此,李光弼对这些没有男根的太监,产生了前所未有的恐惧感,自镇临淮二三年间不敢入朝,久之忧惧交集,羞愧成疾。弥留之际,他下令把获赐之物,全部分发给诸将,一代良将就此结束了其悲壮的一生。"工于谋国,而拙于谋身",道出了中国历史上忠臣良将的共同命运。

回首那段不堪的往事,历时八年之久的安史之乱,李光弼自始至终参加指挥大军,一直是唐军平叛主将之一,发挥了出色的军事才能。他战略高瞻远瞩,战术当机立断,指挥唐军歼灭叛军有生力量,为平息安史之乱立汗马功劳,《新唐书》称赞他是"战功推为中兴第一"。但是奸宦当道,忠臣难行,李光弼虽然在平定安史之乱中功劳盖世,背地里却遭到宦官鱼朝恩、程元振的嫉妒和陷害,因此平叛以后很不得志,终于忧郁成疾。广德二年(764年)七月,李光弼在徐州病逝,享年57岁。代宗遣使吊恤其母,追赠为司空、太保,谥曰武穆,诏百官送葬至延平门外,墓在今富平县觅子乡别家村西北约1公里处。

## 5

叛军的存在与四处折腾,总是肃宗一块不去的心病,尤其是上元三年(762年)二月洛阳的失守,河东接二连三发生叛乱,河中观察使李国贞、河东节度使邓景山等人相继被部下所杀。肃宗闻之,害怕这两支军队与叛军联合起来,自己的皇帝宝座将被推翻,而后辈将帅之中又没有能力弹压,迫不得已才又想到举头三尺有神明。在众朝臣的极力举荐下,肃宗决定启用郭子仪,任命他为兵马都管使(京城守备长官),然而诏令却被鱼朝恩扣下秘而不发。肃宗对此居然听之任之,一筹莫展,可见宦官们的肆无忌惮,已达到了登峰造极的地步,以致后来宦官们与皇后张良娣勾结,害死了太子建宁王李倓,又将玄宗赶出兴庆宫,导致朝中四分五裂,分崩离析,肃宗才再一次想到了郭子仪。

也许是人之将终,才明白了许多处世事理,皇帝也是一样的。宝应元年(762年),史思明再陷河洛,西戎又逼近首都,肃宗才有所感悟,不顾奸宦们的极力阻挠,任命郭子仪为朔方、河中、北庭、潞仪泽沁等州府节度行营,兼兴平、定国副元帅,进封汾阳郡王,驻守绛州(今山西新绛)。当时肃宗身患重病,下诏不与百官相见。郭子仪受命后,准备辞朝赴镇任上,遂向肃宗请求道:"老臣受命出镇,或将死于外;没有见到陛下尊容,将会死不瞑目。"肃宗闻之,泪沾御衣,命人将郭子仪引于内寝,恳切地嘱托道:"河东的事情,全都委托给卿了。"并赐他御马等物。郭子仪呜咽流涕而出,到达治地后,诛杀为首作乱的王元振数十人等,从此河东诸镇将帅皆遵奉国法,不再犯上作乱。

不久发生宫廷政变,太后与太监互相争斗杀戮,肃宗惊吓不止而死,代宗李豫继位,纪元改为宝应。宦官程元振自认为有拥立之功,又担心老将难以制服,所以故伎重演,多次进行离间诬陷。不久郭子仪被罢免副元帅之职,充任肃宗山陵使,督建皇陵。郭子仪当然明白代宗心思,遂将肃宗所赐的诏书1000余件全部奉还给代宗,以表明自己对圣上的忠心。代宗看后有所感悟，心生惭愧，自诏说道："朕不德，治大臣忧，朕甚自愧，自今公毋疑。"此时史朝义仍占据洛阳，代宗在危亡面前，任命雍王李适（即德宗）为统兵元帅，郭子仪为副元帅，出兵围剿史朝义。两人齐心协力，率领大军一鼓作气，很快就攻下了洛阳城。

　　树倒猢狲散，史朝义率其残部退出洛阳，狼狈地逃往莫州（今河北任丘北），一路上如同惊弓之鸟，丢盔弃甲，抱头鼠窜，惶惶不可终日。宝应二年（763年）正月，史朝义的亲信田承嗣、李怀仙等叛将，眼看大势已去，已无回天之力，纷纷献莫州、范阳向朝廷投降，并遣送史朝义母亲及妻子于唐军。史朝义眼见众叛亲离，走投无路，于是溜进树林里自缢身亡，被部将取走首级献于朝廷。至此，从天宝十四年（755年）十一月安禄山范阳起兵始，到宝应二年（763年）正月史朝义被杀止，历时7年零2个月的安史之乱终于结束。

　　这场由安禄山与史思明发动的"安史之乱"，虽然仅仅折腾了七年，却使中原动荡不安，千万条生命死于军乱，沉重地打击了唐王朝的统治。而且尽管衍生在唐朝皮肤表面的毒瘤给予清除，但是癌细胞已扩散到了它的整个肌体里面，甚至可以说是病入膏肓，已无可救之药了。自此，兴盛一时的唐王朝逐步没落，与之而来的是奸宦专权、藩镇割据、吐蕃侵扰以及党争之祸的时代，唐王朝的盛世一落千丈。历史证明，安史之乱，是唐王朝由统一集权走向分裂割据，对周边各族由主动进攻走向被动挨打的转折点。以此为标志，赫赫盛唐的历史，分为了前后两个截然不同的时期，百余年帝国的雄风不再复返，最终被推上了不归之路。

　　不过瑕不掩瑜，这一切瑕疵抹杀不了郭子仪的辉煌业绩，他不愧

## 再造唐朝之郭子仪 李光弼

为再造唐朝的首席功臣。自天宝十四年(755年)安禄山范阳起兵,郭子仪即以朔方节度使参与平叛战争,在七年多的抗战中,他力挽狂澜,屡战屡胜。肃宗即位后夺回潼关,收复两京,主要依靠的就是郭子仪和他的朔方子弟兵。安史之乱平定后,郭子仪先后出镇河中(今山西永济)、邠州(今陕西彬县)等地,防御边境捍卫京师,虽兵弱将寡仍屡败敌军,确保京师安全无虞,关中百姓免遭涂炭,故史书上述之:"天下以其身为安危殆三十年。"代宗曾对郭子仪感叹道:"我因为任用爱卿太晚,所以才落到这个地步。"并赐他铁券,将其画像挂在凌烟阁上。北宋范仲淹挥笔写道:"令公名望冠萧何,菖亳储勋汝更多。心服蛮夷都将相,身扶国祚宰山河。钧衡屡秉分轻重,鼎鼐端居召致和。国像凌烟为第一,名镌金石永难磨。"

郭子仪戎马一生,屡建奇功,在历代由武状元而位至宰相者,惟郭子仪一人也。他一生历仕玄宗、肃宗、代宗、德宗四朝,曾两度担任宰相,是历代武状元中军功最为显著者。他力挽狂澜,平定了安史之乱,居功至伟,但他始终忠勇爱国,宽厚待人,从不居功自傲,享有极高的威望。安史之乱后,由于代宗宠信宦官,猜疑功臣姑息藩镇,致使许多节度使拥兵自重,与朝廷貌合神离。然而作为再造唐朝的栋梁之臣,郭子仪始终为国效忠别无二心,有诏唤即赴命征守,有疑惑即可就解甲归田,真正做到"用之则行,舍之则藏",处处合于老子的"冲而用之或不盈"的大经大法,史称"功盖天下而主不疑,位极人臣而众不嫉,穷奢极欲而人不非",实在是难能可贵。后被诏封为汾阳郡王(今山西汾阳),成为历史上"富贵寿考,哀荣终始"俱全的绝少数名臣之一,人臣之道无缺憾焉。

——"安史之乱"之河东元素

大历十四年（779年），德宗继位，郭子仪被调回朝廷担任太尉、中书令，又充任皇陵使，赐称"尚父"，并加食邑至两千户。建中二年（781年），郭子仪去世，享年85岁。史书载："帝悼痛，废朝五日。诏群臣往吊，随丧所须，皆取于官。赠太师。陪葬建陵。及葬，帝御安福门，哭过其丧，百官陪位流涕。赐谥曰忠武，配飨代宗庙廷。着令，一品坟崇丈八尺，诏特增丈，以表元功。"有人写楹联评价道："退老一隅，无武力，无事权，而负天下众望者此；功传百世，有战绩，有树立，试述世上数代人何？"这不是人为的吹捧，而是老百姓的肺腑之言，可谓是鞭辟入里，盖世无双。

山脉依旧巍峨，江河依旧长流，然而我们每个人的人生呢？纵然是长命百岁，最终也不过冰消雪释，成为过眼云烟。郭子仪之所以为后世歌颂怀念，不仅是由于他为朝廷鞠躬尽瘁，死而后已，而且也由于他个人的道德品质，以及由此而折射出的强大的人格力量：历史上的清官贤吏，无不是能切实为百姓谋取利益的忠臣，真正为江山社稷驰骋疆场的良将，他们无不由于自己的为人、政绩和所获得的拥戴和声誉，使那些企图诋毁诬陷他们的人难以得逞，即使时常遭人嫉恨，甚至被皇帝怨怼，却能始终稳居高位，寿终正寝。郭子仪无疑是忠臣良将的杰出代表。

客观地评价清官良将的现象，他们是封建统治集团的成员，是封建制度的忠实捍卫者，他们对皇上忠心耿耿，有权力而无野心，讲实干而无妄言，实际上是些用着放心安心（尽管有时不舒心）的臣属。他们的为政的道路不论多么坎坷，也不管岁月怎样的无情，永远是兢兢业业，恪尽职守，始终都在孜孜不倦地做着为国为民的事情。由此可见，

## 再造唐朝之郭子仪、李光弼

诸如郭子仪、李光弼这样的忠臣良将,他们之所以能善始善终,从根本上说是适应了封建统治阶级的需要。而纵观那些奸贼佞臣们,他们生存的唯一宗旨就是欺君罔上,尽管他们的手段千变万化,但是万变不离其宗,归根结底只有一条,那就是投其所好。设若皇帝开心了,随口说道:"西瓜能做门墩。"他们必然会答道:"美美的。"其结果只能是害人害己,断送江山社稷。设若不信,那么就请翻阅五千年华夏历史,有哪位贪官污吏能够逃脱这样的命运。

安史之乱的后果是极其严重的,战乱使社会遭到了一次空前的浩劫。《旧唐书·郭子仪传》记载道:"宫室焚烧,十不存一,百曹荒废,曾无尺椽。中间畿内,不满千户,井邑榛荆,豺狼所号。既乏军储,又鲜人力。东至郑、汴,达于徐方。北自覃、怀经于相土。人烟断绝,千里萧条。"几乎包括整个黄河中下游,满目皆是一片荒凉。杜甫有诗曰:"寂寞天宝后,园庐但蒿藜,我里百余家,世乱各东西。"说明经过这次战乱,广大人民全都处于无家可归的状态。同时安史之乱摧毁了统治基础,削弱了封建集权,为封建割据创造了必要条件,从此后的中央王朝,已经无力再控制地方政权,安史的余党们在北方形成藩镇割据,各自为政,独霸一方,这种状况成蔓延之势,后来遍及全国。

安史乱起的祸害,也造成唐王朝分崩离析,自己已经没有力量镇压这次叛乱,只好求救于回纥以及由少数民族出身的大将。当史思明之子史朝义从邺城败退时,朝廷派遣铁勒族将领仆固怀恩前去追击。仆固因与唐王朝素有矛盾,为了私结党羽,他有意将安史旧部力量保存下来,让他们继续控制着河北地区,于是田承嗣据魏博(今河北南部,河南北部)、李宝臣据成德(今河北中部)、李怀仙据卢龙(今河北北部),这就是历史上所谓的"河北三镇"。三镇逐渐"文武将吏,擅自署置,赋不入于朝廷",把地方军事、政治、经济大权皆集于一身,"虽称藩臣,实非王臣也"。以后其他地区,如淄青(今山东淄川、益都一带)李正己,宣武(今河南开封、商丘一带)李灵曜,淮西李希烈等皆各自割据,不服朝廷管理,他们或"自补官吏,不输王赋",或"贡献不入于朝廷",甚至称王称帝,与唐王朝貌合神离,分庭抗礼,直到唐朝灭亡,这种现象都没有终止。

而且由于战争造成劳动力严重不足,统治阶级不得不增加税收,使阶级压迫和统治阶级的压榨更加深重。安史之乱后,国家掌握的户口大量减少,潼关和虎牢关之间,几百里内仅有"编户千余",邓州的方城县从天宝时的万余户,骤降至200百户以下。政府无力承担重负,却把负担强加在犹在户籍上的农民,所谓"靡室靡农,皆籍其谷,无衣无褐,亦调其庸"。宪宗元和年间,江南八道140万户农民,要负担唐朝83万军队的全部粮饷,所以"率以两户资一兵,其他水旱所损,征科妄敛,又在常役之外"。在方镇统治下的人民,也遭受着"暴刑暴赋",如田承嗣在魏博镇"重加税率",李质在汴州搞得地区"物力为之损屈",使得社会凋零,民不聊生。

唐政府和各藩镇的横征暴敛,促使农民和地主阶级的矛盾日益尖锐化,终于激起了农民的不断武装叛乱,代宗一朝"群盗蜂轶,连陷县邑",形成唐中叶农民反叛的高潮。其中规模较大的有浙东袁晁之乱,浙西方清之乱,以及苏常一带的张度之乱,舒州杨昭之乱等等。这些叛乱虽说很快就被镇压,但更加削弱了唐朝的力量,特别是经过安史之乱,唐王朝也失去了对周边地区少数民族的控制。安禄山乱兵一起,唐王朝将陇右、河西、朔方一带重兵皆调遣内地,造成边防空虚,西边吐蕃乘虚而入,尽得陇右、河西走廊,安西四镇随之全部丧失。此后吐蕃进一步深入,唐王朝从此内忧外患,朝不保夕,政权更加岌岌可危。

歌台舞榭,才子佳人,风流总被雨打风吹去。透过微开的时代天窗,窥看亦真亦幻的历史真相,送给我们的答案是:昨天的历史,无疑是由人们来创造的;而未来的历史,也应该是由人们来书写的。因此我们手捧史册,温故知新,学以致用,就需要借助昨天的那面镜子,折射出今天或者明天的影像。如今,此卷遥述安史之乱,虽然早已事过境迁,烟消云散,书中的是非曲直、人物纵横也都已成为过去,但是我们应该去总结历史嬗变兴替的内在规律,得出人生的真谛来。

回首过去了的战争,只能算作给人类的史册上增添了一幅波澜壮阔、惊心动魄的画图而已,唯一可以炫耀的,也许就只有胜利者的军事家们的作战谋略与技能,而留给我们后人与政治家们,更多的恐怕是反思与教训的总结(除非是民族面临灭顶之时所进行的绝地反击、浴火重生的战争,例如世界反法西斯在战争、中国人民抗日战争等等)。对于大多数战争来说,只是让某些人得到了成功的光环和政治资本,但让社会和人民承担起了更多的痛苦与灾难,安史之乱正是如此:唐朝从此一蹶不振,安禄山、史思明自取灭亡,而使得社会和人民,陷入了永无宁日的动荡和水深火热的灾难之中。

前事不忘后事之师,历史是生活的一面镜子,往往有着惊人的相似之处。好的东西古人如此,今人也是亦然,我们如果要领悟昨天的精髓,就应该静下心来细加分析,以史为鉴,以人为本,从中总结是非曲直,以便避免重蹈覆辙。如此而言,安史之乱留给后世的教训与启迪,

——"安史之乱"之河东元素

让今之读史者依然触目惊心,嘘叹不已。虽然人类不需要战争,但是战争并不会悄然离开人类,不过人类有能力制止战争——我们可以为这个世界做点什么。所以我们在为这个世界感叹的同时,也应该为这个世界的和平祈祷。读史,真的可以使我们后人增知识,长智慧。